JESSICA MÜLLER

Tod hinter der Maske

AF176913

Jessica Müller

Tod hinter der Maske

Ein viktorianischer
Krimi

 DRYAS

Jessica Müller, Tod hinter der Maske.
Ein viktorianischer Krimi.
Dryas Verlag 2020

1. Auflage
ISBN 978-3-948483-02-9

Dieses Buch ist auch als E-Book erhältlich und
kann über den Handel oder den Verlag bezogen werden.
E-Book ISBN 978-3-948483-05-0

Dieses Buch wurde vermittelt
durch die *Literarische Agentur Kossack*, Hamburg.

Herstellung: Dryas Verlag, Hamburg
Lektorat: Leonore Sell, Vechta
Korrektorat: Lilly Seidel, Hamburg
Umschlaggestaltung: © Guter Punkt, München
(www.guter-punkt.de) unter Verwendung von Motiven
von Getty Images (© grafvision, © Plan-T)
Grafik: Maske – Adobe Stock © LianeM / Feder – pixabay © Yuri_B
Satz: Dryas Verlag, Hamburg
Gesetzt aus der Minion Pro
Druck: CPI books GmbH, Ulm

Bibliografische Information der Deutschen Nationalbibliothek :
Die Deutsche Nationalbibliothek verzeichnet diese Publikation in der
Deutschen Nationalbibliografie ; detaillierte bibliografische Daten sind im
Internet über http://dnb.d-nb.de abrufbar.

Der Dryas Verlag ist ein Imprint der
Bedey Media GmbH,
Hermannstal 119k, 22119 Hamburg.

Für meine Großeltern

Berlin, 31. Dezember 1864

Die züngelnden Flammen des Kaminfeuers warfen düstere Schatten an die Wand. Charlotte von Winterberg entzündete tief in Gedanken versunken die Kerzen auf ihrem Nachttisch. Bald schon musste sich die Tochter des Hauses zurechtmachen. Sie fröstelte, als sie aus dem Fenster blickte. Unzählige Schneeflocken tanzten im eisigen Wind, der seit Tagen um die Häuser fegte.

Im Haus herrschte aufgeregtes Treiben. Die Vorbereitungen für das Silvesterdinner waren in vollem Gange. Aus dem Salon drang Stimmengewirr nach oben, und Dienstboten liefen die Treppen auf und ab. Ihre Eltern wollten mit einigen Gästen das neue Jahr begrüßen.

Das neue Jahr. Charlotte seufzte und ging unruhig auf und ab. Es sollte ihr Schicksalsjahr werden. Ein Schicksal, das sie nicht bereit war hinzunehmen. Hitze stieg in ihr auf, und ihr Korsett drohte, ihr die Luft abzuschnüren. Ihr Blick fiel auf das glänzende roséfarbene Kleid auf ihrem Bett. Die Farbe schmeichle ihrem Teint, fand ihre Mutter.

Beim Anblick des Kleides zog sich ihr Magen schmerzhaft zusammen, und Charlotte schloss einen Moment lang die Augen. Wie viel doch von dieser letzten Nacht des Jahres abhing! Sie barg Gefahr und Hoffnung zugleich.

Nicht nur der Beginn des neuen Jahres sollte an diesem Abend gefeiert werden, sondern auch Charlottes Verlobung mit Heinrich von Burgfeld. Ihr Vater hatte sich so sehr einen Sohn, einen Stammhalter, gewünscht. Die Geburt seiner einzigen Tochter war eine Enttäuschung gewesen, doch zumindest konnte er sie gut verheiraten, hatte er ihr erklärt, als sie gegen seine Entscheidung aufbegehrte. Die Verbindung mit den reichen von Burgfelds bedeutete die Überwindung seiner finanziellen Engpässe. Das einst stattliche Vermögen der von Winterbergs gehörte längst der Vergangenheit an. Charlottes Vorschlag, als Hauslehrerin für sich selbst zu sorgen, stieß bei ihrem Vater auf taube Ohren. Heinrich von Burgfeld begehrte sie und wollte sie besitzen. Und ihr Vater verkaufte sie nur allzu gern an diesen Meistbietenden, dachte sie bitter.

Die von Burgfelds, eine wohlhabende Bankiersfamilie, besaßen Einfluss und Macht, die sie nun schon seit Generationen missbrauchten, wusste Charlotte. Wie seinen Vater, so flüsterte man hinter vorgehaltener Hand, zog es auch Heinrich in die Freudenhäuser und dunklen Ecken der Stadt. Er trank und behandelte seine Untergebenen wie Vieh. Und was wäre sie als seine Ehefrau schon anderes als seine Untergebene, schoss es ihr durch den Kopf. Was ihre Eltern als gute Partie und standesgemäße Heirat ansahen, war doch in Wahrheit nichts anderes als eine lebenslange Knechtschaft.

Charlotte atmete tief ein und aus. Wie schon unzählige Male an diesem Tag ging sie auf die Knie, um nach der heimlich gepackten Tasche unter ihrem Bett zu sehen. Ihr blieb keine andere Wahl, dachte sie, als sie sich wieder erhob und zum Fenster ging. In dieser Nacht bot sich ihr die einzige Möglichkeit, ihrem Schicksal zu entkommen. Und bei Gott, sie würde sie nicht ungenutzt verstreichen lassen!

Charlotte zuckte zusammen, als die Uhr im Salon zur vollen Stunde schlug. Es war fünf Uhr. In zwei Stunden würden die Droschken vorfahren. Darunter auch die der von Burgfelds. Wenigstens ein letztes Mal musste sie die Gegenwart ihres Verlobten ertragen.

Die junge Frau fuhr herum, als es klopfte und einen Moment später die Tür von außen geöffnet wurde.

»Lina, wo warst du nur so lange? Warum kommst du erst jetzt?« Sie stürzte auf das verschmitzt lächelnde Dienstmädchen zu. Der Winterwind hatte ein verwegenes Rot auf ihre Wangen gezaubert, und ihre fast schwarzen Augen blitzten abenteuerlustig. Zerzauste dunkelbraune Locken umrahmten ihr Gesicht.

»Sie hatten doch nicht etwa Angst, ich hätte es mir anders überlegt, Fräulein Charlotte?« Sie zwinkerte ihr zu. In ihrer Stimme lagen Mut und Entschlossenheit. Charlotte von Winterberg hätte sich keine bessere Verbündete wünschen können. »Sie ahnen ja nicht, was in der Stadt los ist! Es ist tatsächlich wahr, was die Leute sagen«, kam es staunend über ihre Lippen. »Das Silvestertreiben in den Straßen wird von Jahr zu Jahr ungezügelter. Das ist gut für uns. Heute Nacht werden so viele Menschen unterwegs sein, dass keiner weiter auf uns achten wird. Wir werden einfach mit der Menge verschmelzen, und wenn man Ihre Abwesenheit entdeckt, sind wir längst über alle Berge.«

»Ich wusste, dass dieser Abend der richtige Moment ist«, flüsterte Charlotte und drückte die Hand des Dienstmädchens, das ihr im Lauf der Jahre eine Freundin geworden war. Der Abschied würde schwerfallen.

»Das ist er ganz bestimmt. Aber jetzt sollten wir keine Zeit verlieren. Ich werde in der Küche erwartet, und die Köchin wird mich umbringen, wenn ich ihr nicht bald zur Hand gehe. Sie sind noch immer fest entschlossen, heute Nacht aus Berlin zu verschwinden?«, vergewisserte sich Lina.

»Noch nie zuvor war ich mir einer Sache so sicher«, entgegnete Charlotte mit fester Stimme. »Ich habe nicht vor, Heinrich von Burgfeld zu heiraten oder auch noch einen Tag länger mit meinen Eltern am Tisch zu sitzen! Ich werde niemals so enden wie meine Mutter. So gedemütigt und trotz allem so gleichgültig.«

»Gut. Mein Johann wird um elf am Dienstboteneingang auf uns warten. Die anderen werden alle Hände voll zu tun haben und nicht auf uns achten, wenn wir uns heimlich aus dem Haus schleichen. Wir werden noch vor Mitternacht die Stadt verlassen. Es ist alles vorbereitet«, versicherte sie. »Sie werden sicher nach England gelangen. Haben Sie Vertrauen. Es wird alles gut.«

»Dann werde ich rechtzeitig Kopfschmerzen vorschützen und mich zurückziehen«, nickte Charlotte. »Aber was ist mit dir und Johann? Sollte man euch je auf die Schliche kommen, dass ihr mir geholfen habt, dann … Die von Burgfelds werden …«

»Machen Sie sich keine Sorgen um uns, Fräulein Charlotte.« Lina lächelte. »Wir gehen nach Wien. Er wird dort bei einem Bäcker arbeiten. Sein Onkel hat ihm die Stelle vermittelt. Niemand wird uns finden. Vergessen Sie nicht: Lina Wolff verfügt über mehr Leben als eine Katze. Ich weiß meine Spuren zu verwischen.« Lina bückte sich nach der Tasche, die sie bei sich hatte. Sie kramte einen dicken Umschlag hervor. »Das ist von Ihrer Tante. Sie lässt Sie herzlich grüßen und wünscht Ihnen nur das Allerbeste. Sie sollen niemals den Mut verlieren. Wie versprochen hat sie Referenzen für Sie ausgestellt – oder vielmehr für Violet Lewis. Auch ein wenig Geld liegt bei. Es tut ihr sehr leid, dass sie Ihnen nicht mehr helfen kann, und sie möchte, dass Sie ihr eine Nachricht zukommen lassen, sobald Sie in London angekommen sind.« Das Dienstmädchen beugte sich erneut nach unten über die Tasche. »Das Kleid sollten Sie tragen, um nicht aufzufallen. Denken Sie an Ihren schlichten schwarzen Mantel. Noch bevor die Nacht vorbei ist, werden Sie keine Tochter aus adligem Hause mehr sein. Das hier sind Ihre Ausweisdokumente.« Sie griff in ihre Manteltasche.

»Du hast dein Wort tatsächlich gehalten.« Charlotte drückte dankbar Linas Hand. »Wie …«

»Stellen Sie niemals Fragen, deren Antwort Sie nicht kennen möchten. In dem Leben, das vor Ihnen liegt, gelten andere Spielregeln. Vergessen Sie das niemals, Fräulein Charlotte.«

»Nenn mich bitte Violet.« Die junge Frau blickte ihr fest in die Augen. »Charlotte von Winterberg wird in den Wirren dieser Silvesternacht verschwinden.«

1. *Kapitel*

London, März 1865

Das Wetter in der britischen Hauptstadt wurde seinem zweifelhaften Ruf gerecht. Der Himmel war grau und wolkenverhangen, und noch immer erschwerten frühmorgens dichte Nebelschwaden die Sicht. Charlotte von Winterberg hatte schnell gelernt, das Haus niemals ohne Schirm zu verlassen. Zu groß war die Gefahr, in einen heftigen Regenguss zu geraten. Durchnässte Röcke, die an ihrem Bein haften blieben und das Gehen erschwerten, waren der jungen Frau ein Gräuel.

Doch trotz der launischen Witterung zog es sie jeden Nachmittag in den Hyde Park. Diese Momente der Stille brauchte sie, um den herben Verlust zu verarbeiten.

Charlotte seufzte und blickte nach unten in das Wasser des Serpentine. Sie liebte den künstlich angelegten See, der doch so natürlich wirkte, und an dessen Ufer vor mehr als zehn Jahren die erste Weltausstellung stattgefunden hatte. Noch vor Kurzem hatte sie gemeinsam mit ihrer ehemaligen Hauslehrerin Florence Clarke auf der Brücke gestanden, um frische Luft zu schnappen und die Schönheit des Parks auf sich wirken zu lassen. Eine Ewigkeit schien seither vergangen zu sein, und sie erinnerte sich traurig an die Nacht, in der sie bis zum Schluss an Florence' Bett gesessen hatte.

Schon wenige Wochen nach Charlottes Ankunft in London war ihre geliebte Hauslehrerin erkrankt. Noch immer konnte sie sie husten hören. Was als scheinbar harmlose Erkältung begonnen hatte, war letztlich zu einer Lungenentzündung geworden, gegen die Florence vor wenigen Tagen den Kampf verloren hatte.

Charlotte atmete tief ein und aus und riss sich vom Anblick des Sees und des Parks los. Es war längst an der Zeit, sich auf den Heimweg zu machen. Sie musste sich trotz ihrer Trauer auf den vor ihr liegenden Abend vorbereiten. Auch wenn sie der Verlust noch so sehr schmerzte, das Leben ging weiter, und sie musste unbeirrt dem Weg folgen, den sie in der Silvesternacht eingeschlagen hatte.

Charlotte erschrak, als ein Junge sie beim Verlassen des Parks so heftig anrempelte, dass ihr Regenschirm zu Boden fiel. Wie der Blitz hastete er an ihr vorbei, und sie konnte nicht einmal einen Blick auf sein Gesicht erhaschen. Prüfend griff Charlotte in ihre Manteltasche. Die wenigen Münzen, die sie beim Verlassen des Hauses mitgenommen hatte, waren noch da. Florence hatte sie gleich bei ihrer Ankunft vor Taschendieben gewarnt. Mit ihren raffinierten Fingern erleichterten auch Kinder die Unachtsamen um ihr Geld, wenn ihnen der Magen knurrte, hatte sie traurig hinzugefügt. Flink wie Wiesel entglitten sie meist den Fingern der Gesetzeshüter.

Eine kühle Windböe schnitt Charlotte ins Gesicht, und Tränen schossen in ihre Augen. Sie blieb einen Augenblick stehen, um in ihrer Manteltasche nach einem Taschentuch zu kramen. Sie horchte auf, als erzürnte Stimmen an ihr Ohr drangen. Wenige Schritte von ihr entfernt standen sich zwei vornehm gekleidete Gentlemen mit geballten Fäusten gegenüber. Charlottes Herzschlag beschleunigte sich, als sie in die wutverzerrten Züge eines der Kontrahenten blickte. Ein zorniges Feuer loderte in seinen Augen, und er stieß seinen Gegner so unwirsch von sich, dass diesem der Hut vom

Kopf rutschte. Fluchend bückte er sich, um ihn aufzuheben.

»Ich weiß sehr gut, was hinter meinem Rücken getrieben wird! Und das wird jetzt aufhören! Sonst …«. Er hob drohend die Faust, während der andere sich mit seinem Hut in der Hand wieder aufrichtete. Charlotte senkte rasch den Kopf und huschte eilends an den Streithähnen vorbei.

Die beiden Männer waren vergessen, als die eleganten Stadthäuser Mayfairs in Sichtweite kamen, und die ersten Regentropfen auf den Asphalt prasselten.

Gerade noch geschafft, dachte sie mit einem Blick nach oben, als die Tür ihres neuen Zuhauses auf ihr Klopfen hin geöffnet wurde.

»Ich fürchte, ich habe mich ein wenig in der Zeit verschätzt, Ian«, begrüßte sie Ian Boyle, der ihr Schirm, Hut und Mantel abnahm. Der dunkelhaarige Hüne, vor dem die Menschen instinktiv zurückwichen, wenn er eine grimmige Miene aufsetzte, war nicht nur die rechte Hand ihrer neuen Arbeitgeberin, sondern auch deren Vertrauter. Charlotte fühlte sich sicher in seiner Gegenwart. Boyle könnte gewiss auch Heinrich von Burgfeld in die Flucht schlagen, wenn nötig.

»Die paar Minuten sind kaum der Rede wert«, entgegnete er lächelnd und blickte dann mit einer angewiderten Grimasse zum Himmel. Sein schwarzes Haar war wie immer perfekt gekämmt, und seine Wangen glatt rasiert. Der schwarze Anzug saß wie angegossen, und die dazu passenden Schuhe glänzten. Fleur Fatale, die Hausherrin, legte großen Wert auf ein gepflegtes Erscheinungsbild ihrer Angestellten. Erst recht auf ihren Soireen oder Bällen, dachte Charlotte ein wenig nervös. »Aber es ist gut, dass du zurück bist. Der Regen wird wieder heftiger, und Fleur möchte unbedingt wegen der Soiree heute Abend mit dir sprechen, Violet.«

»Ich weiß.« Sie ließ ihre Mundwinkel zuversichtlich nach oben wandern.

Violet. Mittlerweile hatte sich Charlotte an ihren neuen Namen gewöhnt. Sie erinnerte sich, wie sie in der vergangenen Silvesternacht das roséfarbene Kleid eilends von ihren Schultern gestreift hatte. Sie hatte beinahe fühlen können, wie ihr altes Leben an dem glänzenden Stoff haften geblieben war.

Sie blickte rasch an sich hinunter. In dem einfachen schwarzen Kleid erkannte sich Charlotte selbst kaum wieder. Und das war gut so. Nie wieder würde sie in eines der edlen Kleider schlüpfen, die ihre Mutter für sie auswählte. Roben, deren zarter Stoff ihrer Haut schmeichelte, und die ihr doch die Luft zum Atmen nahmen.

Charlotte verdrängte die Erinnerung an ihr früheres Leben, als ihr Blick auf einen Strauß dunkelroter Rosen fiel. Es waren ihre Lieblingsblumen. Als kleines Mädchen hatte sie oft von ihrem Traumprinzen geträumt, der ihr einen Strauß roter Rosen überreichen und ihr die Welt zu Füßen legen würde. Heute aber wollte sie die Welt aus eigener Kraft erobern.

»Die Blumen der Liebe.« Die Stimme ihrer Arbeitgeberin holte sie aus ihren Gedanken. Fleur Fatale kam lächelnd die Treppen hinunter. Ihr Anblick war wie immer atemberaubend. Sie trug ein weinrotes Kleid, das ihre schlanke Silhouette perfekt zur Geltung brachte. Rubinohrringe zierten ihre Ohrläppchen. Ihr langes schwarzes Haar war nach oben gesteckt, und nur ein paar gelockte Strähnen umrahmten sanft ihr Gesicht. Leuchtend blaue Augen musterten Charlotte wohlwollend. Charlotte fragte sich, warum sie sich selbst den rätselhaften Namen »verhängnisvolle Blume« gegeben hatte. Fleur verkörperte Stärke, Intellekt und Schönheit. Schon bei ihrer ersten Begegnung vor ein paar Tagen hatte Charlotte die Kämpferin in ihr erkannt. Und unter ihrem Dach fühlte sie sich geborgener, als sie es jemals für möglich gehalten hätte.

»Die Rosen sind wunderschön.«

»So wie du.« Die Hausherrin lächelte. »Volles brünettes Haar, blaue Augen, rosiger Teint. Ich fürchte, ich werde dich schon sehr bald an einen glücklichen Ehemann verlieren, Violet.«

»Wenn du meinst.« Charlotte räusperte sich verlegen und fühlte, wie sie errötete. Sie war es nicht gewöhnt, Komplimente zu bekommen.

»Ich meine es nicht, ich weiß es. Allerdings hoffe ich, dass du mir trotzdem als Hauslehrerin erhalten bleibst. Die Mädchen mögen dich.« Sie drückte rasch ihren Arm. »Aber du wirkst ein wenig verstört. Ist dir auf dem Weg irgendetwas zugestoßen?«

»Nein, es ist nichts. Ich habe auf dem Rückweg nur eine heftige Auseinandersetzung zwischen zwei Gentlemen beobachtet«, beeilte sich Charlotte zu erklären. Sie wollte nicht zugeben, dass sie wegen des Maskenballs an diesem Abend angespannt war. »Sie standen kurz davor, sich zu prügeln. Ich habe mich beeilt, dort schnellstmöglich fortzukommen.«

»In den Straßen kann es rau zugehen. Es herrschen andere Gesetze.« Ein abgeklärter Ausdruck erschien in Fleurs Augen. »Die Kunst ist es, diese Gesetze für sich zu nutzen. Aber jetzt komm. Wir haben einiges wegen des Balls heute Abend zu besprechen. Du weißt, wie wichtig diese Soireen sind. Ohne großzügige Spenden könnte ich den Mädchen nicht helfen. Florence war übrigens sehr geschickt darin, Spenden zu sammeln«, fügte sie augenzwinkernd hinzu.

Fleur Fatale leitete eine Zufluchtsstätte für gefallene Frauen, in der Florence als Hauslehrerin tätig gewesen war. Florence' plötzlicher Tod brachte für Charlotte nicht nur Trauer, sondern auch die Sorge um ihre Zukunft mit sich, denn trotz der erstklassigen Referenzen ihrer Tante war es ihr nicht gelungen, selbst eine Stelle zu finden. Charlotte hatte schnell begriffen, dass sie es sich nicht leisten konnte zu trauern, wenn sie in der britischen Hauptstadt überleben wollte. Fleurs Angebot, in Florence' Fußstapfen zu treten und die jungen Damen in Konversation, Französisch und Deutsch zu unterrichten, hatte sie daher dankbar angenommen. Ihrer neuen Arbeitgeberin lag das Wohl ihrer Schützlinge sehr am Herzen. Mit der Unterstützung ihrer Förderer wollte sie ihnen eine Zukunft fernab der Straßen und der Arbeitshäuser eröffnen. Die ehemaligen Prostituierten sollten eines Tages für sich selbst sorgen und als Kindermädchen, Gesellschafterin oder auch als Köchin arbeiten können.

»Florence hat mir von deinen Soireen erzählt. Ich glaube, sie waren eine schöne Abwechslung für sie«, erinnerte sich Charlotte und nickte zustimmend. »Immer wieder hat sie betont, wie wichtig deine Arbeit ist.«

»Ja, das ist sie. Nur leider finanziert sie sich nicht von selbst«, seufzte Fleur.

Charlotte folgte ihr in den Salon. Noch immer stockte ihr ehrfurchtsvoll der Atem, sobald sie den Raum betrat. An den bordeauxroten Wänden hingen Porträts einiger der jungen Damen, die unter Fleurs Dach Zuflucht gefunden hatten. Die samtenen roten Vorhänge waren mit einer goldenen Kordel zur Seite gebunden, und im Kamin prasselte ein Feuer. Die beiden setzten sich, und Charlotte streckte ihre Hände zum Feuer, um sie zu wärmen.

»Auf Veranstaltungen wie der ›Venezianischen Nacht‹ heute Abend sammle ich nicht nur Spenden, Violet. Sie sind für meine Geldgeber auch die Gelegenheit, sich davon zu überzeugen, dass ihre Wohltätigkeit Früchte trägt«, erklärte ihr Fleur. »Sie können Gespräche mit den Mädchen führen und ihre Fortschritte sehen. Das ist sehr wichtig, denn es gibt leider noch immer zu viele Menschen, die bezweifeln, dass gefallene Frauen zu ehrbaren Mitgliedern der Gesellschaft werden können. Einigen meiner Freunde wurde im Vorfeld sogar ausdrücklich abgeraten, mir zu helfen.« Fleur schnaubte verächtlich und schüttelte den Kopf, bevor sie fortfuhr. »Wie es aussieht, kann ich einer oder mehreren der jungen Damen heute Abend außerdem eine Stelle vermitteln. Ich werde mich deshalb immer wieder einmal mit einzelnen Gästen zurückziehen müssen, und du wirst mich dann während meiner Abwesenheit vertreten. Ich möchte, dass du die Gäste unterhältst und dich um sie kümmerst, so wie es früher Florence getan hat. Du wirst dich ganz bestimmt nicht langweilen.« Fleur lächelte. »Einige der einflussreichsten Persönlichkeiten des Landes werden heute Abend hier sein. Und du wirst sehen: es macht sehr viel Spaß, sich zu verkleiden und für eine Weile unerkannt zu sein.« Ihre Augen schillerten wissend, und Charlotte fragte sich, ob sie längst hinter ihre sorgfältig errichtete Fassade geblickt hatte.

»Ich muss zugeben, ich war noch nie auf einem Maskenball und …«

»Dann wird es höchste Zeit.« Fleur beugte sich nach vorne, und ihre Stimme nahm einen verträumten Tonfall an. »Warst du jemals in Venedig, Violet? Konntest du jemals die Masken bestaunen, die die Welt zu einem magischen Ort ohne Anfang und Ende machen? Zu einem Ort, an dem alles möglich scheint, an dem weder Wahrheit noch Lüge existieren?«

»Leider nein«, hauchte Charlotte, die mit einem Mal von Fernweh überwältigt wurde.

»Heute Abend wirst du deine Trauerkleidung ablegen und dich amüsieren. Ich bin mir sicher, dass du meine Gäste beeindrucken wirst.« Sie lächelte. »Florence war mir immer eine große Hilfe auf meinen Soireen, und für meine Gäste wird es ein Schock sein, von ihrem unerwarteten Tod zu hören.«

»Ehrlich gesagt weiß ich nicht, ob ich ein passendes Kleid für den Ball besitze.«

Für ihre Flucht aus Berlin hatte sie nur das Nötigste gepackt. Viel Gepäck wäre nicht nur hinderlich gewesen, sondern hätte auch Aufsehen erregt, und um sich nach ihrer Ankunft eine neue Garderobe zuzulegen, hatte ihr das Geld gefehlt. Nicht einmal neue Trauerkleidung konnte sie sich leisten, dachte sie traurig. Die Kleider bei Jay's in der Regent Street waren unerschwinglich. Sie musste mit dem alten schwarzen Kleid vorliebnehmen, das sie auf ihrer Flucht getragen hatte. Eine allem Anschein nach trauernde junge Frau behandelte man mit Respekt, hatte Lina ihr erklärt. Es gab ihr einen schmerzhaften Stich, wenn sie daran dachte, dass die vorgespielte Trauer mit Florence' Tod Wirklichkeit geworden war.

Unbehagen überkam Charlotte nun bei dem Gedanken an die nächsten Stunden. Es war ihr leichtgefallen, zu Florence' Nichte zu werden und in die Rolle der Hauslehrerin zu schlüpfen. Die Arbeit mit Fleurs Schützlingen bereitete ihr große Freude. Doch der Gedanke, an diesem Abend angeregte Gespräche zu führen und Spenden zu sammeln, machte sie nervös. Von klein auf war sie dazu angehalten worden, in Gesellschaft zurückhaltend aufzutreten. Junge Damen hätten zu warten, bis sie angesprochen wurden. Mit den Gästen ihrer Eltern hatte sie sich allerdings auch nie unterhalten wollen, dachte sie. Für sie war Charlotte doch niemals mehr gewesen als ein hübsches Gesicht. In ein paar Stunden aber sollte sie eine geistreiche und selbstbewusste Gesprächspartnerin sein. Dann würde sich zeigen, ob sie ihrem neuen Leben wirklich gewachsen war.

»Darüber musst du dir nicht den Kopf zerbrechen.« Fleur tätschelte ihren Arm. »Lucy wird dir später einige passende Kleider zeigen. Ich bin mir sicher, du wirst wunderschön aussehen.« Sie blickte ihr in die Augen. »Florence hielt große Stücke auf dich, Violet. Vor ein paar Wochen hat sie mir gesagt, dass im Falle eines Falles du ihre einzige würdige Nachfolgerin wärst. Als ob sie gespürt hätte, dass es bald zu Ende geht.« Fleur drückte ihre Hände. »Ich habe Florence immer vertraut. Daher weiß ich, dass du mich nicht enttäuschen wirst.«

2. Kapitel

Das sanfte Licht der Kerzen und das knisternde Feuer hatte etwas Beruhigendes. Charlotte gestattete es sich, einen Moment lang die Augen zu schließen. Fast fühlte es sich so an, als säße sie gemeinsam mit Florence bei ihrer allabendlichen Tasse Tee am Feuer. Sie öffnete die Augen und tupfte die Tränen vorsichtig weg. Es war nicht der richtige Zeitpunkt, um zu trauern.

»Die Menschen, die wir lieben, verlassen uns nicht, Violet. Auch nicht, wenn sie gestorben sind. Sie bleiben immer in unserer Nähe«, flüsterte Lucy in ihr Ohr, als hätte sie ihre Gedanken erraten.

»Woher willst du das wissen, Lucy?«, fragte Charlotte leise.

»Als ich ein Kind war, hat mir das mal eine alte Zigeunerin gesagt. Und seither glaube ich fest daran.« Sie lächelte. »Du siehst wunderschön aus, Violet. Warte! Ich bin fast fertig.« Lucy befestigte eine Feder in Charlottes hochgesteckten Locken. Die junge Frau war sichtlich stolz auf ihr Werk. »Nachher werden sich bestimmt alle fragen, wie du hinter deiner Maske aussiehst. Komm! Du musst dich ansehen!«

Lucy ergriff ihre Hand und zog sie zum Spiegel in der gegenüberliegenden Zimmerecke. Charlotte betrachtete sich eingehend und lächelte. Es fühlte sich gut an, die Trauerkleidung vorübergehend in den Schrank zu verbannen. Über einem weiten Reifrock trug sie nun ein hellblaues Seidenkleid, das ihre schmale Taille betonte. Silberne Stickereien zierten den Saum. Zum ersten Mal hatte nicht ihre Mutter, sondern sie selbst ihr Kleid für einen gesellschaftlichen Anlass gewählt. Niemals zuvor hatte sie sich so frei gefühlt, dachte sie voller Dankbarkeit.

Obwohl sie ihre Gesichter hinter einer Maske verbergen würden, hatte Lucy ihnen beiden Wangen und Nase sanft gepudert und eine glänzende Lippenpomade aufgetragen. Fleur hielt die jungen Damen dazu an, Puder, Rouge und Lippensalbe allenfalls sehr sparsam zu verwenden, wusste Charlotte. Grell geschminkte Gesichter waren das Merkmal der Prostituierten und gehörten für Fleurs Schützlinge der Vergangenheit an.

»Gefällst du dir?« Lucy blickte sie gespannt an. Auch sie bot einen strahlenden Anblick. Sie trug ein fliederfarbenes Kleid, und ihr langes blondes Haar fiel in sanften Wellen über ihre Schultern. Es schimmerte beinah wie ein Heiligenschein im sanften Licht der Kerzen, fand Charlotte.

»Sehr sogar.« Sie nickte.

»Es wird bestimmt ein schöner Abend werden.« Lucy ergriff ihre Hand und führte sie zu ihrem Bett. Die beiden setzten sich. »Du musst auch keine Angst haben. Fleurs Freunde und Förderer beißen nicht.« Sie grinste. »Sie haben keine Vorurteile, und unsere Vergangenheit interessiert sie nicht weiter. Florence hat diese Soireen geliebt. Sie hat sich immer sehr gerne mit Lady Elizabeth Clifton und Sir Richard Fallon unterhalten. Auch du wirst die beiden sehr mögen«, fügte sie lächelnd hinzu. »Lady Clifton ist zwar ein wenig exzentrisch, aber auch sehr großzügig.«

»Florence war ein ganz besonderer Mensch«, sagte Charlotte mit einem wehmütigen Lächeln. »Ich hoffe, ich werde euch und Fleur heute nicht enttäuschen. Aber ich werde alles tun, um genügend Spenden zu sammeln«, versprach sie weniger Lucy als mehr sich selbst.

»Du wirst dich bestimmt genauso gut schlagen wie Florence, Violet. Immerhin bist du ihre Nichte. Und Fleur vertraut dir, das ist offensichtlich.«

Charlotte senkte rasch den Kopf. Zum ersten Mal seit ihrer Flucht aus Berlin überkam sie das schlechte Gewissen, gegenüber ihren neuen Freunden nicht ehrlich gewesen zu sein. Streng genommen vertrauten sie alle einer Schwindlerin. Lucy war ein so aufrichtiges junges Mädchen, während sie selbst allen etwas vormachte. Ihre neu gewonnene Freiheit erschien ihr urplötzlich wie ein Gefängnis. Charlotte musste sich eingestehen, dass ihre Flucht mit ihrer Ankunft in London nicht geendet hatte. Sie würde für den Rest ihres Lebens auf der Hut sein müssen, und falls von Burgfeld sie doch aufspüren sollte … Gänsehaut breitete sich auf ihren Armen aus, und sie erschauderte.

»Ist alles in Ordnung, Violet? Du siehst auf einmal so aus, als hättest du ein Gespenst gesehen.« Lucy blickte sie besorgt an.

»Es ist nichts, Lucy.« Charlotte räusperte sich und brachte ein Lächeln zustande. »Der Gedanke daran, so viele neue Menschen kennenzulernen, macht mich ein wenig nervös.«

»Dafür gibt es wirklich keinen Grund«, versicherte ihr Lucy. »Für Fleur sind diese Soireen Arbeit, aber wir können uns für ein paar Stunden amüsieren. Sie setzt sich so sehr für uns ein«, flüsterte sie. Sie schwieg einen Moment, bevor sie fortfuhr: »Weißt du, ich habe niemanden mehr. Meine Eltern sind schon vor einiger Zeit gestorben, und mein älterer Bruder war eines Tages einfach verschwunden. Ich habe tagelang nach ihm gesucht, aber er war wie vom Erdboden verschluckt. Und dann musste ich zusehen, dass ich Geld verdiene. Ich musste ja von irgendetwas leben.« Sie zuckte die Schultern, und Charlotte wartete darauf, dass sie weitererzählte. Die Mädchen sprachen nicht oft über ihre Vergangenheit. »Die Freier mögen junge Mädchen, und es fiel mir leicht, Männer für mich zu gewinnen. Aber einige Freier sind gefährlich. Ohne Fleur wäre ich vermutlich schon in einem dreckigen Hinterhof gestorben.« Ein Schatten verdüsterte ihre braunen Augen. »Ein Herr hat eines Tages seine Hände um meinen Hals gelegt und wollte …« Ihre Stimme verebbte. »Wäre Ian nicht zufällig in dem Moment … Er hat den Mann von mir weggezerrt und mich hierhergebracht.« Lucy atmete tief ein und aus, und das Lächeln kehrte zurück auf ihr Gesicht. »Fleur hat mir bei meiner Ankunft hier versprochen, dass mir nie wieder jemand wehtun würde. Ich müsse nur bereit sein, mein altes Leben hinter mir zu lassen und ihre Hilfe anzunehmen. Hier habe ich ein neues Zuhause gefunden. Und Ian und die anderen beschützen uns.«

»Müssen Fleurs Männer euch oft beschützen?«, erkundigte sich Charlotte und runzelte die Stirn.

»Manche der Herren geben nur vor, Fleur unterstützen zu wollen. Aber in Wirklichkeit wollen sie etwas ganz anderes. Sie werden dann von Ian, Joseph oder einem der anderen aus dem Haus geworfen. Aber einmal, da …« Sie verstummte und senkte den Kopf.

»Ja?«

Wiehernde Pferde und das Klackern ihrer Hufe vor dem Haus kündigten die ersten Gäste an. Lucy sprang auf.

»Ist nicht so wichtig.« Die junge Frau lächelte. »Vor uns liegt ein schöner Abend, und wir beeilen uns jetzt besser, Violet. Fleur hat uns ausdrücklich gebeten, rechtzeitig nach unten zu kommen. Schließlich möchte sie den Gästen die neue Hauslehrerin vorstellen.« Sie zog Charlotte rasch mit sich zum Frisiertisch. »Die hier müssen wir noch aufsetzen.« Lucy reichte ihr eine schwarzblaue Maske, die ihre Augenpartie bedeckte und an der seitlich eine blaue Blüte befestigt war. Sie selbst verbarg ihr Gesicht hinter einer fliederfarbenen, mit Perlen verzierten.

Charlotte warf einen letzten Blick in den Spiegel. Was sie sah, gefiel ihr. Sie lächelte sich selbst ermutigend zu und nahm sich vor, Florence würdig zu vertreten.

Als sie an Lucys Seite die Treppen nach unten ging, erspähte sie Fleur. Die Gastgeberin hatte sich umgezogen und trug nun ein königsblaues Seidenkleid mit einer silbernen Maske. Schimmernde Perlen zierten das Dekolleté. Mit ausgestreckten Händen begrüßte sie die Gäste, während die Dienstmädchen in ihren schlichten Uniformen und mit einfachen schwarzweißen Masken Champagner servierten.

»Heute Abend sollen wir alle Masken tragen«, flüsterte Lucy ihr zu, als sie ihren fragenden Blick bemerkte. »Auch das Hauspersonal.«

»Sir Henry, willkommen! Wie immer freue ich mich sehr, Sie zu sehen.« Fleur begrüßte den gerade eingetroffenen Herrn.

»Wie könnte ich mir denn eine Soiree in Ihrem Haus entgehen lassen, Madam? Nur dass Sie mich trotz meiner Maske erkennen, enttäuscht mich.« Er führte ihre Hand an seine Lippen. Sein schwarzer Anzug saß wie angegossen, und am kleinen Finger seiner linken Hand prangte ein goldener Ring. Eine schwarzgoldene Maske rundete sein Erscheinungsbild ab.

»Ihr Ring hat es mir verraten«, entgegnete Fleur. »Er ist so etwas wie Ihr Erkennungszeichen.«

»Ihnen kann man einfach nichts vormachen«, lachte er und blickte auf. Seine Augen richteten sich auf Charlotte. »Kann es sein, dass Sie eine neue junge Dame bei sich aufgenommen haben?«, erkundigte er sich neugierig.

»Allerdings, Sir Henry.« Fleur wandte sich um und bedeutete Charlotte näher zu kommen, als eines der Dienstmädchen ihnen ein Glas Champagner reichte. »Ich möchte Ihnen gerne unsere neue Hauslehrerin vorstellen. Miss Clarke ist leider vor ein paar Tagen in den frühen Morgenstunden sehr plötzlich verstorben, und …«

»Miss Clarke ist verstorben?« Eine Dame in einem dunkelgrünen Kleid und einer Maske im selben Farbton erschien neben Sir Henry. »Das tut mir sehr leid zu hören.« Sie klang aufrichtig betroffen. »Wie ist das denn passiert? Ich habe sie immer um ihre robuste Gesundheit beneidet.«

»Ihr Tod ist für uns alle ein großer Schock gewesen, Lady Agatha. Miss Clarke ist an den Folgen einer Lungenentzündung gestorben. Wir alle vermissen sie sehr.« Sie wandte sich Charlotte zu. »Das ist übrigens Miss Clarkes Nichte. Miss …«, begann sie, als sie von einem Aufschrei unterbrochen wurde.

»Entschuldigen Sie mich bitte einen Moment.« Fleur fuhr herum und lief gefolgt von Boyle die Treppen nach unten. Charlotte warf Lucy einen unruhigen Blick zu. Sie fühlte ein eisiges Prickeln in ihrem Nacken. Einige Augenblicke später stürzte Boyle die Treppen wieder nach oben. Seine Miene war grimmig.

»Ian, ist etwas geschehen?«, fragte Lucy.

»Eines der Dienstmädchen ist angegriffen worden, als sie die Abfälle nach draußen bringen wollte. Die Köchin fand sie bewusstlos auf dem Boden liegen.«

»Sir William! Um Gottes willen!« Im Salon schrie eine junge Frau auf.

»Das ist Abigail.« Lucy raffte ihren Rock und lief in den

Salon. »Abby, was ist los?« Sie blieb so abrupt stehen, dass Charlotte beinahe in sie hineingelaufen wäre.

Charlotte erstarrte vor Entsetzen, als sie Lucys Blick folgte. Alle Anwesenden waren verstummt und blickten ebenfalls wie versteinert zu Boden. Einer der geladenen Gäste war zusammengebrochen und lag reglos auf dem Rücken. Die Maske war ihm vom Gesicht gerutscht.

»Ihm … ihm wurde plötzlich schlecht«, stammelte Abigail und deutete auf Erbrochenes auf dem Boden. »Als er hier angekommen ist, meinte er, er fühle sich erschöpft. Deshalb wollte er ein Glas Champagner trinken und einen Happen essen, und kurz darauf …«

»Oh mein Gott!« Charlotte schlug sich die Hand vor den Mund, als ihr die Erinnerung wie ein Blitz durch den Kopf schoss. Sie sah das Gesicht des leblosen Mannes nicht zum ersten Mal.

»Was ist mit ihm? Ist er …« Eine ältere Dame in einem cremefarbenen Kleid nahm ihre Maske ab. In ihren blauen Augen erschien ein ungläubiger Ausdruck. Sie schüttelte kaum merklich den Kopf.

»Was ist …« Fleurs Stimme verebbte, als sie im Salon erschien. »Um Gottes willen!«, entfuhr es ihr, als ihre Augen sich auf Sir William richteten.

Ein Herr löste sich aus seiner Erstarrung und beugte sich über die reglose Gestalt. Nach einigen Augenblicken richtete er sich wieder auf und schüttelte den Kopf.

»So sieht es also aus, wenn das Schicksal zurückschlägt«, flüsterte die Dame in dem cremefarbenen Kleid, und Charlotte hatte Mühe, sie zu verstehen.

»Ich kann das nicht fassen«, hauchte Charlotte mit einem weiteren Blick in das leblose Gesicht.

»Es wäre wohl besser, du setzt dich, Violet. Du bist auf

einmal ganz blass.« Fleur drückte mit besorgter Miene ihren Arm.

»Mir geht es gut, Fleur«, versicherte sie ihr. Sie deutete auf Sir William. »Aber das hier ist einer der beiden Gentlemen, deren Auseinandersetzung ich heute beobachtet habe.«

»Bist du dir ganz sicher?«

»Ich erinnere mich ganz deutlich«, beteuerte Charlotte. »Er war einer der beiden Männer, die heute Nachmittag aufeinander losgegangen sind.«

Fleur blickte ihr einen Moment lang fest in die Augen und nickte nachdenklich. Sie schien eine Entscheidung zu treffen.

»Ian, geh bitte sofort los, und bring Inspektor Stockworth hierher. Und nur ihn. Weiß der Himmel, was gerade hier geschehen ist. Joseph und Ralph sollen sich bitte um die Gäste kümmern, die noch eintreffen werden. Sie dürfen den Raum nicht betreten.« Sie wandte sich an die Dame in dem cremefarbenen Kleid und den Gentleman, der Sir Williams Tod festgestellt hatte. »Lady Clifton, Sir Geoffrey, da Sie beide anwesend waren, als Sir William zusammengebrochen ist, wird der Inspektor sicher mit Ihnen sprechen wollen. Ich möchte Sie daher bitten, noch zu bleiben.«

3. Kapitel

Charlotte fühlte sich merkwürdig benommen. Sie kauerte auf einem Sessel im Salon und konnte ihren Blick nicht von der leblosen Gestalt abwenden. Ihr war flau, und mit jedem ihrer Atemzüge schien ihr Korsett enger zu werden. Halbgeleerte Champagnergläser legten Zeugnis ab vom jähen Ende der »Venezianischen Nacht«, bevor sie überhaupt richtig angefangen hatte. Alle hatten ihre Masken mittlerweile abgenommen. Abigail, vor deren Füßen Sir William zusammengebrochen war, war kreidebleich. Ihr Kopf ruhte an Lucys Schulter. Charlotte hörte, wie Lucy ihr beruhigende Worte ins Ohr wisperte.

»Ich glaube, ein kräftiger Schluck Brandy täte Ihnen gut, Abigail. Der Schock steht Ihnen ins Gesicht geschrieben«, bemerkte Lady Elizabeth Clifton und bedachte sie mit einem besorgten Blick, während sie sich mit einem Fächer Luft zufächelte. Trotz des reglosen Körpers zu ihren Füßen wirkte sie gefasst, fand Charlotte. Sir Williams dramatischer Tod schien sie kaum zu berühren.

»Lady Clifton hat recht, Abby«, nickte Fleur und stand auf. »Ich werde dir selbst ein Glas holen. Ich möchte ohnehin nach Dotty sehen. Sie war vorhin kaum bei sich, geschweige denn ansprechbar. Sie muss einen sehr heftigen Schlag auf den Kopf bekommen haben.«

Dass das Dienstmädchen niedergeschlagen wurde und kurz darauf einer der Gäste tot zusammenbrach, konnte kein Zufall sein, überlegte Charlotte düster. Sie fragte sich, ob Sir Williams Tod womöglich etwas mit der Auseinandersetzung zu tun hatte, die sie vor ein paar Stunden beobachtet hatte.

»Wie geht es Dotty?«, erkundigte sich Lucy, als Fleur ein paar Minuten später zurück in den Salon kam.

Charlotte sah die feste Entschlossenheit in Fleurs Augen, als sie Abby den Brandy reichte. Dies war gewiss nicht der erste Sturm, durch den sie ihr Schiff manövrieren musste, vermutete sie.

»Sie wird sich wieder erholen, Lucy. Sie ist aber noch immer benommen, und ich werde den Arzt bitten, einen Blick auf sie zu werfen, wenn er doch hoffentlich mit dem Inspektor …«

»Fleur.« Boyle erschien in der Tür. »Inspektor Stockworth ist hier.«

Ein großer, dunkelblonder Mann betrat den Salon. Seine edle Abendgarderobe ließ darauf schließen, dass er nicht mit einer Leichenschau gerechnet hatte. Charlotte hielt den Atem an, als sich ihre Blicke trafen. Seine dunklen Augen musterten sie neugierig. Ohne ihre Maske fühlte sie sich mit einem Mal entblößt. Hitze schoss in ihre Wangen.

»Basil.« Fleur reichte ihm die Hand. »Danke, dass du so schnell gekommen bist.«

»Unter diesen Umständen ist das doch selbstverständlich, Fleur. Ich hatte doch ohnehin vor, später noch vorbeizukommen. Und ich bin auch nicht allein hier.« Der Inspektor lächelte, und seine Züge erhellten sich. Charlotte konnte ihren Blick nicht von ihm abwenden. »James und ich waren in unserem Club zum Dinner verabredet. Er hat mich hierher begleitet und kümmert sich jetzt erst einmal um Dotty. Die Lebenden sind wichtiger als die Toten.«

Er betrachtete die leblose Gestalt. »Sir William kann warten.«

»Oh gut. Ich hatte gehofft, James würde dich begleiten.« Die Hausherrin klang erleichtert.

»Ich musste ihn gar nicht erst bitten.« Der Inspektor wandte sich von Fleur ab und ging lächelnd auf die Dame in dem cremefarbenen Kleid zu. Galant beugte er sich über ihre Hand. »Guten Abend, Lady Clifton. Ich hätte Sie gern unter erfreulicheren Umständen wiedergesehen.«

»Dem kann ich nur zustimmen, Inspektor. Ich hatte mir den Abend auch ganz anders vorgestellt«, fügte sie nüchtern hinzu. »Wie geht es Ihren Eltern? Ehrlich gesagt wundert es mich, dass sie nicht hier sind. Normalerweise lassen sie sich doch keine Soiree in diesem Hause entgehen.«

»Vielen Dank, Lady Clifton. Den beiden geht es ausgezeichnet, und sie wären gerne gekommen. Heute Abend feiert aber ein alter Studienfreund meines Vaters seinen Geburtstag, deshalb konnten sie leider nicht an der ›Venezianischen Nacht‹ teilnehmen«, antwortete er, bevor er sich umwandte. »Sir Geoffrey, es freut mich auch sehr, Sie zu sehen. Das letzte Mal ist lange her.«

»Es muss eine Ewigkeit her sein, Inspektor«, nickte er und reichte ihm seufzend die Hand. »Ich hoffe sehr, Sie können herausfinden, was sich hier abgespielt hat. Es ist mir unbegreiflich, wie das passieren konnte. Sir William ist wirklich der Letzte, von dem ich gedacht hätte, dass er einfach so umfällt.« Sir Geoffrey schüttelte den Kopf.

Obwohl die Polizei keinen allzu guten Ruf hatte, schien der Inspektor bei den Gästen hohes Ansehen zu genießen, wunderte sich Charlotte.

»Ich werde der Sache auf den Grund gehen. Darauf können Sie sich verlassen, Sir Geoffrey. Und ich hoffe doch, Sie können mir ein paar Fragen beantworten, die mir weiterhelfen werden.« Er blickte ihn erwartungsvoll an. »Schildern Sie mir doch bitte, was sich hier abgespielt hat, als Sir William zusammengebrochen ist.«

»Nichts weiter Außergewöhnliches, Inspektor.« Sir Geoffrey zuckte die Schultern. »Ich stand mit dem Rücken zu ihm und habe mich gerade mit Lady Clifton und Rose unterhalten«, er deutete auf die dunkelhaarige junge Frau, die neben Lady Clifton auf der Couch saß, »als Abigail hinter mir plötzlich aufschrie. Ich drehte mich natürlich sofort um und konnte noch sehen, wie er sich übergeben hat, bevor er mit einem Mal zusammengebrochen ist. Seine Maske ist ihm vom Gesicht gerutscht, und er hat sich nicht mehr gerührt.« Er kratzte sich nachdenklich am Hinterkopf, bevor er fortfuhr. »Lucy kam dann in Begleitung der jungen Dame hier«, er deutete auf Charlotte, »in den Salon gestürzt und kurz darauf auch Miss Fatale. Ich habe mich dann vergewissert, ob Sir William noch atmet, aber es war zu spät.« Sir Geoffrey schüttelte bedauernd den Kopf.

»Waren Sie zu diesem Zeitpunkt die einzigen Gäste im Raum?«, erkundigte sich Stockworth.

»Soweit ich mich erinnern kann, ja.« Lady Elizabeth Clifton runzelte die Stirn. »Sir Richard Fallon hatte kurz zuvor den Salon verlassen. Er hatte wohl sein Zigarrenetui in seiner Manteltasche vergessen und wollte es holen«, rekapitulierte sie. »Lady Agatha Rockbury ging ins Foyer, um Sir Henry Ashford zu begrüßen, und …« Sie hielt inne.

»Ja, Lady Clifton?« Der Inspektor ließ sie nicht aus den Augen.

»Da war noch eine andere Dame. Ich habe nur einen kurzen Blick auf sie erhascht und ihr keine weitere Beachtung geschenkt, weil ich mich mit Rose und Sir Geoffrey unterhalten habe. Rose wird bei meiner Tochter eine Stelle als Kindermädchen antreten«, erklärte sie. »In ein paar Wochen werde ich zum ersten Mal Großmutter.«

»Ich gratuliere Ihnen, Lady Clifton«, lächelte Stockworth, bevor er wieder ernst wurde. »Haben Sie eine Ahnung, wer die Dame gewesen sein könnte? Hat sie sich irgendjemandem vorgestellt?«

»Bedauerlicherweise nein.« Sie schaute ihn verwundert an. »Ich habe wirklich nicht weiter auf sie geachtet. Und der Sinn und Zweck eines Maskenballs ist es doch wohl auch, unerkannt zu bleiben, nicht wahr?«, fügte sie nüchtern hinzu.

»Wie sieht es mit Ihnen aus, Sir Geoffrey? Haben Sie eine Ahnung, wer die Dame gewesen sein könnte?«

»Nicht die geringste.« Er schüttelte den Kopf und warf Lady Clifton einen erstaunten Blick zu. »Offen gestanden erinnere ich mich nicht einmal, sie gesehen zu haben.«

»Was ist mit Ihnen, Rose?«

»Ich kann mich auch nicht erinnern, die Dame gesehen zu haben.«

»Das wundert mich nicht. Sie und Sir Geoffrey standen mit dem Rücken zu ihr, Rose«, erklärte Lady Clifton. »Und ich erinnere mich nur, dass sie ein hochgeschlossenes dunkelblaues Kleid mit dazu passender Maske getragen hat. Ihr Haar war blond, glaube ich, aber sicher bin ich mir nicht. Als Sir William dann zusammengebrochen ist, war sie verschwunden.«

»Ist die mysteriöse Dame vielleicht doch noch von jemand anderem gesehen worden?«, wollte der Inspektor wissen und blickte hoffnungsvoll in die Runde.

»Sie ist jedenfalls nicht durch die Eingangstür gekommen, Basil. Ich habe schließlich die Gäste begrüßt, und sie wäre mir ganz sicher aufgefallen«, meinte Fleur und sah den Inspektor vielsagend an. »Sie muss durch den Dienstboteneingang gekommen sein.«

»Dann könnte ihr Dotty doch dort in die Quere gekommen sein, und sie hat …«, entfuhr es Charlotte, bevor sie die Worte zurückhalten konnte.

»Ein neues Gesicht?« Der Inspektor richtete seine Aufmerksamkeit auf sie.

»Ich …« Sie errötete unter seinem Blick.

»Das ist unsere neue Hauslehrerin, Basil«, stellte Fleur sie vor. »Sie ist Florence' Nichte und hat ihre Stelle eingenommen.« Trauer verdüsterte ihre Züge. »Florence ist vor ein paar Tagen in den frühen Morgenstunden verstorben. Die Lungenentzündung war zu weit fortgeschritten.«

»Das tut mir sehr leid zu hören.« Er wirkte ehrlich betroffen. »Ich möchte Ihnen mein aufrichtiges Beileid aussprechen. Ich habe Ihre Tante«, an dieser Stelle zog er bedeutungsvoll die Augenbrauen nach oben, »sehr gemocht.«

Charlotte starrte ihn einen Augenblick an und schluckte. Stockworths dunkle Augen bohrten sich in ihre, und sie suchte verzweifelt nach ihrer Stimme. Aus den Augenwinkeln heraus konnte sie Lucy grinsen sehen, und auch Lady Cliftons Mundwinkel zuckten.

»Basil, wenn du vorerst keine Fragen mehr an Lady Clifton und Sir Geoffrey hast …«, hob Fleur an, und der Inspektor nickte sogleich.

»Natürlich. Ich danke Ihnen beiden, dass Sie geblieben sind. Sollten sich noch Fragen ergeben, werde ich Sie in den nächsten Tagen aufsuchen.« Er wandte sich an Lady Clifton. »Wenn Ihnen doch noch etwas bezüglich der mysteriösen Dame einfällt, Lady Clifton, dann lassen Sie mir bitte eine Nachricht zukommen.«

»Das versteht sich von selbst, Inspektor. Nur fürchte ich, dass ich Ihnen nicht weiterhelfen kann«, bedauerte sie.

Boyle begleitete Lady Clifton und Sir Geoffrey Byrnes nach draußen.

»Fleur.« Ein dunkelhaariger, hochgewachsener Herr erschien kurz darauf im Salon. Ein Schatten verdüsterte seine fast schwarzen Augen, als er die leblose Gestalt erblickte, bevor er lächelnd Fleurs Hand ergriff. »Auch wenn der Anlass nicht gerade erfreulich ist, freue ich mich sehr, dich wiederzusehen.«

»Ich bin sehr froh, dass du gleich mitgekommen bist, James. Wie geht es unserer Dotty?«

»Sie hat eine Beule und wird einige Tage unter Kopfschmerzen leiden, aber sie ist mit dem Schrecken davongekommen.« Er wandte sich an den Inspektor. »Sie ruht sich jetzt aus. Sie hat mir berichtet, dass sie den Angreifer nicht gesehen hat. Er muss sich von hinten angeschlichen haben, und sie kam erst wieder zu sich, als die Köchin ihr Riechsalz unter die Nase hielt.«

»Dann kann sie bestimmt auch nicht mit Sicherheit sagen, ob ihr Angreifer ein Mann oder eine Frau war«, vermutete der Inspektor.

»Das habe ich Dotty zwar nicht gefragt, aber du hast sicher recht. Sie konnte die Person schließlich nicht sehen.«

»Ich begreife das einfach nicht.« Fleur schüttelte den Kopf. »Dotty wird niedergeschlagen, und Sir William bricht tot zusammen. Und das ausgerechnet in meinem Haus«, fügte sie mit versteinerter Miene hinzu. »Seine Angehörigen werden ihre Giftpfeile auf mich abschießen.«

»Der Maskenball muss eine willkommene Gelegenheit für jemanden gewesen sein, um Sir William …«, überlegte

Charlotte laut. Sie verstummte sogleich, als sich alle Augen auf sie richteten.

»Es wäre möglich. Das setzt dann allerdings voraus, dass sein Mörder wusste, dass er heute Abend hier sein würde.« Stockworth bedachte sie mit einem nachdenklichen Blick.

»Ich meine …« Sie räusperte sich und sah davon ab, fortzufahren. Dem Inspektor würde es kaum gefallen, wenn sie sich in seine Arbeit einmischte, schalt sie sich selbst.

»Basil«, Fleur berührte seinen Arm und nickte Charlotte ermutigend zu, »Violet, also Miss Lewis, hat auf ihrem Spaziergang heute Nachmittag eine Beobachtung gemacht, die vielleicht wichtig sein könnte. Sie wurde Zeugin einer Auseinandersetzung zwischen Sir William und einem anderen Gentleman.«

»Eine Auseinandersetzung? Und Sie erinnern sich ohne jeden Zweifel, dass Sir William darin verwickelt war, Miss Lewis?«

Charlotte nickte nachdrücklich.

»Allem Anschein nach hat Sir William sich erbrochen?«, vergewisserte sich Dr. Honeywell, bevor Stockworth sie weiter befragen konnte.

»Ja, Doktor.« Abigail nickte. Dank des Brandys war die Farbe auf ihre Wangen zurückgekehrt, doch ihre Lippen zitterten noch immer. »Eigentlich war Sir William wie immer guter Laune, als er hier ankam, und …«

»Eigentlich?«, unterbrach der Inspektor sie.

»Er meinte, er fühle sich ein wenig merkwürdig, aber nach einem Glas Champagner werde es ihm sicher besser gehen«, berichtete sie. »Ich habe daraufhin eines der Dienstmädchen zu ihm geschickt und wollte bei der Gelegenheit noch meinen Fächer aus meinem Zimmer holen. Im Salon war es doch ein wenig stickig«, fügte Abigail erklärend hinzu. »Als ich zurück war, hatte er sein Glas bereits geleert. Ich wollte ihn gerade fragen, ob er sich nun besser fühle, als er sich plötzlich an den Bauch gefasst hat. Danach ging alles so schnell, und …« Sie senkte den Kopf.

»Ist das hier sein Glas?« Der Inspektor deutete auf das Glas, das neben Sir William auf dem Boden lag. Seine ausgestreckten Finger berührten noch immer den Stiel. Es war ein gespenstischer Anblick, fand Charlotte.

»Ja.« Abigail nickte.

»Basil, wie der Fall liegt, empfehle ich dringend, dass Sir Williams Leiche und das Erbrochene untersucht werden«, erklärte Dr. Honeywell.

»Ich werde umgehend den Coroner verständigen«, nickte der Inspektor. »Bei einem so plötzlichen Tod, noch dazu dem von Sir William May, wird er bestimmt auf einer Obduktion bestehen.« Er wandte sich an Fleur. »Ich möchte umgehend die Dienstmädchen befragen, ob ihnen womöglich etwas Verdächtiges aufgefallen ist. Ob einer von ihnen die mysteriöse Dame über den Weg gelaufen ist. Und anschließend möchte ich mit dir und Miss Lewis unter sechs Augen sprechen.«

Charlotte bebte innerlich, doch sie erwiderte seinen Blick standhaft.

»Natürlich. Ian, bring Violet bitte in mein Arbeitszimmer.« Fleur schenkte ihr ein aufmunterndes Lächeln. »Ich werde den Inspektor nach unten begleiten.«

Charlotte folgte Boyle wie in Trance einen langen Gang entlang in den hinteren Teil des Hauses. Er zog einen Schlüssel aus seiner Hosentasche hervor und öffnete eine Tür.

»Du brauchst keine Angst zu haben, Violet.« Boyle lächelte. Trotz der Geschehnisse wirkte er ruhig und bedacht. »Der Inspektor ist ein guter Mensch und ein gewissenhafter Ermittler. Er wird alles tun, um die Wahrheit herauszufinden.«

Charlotte stöhnte innerlich. Worte wie diese beruhigten Menschen mit Geheimnissen nicht, dachte sie.

Boyle bat sie, vor einem Schreibtisch aus dunklem Holz Platz zu nehmen und entzündete zwei Öllampen, bevor er ein Feuer im Kamin entfachte.

Charlotte blickte sich verstohlen um. Zu Fleurs Arbeitszimmer hatten nur die Wenigsten Zutritt, wusste sie. Der Raum war in Blautönen gehalten. Silberne Fleur-de-Lis schmückten die hellblaue Tapete. Vor der Glastür, die in einen kleinen Garten führte, hingen nachtblaue Vorhänge. Das Porträt eines älteren Herrn hing über dem Kamin. Charlotte fragte sich, wer er wohl war.

»Danke, Ian.« Fleur kam gefolgt von Inspektor Stockworth wenige Minuten später durch die Tür. »Ich rufe dich, wenn ich dich brauche.« Sie ging um ihren Schreibtisch herum und setzte sich. Die Sorge stand ihr zwar ins Gesicht geschrieben, doch ihre Körperhaltung brachte Entschlossenheit zum Ausdruck. Die Hausherrin würde sich nicht unterkriegen lassen.

»Es hat sich herausgestellt, dass keines der Dienstmädchen etwas gesehen hat.« Inspektor Stockworth blickte Charlotte prüfend in die Augen. »Und vermutlich lag Dotty bereits bewusstlos im Freien vor dem Dienstboteneingang, als Sir William den ersten Schluck Champagner zu sich nahm. Was halten Sie davon, Miss Lewis?«

»Ich …« Charlotte zögerte. Sie wusste nicht, worauf der Inspektor hinauswollte. Es dauerte einen Moment, bis sie antwortete. »Vielleicht wollte jemand unbemerkt ins Haus gelangen und sich unter die Gäste der ›Venezianischen Nacht‹ mischen. Dotty könnte von der Person niedergeschlagen worden sein, weil sie gerade nach draußen ging, als der Eindringling sich ins Haus schleichen wollte.« Sie zuckte die Schultern.

»Sie glauben also, dass sich jemand auf die ›Venezianische Nacht‹ geschlichen haben könnte, nur um Sir William etwas anzutun?«, hakte er nach.

Sie fühlte sich mit einem Mal unfähig zu sprechen. Stand sie als Neuankömmling womöglich unter Verdacht, etwas mit Sir Williams Tod zu tun zu haben? Unbehagen überkam sie, und ihr Magen verkrampfte sich.

»Sprechen wir doch über die Auseinandersetzung, die Sie heute Nachmittag beobachtet haben.« Er massierte gedankenverloren sein Kinn und lehnte sich an die Tür zum Garten. »Sie sind sich ganz sicher, dass es sich bei einem der beiden Gentlemen um Sir William gehandelt hat?«

»Ja.«

»Erzählen Sie mir bitte mehr davon. Wie sah der andere Mann aus?«

»Das kann ich Ihnen beim besten Willen nicht sagen, Inspektor. Er stand mit dem Rücken zu mir. Und Sir William stieß ihn plötzlich von sich. Dabei hat er seinen Hut verloren, und er hat sich gebückt, um ihn aufzuheben«, erinnerte sie sich. »Ich habe zugesehen, dass ich schnellstens dort fortkomme. Ich hatte die Befürchtung, die beiden würden jeden Moment aufeinander losgehen …«

»Konnten Sie hören, worum es bei dem Streit ging?«

»Sir William hat gesagt, dass er genau wisse, was hinter seinem Rücken getrieben würde. Dass das nun aufhören müsse.« Sie konnte Sir Williams zornige Worte noch immer laut und deutlich in ihrem Kopf hören. »Und daraufhin hat Sir William dem anderen mit der Faust gedroht.«

»Halten Sie es für möglich, dass außer der mysteriösen Dame dieser Gentleman heute Abend auch hier gewesen ist? Haben Sie jemanden gesehen, dessen Figur und Körperhaltung vielleicht der seinen entsprochen hat?«

»Ich weiß es nicht. Aber …« Charlotte stockte.

»Ja, Miss Lewis?«

»Die beiden hatten zwar einen sehr heftigen Streit, aber vielleicht gibt es auch noch andere, die nicht gut auf Sir William zu sprechen sind.«

»Sir William hatte nicht nur Freunde. Da haben Sie ganz recht.« Er kam gemächlich auf sie zu. »Sie scheinen mir eine kluge junge Dame zu sein, Miss Lewis. Das gefällt mir. Weniger dagegen gefällt es mir, belogen zu werden.«

»Ich habe Ihre Fragen wahrheitsgemäß beantwortet, Inspektor«, entgegnete Charlotte mit ausdrucksloser Stimme.

»Das glaube ich Ihnen. Und jetzt werden Sie mir genauso wahrheitsgemäß sagen, wer Sie wirklich sind. Von Gesprächen mit ihr weiß ich nämlich sehr gut, dass Miss Clarke keine Angehörigen hatte. Daher können Sie unmöglich ihre Nichte sein.«

Charlotte starrte ihn an. Sie war unfähig zu sprechen, und in ihren Ohren rauschte es unangenehm. Ihr neues Leben schien vor ihren Augen wie ein Kartenhaus in sich zusammenzufallen.

»Wer sind Sie?«, wiederholte er seine Frage sanft aber bestimmt. »Ich höre da den Hauch eines Akzents. Es ist wirklich nur ein Hauch, denn Sie beherrschen unsere Sprache nahezu perfekt. Hat Florence Ihnen beigebracht, so gut Englisch zu sprechen?«

»Basil …«, begann Fleur, und er hob sogleich beschwichtigend seine Hand.

»Ich weiß, dass du Florence immer vertraut und schon deshalb sicher keine Fragen gestellt hast. Und ich habe auch nicht vor, deine Regeln zu verletzen«, versicherte er ihr, bevor er sich wieder an Charlotte wandte. »Ich gebe Ihnen mein

Wort, dass alles, was Sie mir jetzt anvertrauen, in diesem Raum bleiben wird. Sofern Sie kein Verbrechen begangen haben.«

»Natürlich habe ich kein Verbrechen begangen!«, rief Charlotte. Sie atmete angestrengt. »Wie können Sie nur so etwas annehmen!«

»Die Empörung einer Tochter aus gutem Hause.« Seine Mundwinkel zuckten. »Der Kostümball ist vorbei. Sagen Sie mir, wer Sie wirklich sind, Miss Violet Lewis. Vorzugeben, jemand anderes zu sein, ist sehr mutig. Da kaufe ich Ihnen das scheue Rehlein einfach nicht ab.«

Mit einem Blick in sein Gesicht wurde Charlotte klar, dass der Inspektor nicht lockerlassen würde. Er war gut darin geübt, Menschen Geständnisse zu entlocken. Es war vorbei, sagte sie sich innerlich seufzend und ergab sich in ihr Schicksal.

»Mein richtiger Name ist Charlotte von Winterberg«, kam es zögerlich über ihre Lippen. »In der vergangenen Silvesternacht habe ich Berlin mit gefälschten Ausweisdokumenten verlassen, um nach London zu gehen.« Sie blickte Fleur entschuldigend an. »Florence war einige Jahre lang meine Hauslehrerin und wie eine Mutter für mich. Als sie vor sieben Jahren nach London zurückgekehrt ist, hat sie mir fest versprochen, für mich da zu sein, wenn ich sie jemals brauchen würde.« Sie schwieg einen Moment lang. »Wir sind immer in Kontakt geblieben, und letzten Herbst habe ich ihr geschrieben, dass ich keinen anderen Ausweg mehr sehe, als aus Berlin zu fliehen. Im Haus meiner Eltern konnte ich unmöglich bleiben.«

»Von Winterberg?« Der Inspektor starrte sie gebannt an. Nun schien es ihm die Sprache zu verschlagen. In seinem Gesicht begann es zu arbeiten. »Wenn ich Sie richtig verstehe, haben Sie sich einfach bei Nacht und Nebel aus dem Staub gemacht? Ihre Eltern haben keine Ahnung, wo Sie jetzt sind, und …«

»Ich möchte mit meinen Eltern nichts mehr zu tun haben!«, brach es aus ihr heraus. »Wenn ich ihnen jemals etwas bedeutet hätte, hätten sie mich nicht gegen meinen Willen mit Heinrich von Burgfeld verlobt! Mein Vater hat fast das gesamte Familienvermögen durchgebracht. Carl von Winterberg gehört zu den Männern, die ihr Geld gern mit schönen Frauen verpulvern, während die Ehefrau schweigend dabei zusehen muss. Nun steht er kurz davor, alles zu verlieren.« Sie machte eine ausladende Handbewegung. »Wenn er nicht bald irgendwie an Geld kommt, muss er nicht nur unsere beiden Landsitze veräußern, sondern mit Mutter auch in ein bescheideneres Stadthaus ziehen. Und seine Mätresse wird er auch nicht mehr lange aushalten können«, fügte sie zynisch hinzu. »Ich hatte ihm deshalb vorgeschlagen, mir eine Stelle als Hauslehrerin zu suchen, um für mich selbst zu sorgen. Doch er wollte nichts davon hören.« Charlotte schüttelte den Kopf und verzog den Mund zu einer bitteren Grimasse. »Stattdessen hat er mich regelrecht an den Meistbietenden verkauft, um weiterhin in Saus und Braus leben zu können. Die von Burgfelds haben meinem Vater eine großzügige Summe versprochen, wenn er der Verbindung unserer Familien zustimmt. Hätte ich Heinrich geheiratet, wäre er seine Geldsorgen auf einen Schlag los gewesen. Aber glauben Sie mir, Inspektor, lieber sterbe ich, als Heinrich von Burgfeld das Jawort zu geben!« Sie schluckte. »Dafür bin ich mir zu schade.«

»Du warst mit Heinrich von Burgfeld verlobt?« Fleur und der Inspektor wechselten einen vielsagenden Blick.

»Gegen meinen Willen«, wiederholte Charlotte, und ihre Hände ballten sich zu Fäusten.

»Wer hat Ihnen die gefälschten Ausweisdokumente be-schafft?«, erkundigte sich Stockworth einen kurzen Augen-blick später.

»Unser Dienstmädchen …« Sie hielt inne und schüttelte den Kopf. »Nein, meine *Freundin* Lina hat mir die gefälsch-ten Papiere beschafft. Auf meine Frage, woher sie sie habe, hat sie nur erwidert, dass ich keine Fragen stellen solle, deren Antwort ich nicht kennen möchte. Die Cousine meiner Mut-ter hat mir ebenfalls geholfen, indem sie mir auf den Namen Violet Lewis Referenzen ausgestellt hat. Trotzdem ist es sehr schwer, Arbeit zu finden. Hätte ich nicht nach Florence' Tod die Stelle hier antreten können, wäre ich jetzt wohl auf der Straße oder in einem Arbeitshaus. Aber nach Berlin wäre ich nie im Leben zurückgekehrt.«

»Ich danke Ihnen für Ihre Offenheit, Miss von Winter-berg.« Er schenkte ihr ein nachdenkliches Lächeln. »Sie, oder vielmehr Violet Lewis, besitzen also Referenzen?«

Sie nickte.

»Darf ich den Namen der Cousine Ihrer Mutter erfah-ren?«

»Anna von Krenze.«

Der Inspektor schwieg einige Augenblicke, während er geistesabwesend sein Kinn rieb. Nach einer Weile räusperte er sich.

»Miss von Winterberg, Sie werden nicht hierbleiben kön-nen. Ich werde Sie morgen abholen, und …«

»Ich bitte Sie, Inspektor, das können Sie mir nicht antun! Sie können mich nicht nach Berlin …« Charlotte hatte das Gefühl, sich übergeben zu müssen. Wenn er sie zurück nach Hause schickte, wäre sie verloren. Sie wäre Heinrich von Burgfeld schutzlos ausgeliefert.

»Vi… Charlotte, entschuldige uns einen Augenblick.«

Fleur erhob sich lächelnd und ergriff Stockworths Arm. »Wir sind gleich zurück.«

Die beiden verließen den Raum, und Charlotte sprang auf, als hätte man ein Feuer unter ihrem Stuhl entfacht. Sie raffte ihren Rock und rannte zur Tür des Arbeitszimmers, um zu lauschen. Ihr Herz schlug ihr bis zum Hals.

»Nur über meine Leiche schickst du Charlotte morgen nach Berlin zurück! Du kennst meine Regeln! Sobald ein Mädchen, und wenn es die Hauslehrerin ist, seinen Fuß über meine Schwelle setzt, steht es unter meinem uneingeschränkten Schutz, Basil! Außerdem habe ich Florence hoch und heilig versprochen, mich um Charlotte zu kümmern, falls ihr irgendetwas zustoßen sollte. Und ich halte meine Versprechen, wie du weißt. Ich werde es also nicht zulassen, dass du sie nach Berlin zurückschickst und dieser Bestie zum Fraß vorwirfst! Du erinnerst dich doch genauso gut wie ich, was Heinrich von Burgfeld getan hat!«

Charlotte schlug sich die Hand vor den Mund, um ihren Aufschrei zu unterdrücken. Was hatte ihr Verlobter sich zu Schulden kommen lassen?

»Du kannst deine Krallen beruhigt wieder einziehen, Fleur.« Stockworths Stimme klang besänftigend. »Du solltest mich gut genug kennen, um zu wissen, dass ich niemals gegen deine Regeln verstoßen würde. Zumal du mir von all meinen Verbündeten die Wichtigste und die Wertvollste bist. Charlotte von Winterberg wird deinen Schutz und den deiner Männer sicher gut brauchen können. Doch von nun an steht sie auch unter meinem. Ich versichere dir, dass mir nichts ferner liegt, als sie zurück zu ihrem Verlobten zu schicken.« Erleichterung durchflutete Charlotte. »Weder er noch ihre Familie verdient sie. Aber ich werde sie morgen abholen. Sie ist mutig und intelligent. Das sind zwei sehr nützliche Eigenschaften für meine Pläne. Und du findest bestimmt einen neuen wunderschönen Schmetterling, der auf deinen Soireen großzügige Spenden sammeln wird. Aber diesen einen hier muss ich dir abspenstig machen.«

»Ich sehe schon, dass du ein Auge auf genau diesen Schmetterling geworfen hast. Sie ist auch wirklich ein ganz besonderes Exemplar.« Fleur klang mit einem Mal versöhnlich und amüsiert. Charlotte konnte das Grinsen in ihrer Stimme hören. »Sie hat dich sicher nicht nur mit ihrem Mut und ihrer Intelligenz beeindruckt, wenn ich deine Blicke richtig deute.«

»Du liest in deinen Mitmenschen wie in einem offenen Buch, Roisin«, entgegnete er lachend. »Es ist eine der Fähigkeiten, die ich an dir bewundere.«

Hinter der geschlossenen Tür hielt Charlotte den Atem an. Ein ganzer Schwarm besagter Schmetterlinge schien sich gerade in ihrem Inneren zu erheben. Dieses ihr bisher unbekannte Gefühl verwirrte sie.

»Was hast du vor, Basil?«, fragte Fleur. »Als deine wichtigste und wertvollste Verbündete sollte ich doch eingeweiht werden, findest du nicht?«

»Sicher. Ich habe schließlich keine Geheimnisse vor dir, und außerdem werde ich deine Hilfe brauchen.« Der Inspektor fuhr wispernd fort, und Charlotte presste ihr Ohr erfolglos dichter an die Tür. So sehr sie sich auch bemühte, sie konnte nichts verstehen.

»Vertrau mir, Roisin.« Nach einigen Augenblicken hob er seine Stimme wieder. »Ich werde Miss von Winterberg morgen Vormittag abholen. Kannst du dich um alles kümmern, was sie benötigen wird?«

»Natürlich. Überlass alles mir, Basil«, versprach Fleur. »Doch jetzt sollten wir wieder hineingehen und sie beruhigen. Das arme Ding stirbt bestimmt schon vor Angst«, vermutete sie, und Charlotte hechtete zurück auf ihren Stuhl.

»Miss von Winterberg, Sie brauchen keine Angst zu haben.« Der Inspektor kam mit einem beruhigenden Lächeln, gefolgt von Fleur, zurück in ihr Arbeitszimmer. »Ich werde Sie nicht nach Berlin zurückschicken. Ich habe andere Pläne, und Violet Lewis wird die Referenzen Ihrer Tante benötigen.«

»Welche Pläne?« Charlotte blickte argwöhnisch zwischen ihm und Fleur hin und her.

»Lady Eugenia May sucht seit einiger Zeit händeringend nach einer neuen Gouvernante für ihre beiden jüngsten Söhne. Ich möchte, dass Sie sich um die Stelle bewerben, und zu meinen Augen und Ohren in Sir Williams Haus werden.«

»Ich soll für Sie spionieren, Inspektor?« Sie starrte ihn ungläubig an. »Und wie um alles in der Welt stellen Sie …«

»Spionieren klingt so unmoralisch«, fiel er ihr grinsend ins Wort. »Nennen wir es doch lieber ›heimlich ermitteln‹. Dass Sie problemlos in andere Rollen schlüpfen können, haben Sie längst bewiesen.«

»Und wenn Lady May mich gar nicht einstellen möchte?«, wandte Charlotte ein. »Wenn sie …«

»Keine Sorge. Lady May *wird* Violet Lewis einstellen.« Stockworth lächelte zuversichtlich. »Aber ruhen Sie sich jetzt erst einmal aus. Sie sind hier in Sicherheit.« Er ergriff ihre Hand und drückte sie rasch. »Morgen Vormittag werde ich wiederkommen, um Sie abzuholen. Jetzt muss ich erst einmal Lady Eugenia May vom Tod ihres Ehemanns in Kenntnis setzen.«

Nachdem Stockworth sich verabschiedet hatte, griff Fleur nach der Glocke auf ihrem Schreibtisch. Einen Augenblick später erschien Boyle.

»Ian, bitte schick Molly mit einem Brandy zu uns. Und ich möchte umgehend mit Martin sprechen. Eine dringende Angelegenheit«, erklärte sie ihm mit nach oben gezogenen Augenbrauen.

»Ich schicke ihn sofort zu dir.« Er verließ schnurstracks den Raum.

»Hat dich meine Unterredung mit dem Inspektor beruhigt, Charlotte?«, erkundigte sie sich, als sich die Tür hinter ihm geschlossen hatte. Ihre Mundwinkel zuckten.

»Ich …« Charlotte fühlte sich ertappt.

»Deine Tränen waren getrocknet, dein Teint war rosig, deine Augen haben geglänzt, und du warst außer Atem, als wir zurück ins Zimmer gekommen sind. Du hast an der Tür gelauscht.«

Hitze schoss in Charlottes Wangen, und sie senkte betreten den Kopf.

»Für deine Neugier musst du dich nicht schämen.« Fleur beugte sich lachend über den Schreibtisch und drückte rasch Charlottes Hand. »Ich hätte an deiner Stelle dasselbe getan.«

Nach einem sanften Klopfen ging die Tür auf, und eines der Dienstmädchen erschien mit zwei Gläsern Brandy. Auch ihr stand der Schock über die Geschehnisse des Abends ins Gesicht geschrieben. Sie war bleich, und ihre Bewegungen waren fahrig.

»Danke, Molly. Du ziehst dich jetzt am besten zurück und ruhst dich aus. Morgen ist ein neuer Tag. Aber bitte sieh noch einmal nach Dotty, bevor du schlafen gehst.« Fleur lächelte.

»Vielen Dank, Madam«, flüsterte sie und huschte aus dem Zimmer.

Fleur griff nach ihrem Glas und nippte daran, bevor sie sich wieder an Charlotte wandte. »Als du ein junges Mädchen warst, hat man dir bestimmt beigebracht, was sich gehört und was nicht, und wie sich die hübsche Ehefrau am Arm ihres Mannes zu verhalten hat. Sicher hat man dich auch dazu angehalten, niemals zu widersprechen und erst recht keine eigene Meinung zu haben, nicht wahr?« Sie lehnte sich auf ihrem Stuhl zurück. »Vergiss das alles, Charlotte. Denn es sind gerade die Dinge, die sich nicht gehören, und jene Regeln, die wir übertreten, die unser Überleben sichern. Der Inspektor hat recht. Du bist eine kluge, mutige und auch bildschöne junge Dame. Das sind äußerst nützliche Waffen. Und du wirst ihm sicher eine große Hilfe sein.«

Charlotte öffnete gerade den Mund, um etwas zu erwidern, als es erneut klopfte.

»Du wolltest mich sehen, Fleur?« Martin, ein rothaariger hochgewachsener Mann, betrat das Arbeitszimmer und blickte sie gespannt an. Wie Boyle trug auch er einen edlen Anzug.

»Ja, Martin. Hör mir gut zu: Ich möchte, dass du jetzt gehst und mit dreien deiner engsten und verlässlichsten Freunde zurückkommst. Ich habe einen Auftrag für euch, der keinen Aufschub duldet.« Sie notierte hastig etwas auf einem Blatt Papier und reichte es Martin. Charlotte konnte Überraschung in seinen Augen sehen, nachdem er die Notiz überflogen hatte, doch er nickte.

»In spätestens einer Stunde bin ich zurück«, versprach er und verließ mit raschen Schritten das Zimmer.

Fleur wartete, bis sich die Tür hinter ihm geschlossen hatte.

»Deine Freundin, ihr Name ist Lina und wie weiter?« Sie sah Charlotte fest in die Augen.

»Sie heißt Lina Wolff«, entgegnete Charlotte verdutzt.

Fleurs plötzliches Interesse an Lina verblüffte sie. Sie griff nach dem Brandy und nahm einen kleinen Schluck. Die goldbraune Flüssigkeit brannte sich einen Weg hinunter in ihren Magen und stieg ihr sogleich zu Kopf.

»Besteht die Gefahr, dass sie wegen deiner Flucht zur Rechenschaft gezogen wird?«

»Das kann ich mir nicht vorstellen.« Charlotte schüttelte den Kopf. »Wir haben Berlin gemeinsam mit ihrem Mann Johann – die beiden haben kurz zuvor geheiratet«, fügte sie rasch hinzu, »in der Silvesternacht verlassen. Gott sei Dank hat uns niemand bemerkt, als wir uns aus dem Haus geschlichen haben. Das Personal war beschäftigt, die Gäste waren im Salon, und Lina und ich waren sehr vorsichtig. Und in der Stadt waren so viele Menschen unterwegs, dass wir ganz bestimmt nicht weiter aufgefallen sind«, erinnerte sie sich. »Ich glaube, man hat uns erst Stunden später vermisst, wenn nicht sogar erst am nächsten Morgen. Außerdem war es ohnehin Linas letzter Arbeitstag im Haus meiner Eltern. Sie und Johann wollten nach Wien gehen. Lina hat mir erzählt, dass sein Onkel ihm dort eine Stelle in einer Bäckerei vermittelt hat. Sie war sich ganz sicher, dass man sie niemals finden würde, und ich mir wegen ihnen beiden keine Sorgen machen müsse. Sie hat mir versichert, dass sie weiß, wie man seine Spuren verwischt.«

»Wien …« Fleur blickte eine Weile gedankenverloren vor sich hin. In ihrem Gesicht begann es zu arbeiten.

»Fleur …«

»Mein Name ist Roisin. Roisin O'Mahoney«, fiel sie ihr ins Wort. »Fleur Fatale nenne ich mich nur, um die Erinnerung wachzuhalten«, setzte sie leise hinzu. »Nur Menschen, die mir sehr nahestehen, kennen meinen richtigen Namen. Und da ich jetzt über dich Bescheid weiß, ist es nur gerecht, dass ich dir gegenüber auch mit offenen Karten spiele.« Sie lächelte. Für einen Moment lang schien ihr Blick in weite Ferne zu rücken. »Vor fast zwanzig Jahren habe ich genau wie du mein Zuhause verlassen. Nur bin ich vor Hunger und Elend und nicht vor meinem Verlobten davongelaufen. Ich hatte meine Eltern in der großen Hungersnot verloren, als ich vor achtzehn Jahren in Irland ein Schiff nach England bestieg. Mein Plan war es, eine Anstellung in einem Herrenhaus zu finden. Ich konnte immerhin kochen und nähen.« Sie senkte schulterzuckend den Kopf. »Doch eine junge Frau, die alles verloren hat, ist nichts in dieser Welt. Das hast du ja nach deiner Ankunft hier selbst zu spüren bekommen.« Ein trauriges Lächeln umspielte ihren Mund. »Dann bin ich eines Tages Annie begegnet.«

»Annie? Annie Harris? Florence' Nachbarin?«, hakte Charlotte nach.

»Genau die. Nachdem Florence Walter geheiratet hat und bei ihm eingezogen ist, haben sie und Annie sich angefreundet. Es war schrecklich, dass Walter schon so bald nach ihrer Hochzeit gestorben ist«, erinnerte sich Fleur. »Aus ihren Briefen weißt du sicher, dass sie am Boden zerstört war. In dieser Zeit hat sich Annie sehr um sie gekümmert. Ich glaube, es liegt ihr im Blut, sich um andere zu sorgen«, stellte sie fest. »Als ich Annie über den Weg gelaufen bin, hatte ich seit zwei Tagen nichts gegessen, und geschlafen habe ich an kalten, dreckigen Orten. Sie hat mich buchstäblich von der Straße aufgelesen. Ohne zu zögern.« Roisin nahm einen Schluck Brandy, bevor sie fortfuhr. »Annie war Dienstmädchen in einem vornehmen Haus in Belgravia gewesen, bevor sie einen anderen Weg einschlug. Als der Hausherr eines Abends zudringlich wurde, und sie sich ihm verweigerte, hat er sie noch in derselben Nacht ohne Referenzen vor die Tür gesetzt.

Aber sie ist eine Kämpferin und hat überlebt. Weißt du, wenn eine Frau es geschickt anstellt, kann sie auf der Straße mehr verdienen als mit der harten Arbeit in einem Herrenhaus. Eine Weile habe auch ich die Unabhängigkeit genossen, die dieses Leben mit sich bringt. Ich habe mich freier gefühlt als so manche Ehefrau. Doch die Arbeit birgt auch Gefahren. Gerät eine Frau an den falschen Mann, kann das böse enden.« Roisin schluckte und schwieg einen Moment, bevor sie fortfuhr. »Annie hat mich bei sich aufgenommen. Wir haben uns ein Zimmer geteilt, und sie hat mir beigebracht, wie ich es anstellen musste, einen Mann für mich zu gewinnen. Das erste Mal hat es mich sehr große Überwindung gekostet, aber irgendwann habe ich Gefallen daran gefunden, Männer um den kleinen Finger zu wickeln. Die meisten von uns Frauen wissen nicht, wie viel Macht in uns steckt, Charlotte. Und manche wissen nur einfach nicht, wie sie diese Macht nutzen können«, erklärte sie ihr in sachlichem Tonfall. »Als Annie dann ein paar Jahre später unverhofft ihr Glück mit Arthur gefunden und mit ihm eine Familie gegründet hat, nahm ich eine junge Französin namens Fleur unter meine Fittiche. Wir waren uns sehr ähnlich, und irgendwie habe ich mich in ihr wiedererkannt. Auch sie hatte ihre Eltern verloren und war ganz allein auf der Welt. Eines Nachts ist sie von einem Freier getötet worden.« Charlotte konnte sehen, dass ihre Augen verräterisch glänzten. »Nach ihrem Tod bin ich in ein tiefes Loch gefallen. Ich konnte und wollte keinen Gentleman mehr um den Finger wickeln. Eine Weile habe ich auf dem Boden im Zimmer von Annies Tochter geschlafen, als ich die Miete nicht mehr aufbringen konnte. Es war eine fürchterliche Zeit«, erinnerte sie sich. »Ich war so verzweifelt, und ich hatte keinen rechten Lebenswillen mehr. Ich habe sogar darüber nachgedacht, mich umzubringen. Nur Annie und Ian haben mich davon abgehalten. Ich verdanke den beiden sehr viel.« Sie blickte einen Augenblick lang aus dem Fenster in die Dunkelheit. »Und dann hatte ich wieder einmal Glück. Im Hyde Park bin ich eines Nachmittags Sir Frederick Woodley über den Weg gelaufen. Das hier war einmal sein Haus, und über dem Kamin hängt sein Porträt.« Roisin deutete auf das Gemälde. »Er war genauso unglücklich wie ich, weil er seine Frau und seine Tochter einige Monate zuvor durch ein Fieber verloren hatte. Er hat mich angesprochen, weil ich ihn so sehr an seine Tochter erinnert habe. Danach haben wir uns regelmäßig getroffen und uns gegenseitig getröstet. Mein Leben, das mir nach Fleurs Tod so leer und furchteinflößend vorkam, hat sich urplötzlich wieder zum Besseren gewandelt. Frederick wollte nur Zeit mit mir verbringen, nichts weiter. Er war ein guter Mensch und wie ein Vater für mich. Er hat meinen Ehrgeiz und meine Intelligenz erkannt und ließ mich von einer Hauslehrerin unterrichten.« Sie hielt einen Moment inne, bevor sie fortfuhr. »Dank Frederick weiß ich, dass Bildung und Wissen wichtige Stützpfeiler der Macht sind. Er wollte unbedingt, dass ich etwas aus meinem Leben mache. Bis zu seinem Tod vor fünf Jahren hat er mich deshalb gefördert. Er hatte keine lebenden Angehörigen mehr, und so hat er mir trotz der Missbilligung seiner Nachbarn, die unsere ganz besondere Beziehung nie verstanden haben, dieses Haus und sein gesamtes Vermögen vermacht. Er war sich sicher, dass ich kluge Entscheidungen treffen würde. Ich wollte Fleurs Schicksal anderen Frauen ersparen. Fredericks Freunde, die jetzt die meinen sind, haben mir dabei geholfen, dieses Haus zu einer Zufluchtsstätte für gefallene Frauen zu machen, in der sie mit Respekt und ohne Vorurteile behandelt werden. Wo sie den Schutz erfahren, der ihnen wie jedem anderen Menschen auch zusteht.« Sie beugte sich eindringlich nach vorne. »Verbündete und Freunde sind wichtig, Charlotte. Daher halte ich immer mein Wort, und ich lasse meine Freunde nie im Stich.«

»Ich verstehe.« Charlotte nickte nachdenklich. »Roisin, woher kennst du Heinrich von Burgfeld?« Sie musste erfahren, was ihr ehemaliger Verlobter getan hatte. Roisins vor der Tür gewisperten Worte machten ihr Angst.

»Vor einiger Zeit war er in Begleitung eines englischen Freundes hier. Ja, er hat Freunde in London, Charlotte. Nimm einen Schluck Brandy. Du bist auf einmal weißer als ein frisch gewaschenes Bettlaken.« Charlotte tat wie ihr befohlen. Roisin nickte und fuhr fort. »Er und sein Begleiter haben behauptet, meine Arbeit und meine Einrichtung unterstützen zu wollen, doch in Wahrheit wollten sie sich an den jungen Damen vergreifen. Die beiden haben sich nicht an meine Regeln gehalten. Heinrich von Burgfeld ist Beth heimlich nach oben gefolgt, als sie etwas aus ihrem Zimmer holen wollte. Joseph, der auf der Treppe ihren Schrei hörte, kam ihr gerade noch rechtzeitig zu Hilfe. Er und Ian haben ihn überwältigt und von Burgfeld und seinen Freund so lange festgehalten, bis der Inspektor hier war. Sie haben ihn und seinen Begleiter aus meinem Haus geschafft und dafür gesorgt, dass sie sich hier nie wieder blicken lassen. Glaub mir, an diesem Abend haben die beiden zu spüren bekommen, was es bedeutet, meine Schützlinge zu verletzen und meine Regeln zu missachten.« Sie griff nach ihrem Glas und nahm einen kräftigen Schluck, bevor sie in eindringlichem Tonfall fortfuhr. »Aber Heinrich von Burgfeld ist kein Mann, der sich ungestraft etwas wegnehmen lässt. Du musst gut auf dich aufpassen, Charlotte. Wenn andere nur einen Blick hinter sich werfen, musst du dich doppelt umschauen, denn dein ehemaliger Verlobter wird nichts unversucht lassen, dich zu finden. Aber ich versichere dir, dass meine Tür immer für dich und die Deinen offensteht. Deine Freunde sind unsere Freunde, deine Feinde die unseren. Meine Männer und ich werden dich beschützen. Wenn Inspektor Stockworth nicht zur Stelle sein kann, werden wir es sein.«

Es klopfte, und Charlotte zuckte kaum merklich zusammen.

Boyle betrat das Zimmer. »Martin ist zurück. Mit Begleitung.«

»Danke, Ian. Ich bin sofort bei ihnen. Würdest du Charlotte bitte auf ihr Zimmer bringen?« Roisin schenkte ihr ein zuversichtliches Lächeln und stand auf. Falls Boyle sich über ihre plötzliche Namensänderung wunderte, so ließ er sich nichts anmerken. »Ruh dich jetzt besser aus, Charlotte von Winterberg. Morgen beginnt ein neues Kapitel deines Lebens – du wirst Kraft brauchen, um es schreiben zu können.«

4. Kapitel

Charlotte unterdrückte ein Gähnen. Ihre Glieder fühlten sich bleiern an, und ihre Schläfen pochten unangenehm.

Der Brandy schien noch nachzuwirken, da sie Hochprozentiges nicht gewöhnt war. Zudem hatten die Ereignisse des vergangenen Abends sie bis spät in die Nacht nicht zur Ruhe kommen lassen. Erst in den frühen Morgenstunden war sie in einen unruhigen Schlaf gefallen. Immer wieder hatte sie sich den Kopf darüber zerbrochen, wie der Inspektor es so ohne Weiteres anstellen wollte, sie als Gouvernante in Sir Williams Haus unterzubringen. Außerdem hatte sie keine Ahnung, wie sie ihm bei seinen Ermittlungen behilflich sein sollte.

Charlotte seufzte und blickte sich noch einmal um, während sie sich ihren Mantel überstreifte. Schon wieder musste sie ihr Zuhause verlassen. Ein Haus, in dem sie sich sicher und geborgen gefühlt hatte. Roisins Worte, dass sie hier immer willkommen sein würde, machten ihr den Abschied ein wenig leichter.

Sie dachte an ihre Unterredung am vergangenen Abend. Auch Roisin O'Mahoney hatte zweifellos Pläne. Charlotte hätte zu gern gewusst, welchen dringenden Auftrag sie ihren Männern erteilt hatte. Ihre Intuition sagte ihr, dass es etwas mit ihr und Heinrich von Burgfeld zu tun hatte. Allerdings rechnete sie nicht damit, eingeweiht zu werden. Trotz aller Offenheit ihr gegenüber schien Roisin sich nur ungern in die Karten blicken zu lassen. Doch Charlotte zweifelte keine Sekunde daran, dass sie sehr viele Asse in der Hand hielt und eine Frau war, die man sich nicht zur Feindin machen sollte.

Charlotte blickte auf, als sie das Rascheln von Röcken auf der Treppe hörte. Lucy und Abigail kamen die Treppe hinunter direkt auf sie zu. Abigail schien sich über Nacht von dem Schrecken erholt zu haben, und im Gegensatz zu Charlotte wirkte sie ausgeruht, und ihre Wangen leuchteten rosig. Nur ihr Lächeln war traurig.

»Fleur hat gesagt, dass du uns heute schon wieder verlassen musst. Wirst du zurückkommen?« Abigail blickte sie hoffnungsvoll an.

Charlotte war gerührt, dass auch Fleurs Schützlingen der Abschied schwerfiel. Erst vor Kurzem hatten sie Florence verloren, und nun musste sie schon wieder ihre Koffer packen.

»Das würde uns sehr freuen«, fügte Lucy hinzu und drückte ihren Arm.

»Wenn es nach mir ginge, ja, aber ehrlich gesagt, weiß ich das nicht.« Charlotte schüttelte bedauernd den Kopf. »Ich weiß noch nicht einmal genau, wie es jetzt für mich weitergeht.« Sie fühlte, wie ihre Unsicherheit plötzlichem Zorn wich. Es machte sie wütend, dass wieder einmal eine Entscheidung über ihren Kopf hinweg getroffen worden war. Schließlich hatte sie ihrer Familie und Berlin den Rücken gekehrt, um ihr Leben nie wieder von Fremden bestimmen zu lassen.

»Der Inspektor wird bestimmt nicht zulassen, dass dir etwas zustößt.« Abigail lächelte. »Fleur vertraut ihm, und deshalb tun wir das auch. Du musst ganz bestimmt keine Angst haben. Allerdings werden wir dich sehr vermissen.«

»Das stimmt.« Lucy nickte. »Ich hoffe wirklich, dass du wiederkommst, wenn …« Sie suchte nach den richtigen Worten. »Wenn das alles vorbei ist.«

Charlotte drückte ihren Arm und zwinkerte ihr zu. »Wenn es mir irgendwie möglich ist, dann werde ich gerne zurückkommen«, versprach sie und blinzelte eine Träne weg.

»Bitte mach das!« Lucys Augen strahlten.

»Wisst ihr, wie es Dotty heute Morgen geht? Hat sie sich über Nacht von dem Schock erholt?«, wechselte Charlotte das Thema.

»Ihr Kopf brummt noch, aber es geht ihr schon besser. Heute Morgen nach dem Aufwachen war sie sogar ungeheuer wütend auf ihren Angreifer.« Lucy kicherte. »Sie hat geschworen, ihm eins mit einer Bratpfanne überzuziehen, wenn sie ihn jemals zu fassen bekommt.«

»Und außerdem möchte sie ihm noch zwei Veilchen verpassen«, ergänzte Abigail mit einem schelmischen Lachen.

»Guten Morgen, meine Damen.« Fleur kam mit raschen Schritten auf sie zu. »Genug geschwatzt, ihr beiden«, mahnte sie Lucy und Abigail in strengem Tonfall, doch ihre Mundwinkel zuckten. »Nur weil uns Violet verlassen muss, bedeutet das nicht, dass ihr eure Aufgaben vernachlässigen könnt. Bis ich Ersatz für sie gefunden habe, werde ich ihre Stelle einnehmen. Verabschiedet euch jetzt, und geht zu den anderen. Ich bin in ein paar Minuten bei euch, um euch Aufgaben zu geben.«

»Roisin, kann ich vielleicht zurückkommen und meine Stelle wiederbekommen, wenn …«, begann Charlotte, als die beiden verschwunden waren.

»Du weißt, dass du hier jederzeit willkommen bist, Charlotte, aber ich glaube nicht, dass du zurückkommen wirst.« Roisin drückte ihre Hand und lächelte geheimnisvoll.

»Aber …«

»Vertrau mir, Charlotte. Es wird alles gut werden. Du wirst schon sehen.«

»Ich verstehe nicht …« Charlotte blickte sie verwirrt an.

»Das wirst du noch«, unterbrach Roisin sie und deutete auf zwei große schwarze Koffer. »Hier. Es ist an der Zeit für ein paar neue Kleider. Das alte Ding, das du trägst, hat langsam ausgedient«, meinte sie lächelnd. »Ich habe dir auch ein neues Kleid für Florence' Beerdigung besorgt. Jay's hat es bereits gestern Nachmittag geliefert, und Annie hat mir eine Nachricht geschickt, dass Walters Neffe und seine Frau endlich angekommen sind, um sich um die Bestattung zu kümmern.« Die Beerdigung hätte schon nach zwei Tagen stattfinden sollen, wusste Charlotte, aber Eustace Clarke und seine schwangere Frau mussten erst aus Yorkshire anreisen.

»Roisin, ich weiß nicht, ob ich dir das jemals werde zurückzahlen können, und …«

»Du schuldest mir gar nichts, Charlotte. Aber es wird bestimmt der Tag kommen, an dem *du mir* helfen kannst.« Sie blickte auf, als es klopfte, und Boyle ging zur Tür.

»Du kannst auf mich zählen, Roisin. Das werde ich dir ganz sicher niemals vergessen.« Charlotte lächelte und drehte sich um, als sie die Stimme des Inspektors hörte.

»Guten Morgen, Fleur. Miss von Winterberg.« Er blickte lächelnd zwischen den beiden hin und her. »Ich hoffe, Sie haben trotz allem, was gestern passiert ist, gut geschlafen.«

»Ich …« Charlotte versank in seinen dunklen Augen und vergaß, was sie hatte sagen wollen. Sie rief sich innerlich zur Ordnung und ließ ihren Blick verstohlen über das Grübchen an seinem Kinn weiter nach unten wandern. Es musste sich gut anfühlen, ihren Kopf an seine Schulter zu lehnen und die Augen zu schließen, schoss es ihr durch den Kopf. Sie zuckte zusammen, als sich Boyle, der sie schmunzelnd beobachtete, räusperte. Charlotte fühlte, wie Farbe in ihre Wangen schoss.

Was war nur los mit ihr, fragte sie sich ungeduldig. In Stockworths Gegenwart schien sie zu einer hirnlosen Puppe zu werden!

»Basil, auf ein Wort.« Roisin bat den Inspektor, ihr in ihr Arbeitszimmer zu folgen. Charlotte blieb enttäuscht zurück. Sie wollte eingeweiht werden in die Gespräche der beiden. Die junge Frau wurde das Gefühl nicht los, dass die geheime Unterredung auch und vermutlich gerade sie betraf.

»Es wird alles gut, Charlotte.« Boyles sanfte Stimme holte sie aus ihren Gedanken. »Roisin und der Inspektor wissen, was sie tun.«

Charlotte nickte und versuchte sich an einem kleinen Lächeln, doch ihre innere Anspannung wollte nicht weichen. »Ian, kannst du mir sagen, was die beiden …« Sie zuckte zusammen, als die Tür des Arbeitszimmers bereits nach einigen Augenblicken wieder geöffnet wurde, und Fleur und Stockworth zurück in das Foyer kamen.

»Miss von Winterberg, es wird Zeit.« Stockworth schenkte ihr einen aufmunternden Blick. »Die Kutsche wartet.«

»Charlotte, wir sehen uns spätestens auf Florence' Beerdigung. Annie wird uns benachrichtigen, wenn Walters Neffe endlich alles in die Wege geleitet hat.«

Charlotte nickte.

Roisin legte ihre Hände auf Charlottes Schultern. »Und solltest du in den nächsten Tagen das Gefühl haben, Hilfe zu benötigen, dann …«

»Werde ich zur Stelle sein«, vollendete der Inspektor den Satz. »Ian, bringst du bitte Miss von Winterbergs Gepäck nach draußen in die Kutsche?«

»Hilfe?« Charlotte blickte aufgeschreckt zwischen Roisin und dem Inspektor hin und her. »Womit muss ich rechnen, wenn …«

»Sie brauchen keine Angst zu haben, Miss von Winterberg.« Stockworth ergriff sanft ihren Arm und lächelte. »Ihnen wird nichts zustoßen. Das würde ich niemals zulassen.«

Es nieselte, und ein kühler Wind ließ Charlottes Augen tränen, als Stockworth ihr in die Kutsche half. Er signalisierte dem Kutscher, loszufahren, und dieser ließ die Peitsche knallen.

»Wo bringen Sie mich hin, Inspektor?« Charlottes Stimme klang ungeduldig.

»Belgrave Square. Zu Lady Henrietta Stockworth, meiner Mutter. Sie kann es kaum erwarten, Sie persönlich kennenzulernen. Meinen Vater, Lord Stockworth, werden Sie leider erst heute Abend beim Dinner kennenlernen«, erklärte er ihr.

»Sie sind der zukünftige Lord Stockworth? Und arbeiten bei Scotland Yard?« Charlotte war überrascht. Dass ein Aristokrat die Laufbahn eines Inspektors einschlug, war mehr als nur ungewöhnlich. Es erklärte aber seine Vertrautheit mit Lady Clifton und Sir Geoffrey Byrnes.

»Nur Däumchen zu drehen und das Familienvermögen zu verprassen würde mich zu Tode langweilen, Miss von Winterberg. Ich brauche diesen gewissen Nervenkitzel«, grinste er. »Verbrecher zur Strecke zu bringen ist das Zweitbefriedigendste auf der Welt, wenn Sie mich fragen.«

»Und was ist das Befriedigendste?«

»Die Liebe natürlich.« Ein fast jungenhaftes Grinsen huschte über sein Gesicht. Er hob seine Hand und strich ihr rasch über die Wange. Seine Berührung war sanft wie eine Feder. Charlotte konnte fühlen, wie sie errötete, doch gleichzeitig war sie enttäuscht, dass er seine Hand so schnell wieder weggezogen hatte. Sie war dankbar für den Umstand, dass sie allein in der Kutsche saßen, und niemand Zeuge ihres Gesprächs wurde. Sie fragte sich, ob es eine Frau in seinem

Leben gab, oder ob … Sie senkte den Kopf und schob den Gedanken beiseite.

»Wenn Sie das sagen.« Charlotte hüstelte verlegen.

»Ich bringe Sie doch nicht etwa in Verlegenheit, Miss von Winterberg?« Stockworths Tonfall klang amüsiert. »Sie müssen nicht gleich erröten.«

»Ich soll Ihnen also bei Ihren Ermittlungen helfen und gleichzeitig als Gouvernante arbeiten. Wie kommen Sie darauf, dass ausgerechnet ich die Stelle bekommen werde?«, wechselte sie rasch das Thema.

»Wie ich Ihnen bereits gesagt habe, sucht Sir William Mays Witwe seit einiger Zeit händeringend eine neue Gouvernante und Hauslehrerin für ihre beiden Söhne. Und die Bewerberinnen stehen nicht gerade Schlange. Da trifft es sich doch ausgezeichnet, dass Violet Lewis auf der Suche nach einer Stelle ist«, entgegnete Stockworth.

»Und warum ist es so schwer für Lady May, eine Gouvernante für ihre Söhne zu finden?«, erkundigte sich Charlotte misstrauisch.

»Nun ja, die Zwillinge Alistair und Ashley scheinen wohl kaum zu bändigen zu sein. Es heißt, dass Gouvernanten und Hauslehrer in der Regel nicht länger als drei Monate in Sir Williams Haus blieben. Die beiden sollen aber schon bald entweder nach Eton oder Harrow geschickt werden, und bis dahin müssen sie lernen, sich entsprechend zu benehmen. Und natürlich müssen sie auch unterrichtet werden. Aus diesem Grund wird Violet Lewis mit den Referenzen von Anna von Krenze und einer weiteren warmen Empfehlung von Lady Margaret Howard, einer Freundin meiner Mutter, beste Aussichten auf die Stelle haben.«

»Und was versprechen Sie sich davon, Inspektor?«

»Gestern Abend sind wir doch zu dem Schluss gekommen,

dass ein Mann wie Sir William gewiss viele Feinde habe. Und diese Feinde, Miss von Winterberg, können überall lauern. Selbst und gerade unter dem eigenen Dach. Ich möchte Sie daher bitten, in Sir Williams Haus meine Augen und Ohren zu sein. Seine Familie wird sehr darauf bedacht sein, ihre Geheimnisse für sich zu behalten. Wer wäscht seine dreckige Wäsche schon gern in aller Öffentlichkeit oder vor einem Inspektor?«, fügte er mit einer ausladenden Handbewegung hinzu. »Mir gegenüber wird niemand von ihnen offen sprechen. Eine Hausangestellte aber kann einiges aufschnappen, wenn sie es richtig anstellt. Ich glaube, Sie könnten durchaus das eine oder andere Dienstmädchen dazu bringen, aus dem Nähkästchen zu plaudern. So charmant, wie Sie sind«, bemerkte er galant. »Beobachten Sie und hören Sie gut zu. Und dann werden Sie mir sicher berichten können, wer von all den Menschen, die Sir William nahestanden, noch eine Rechnung mit ihm offen hatte.«

»Sie glauben, dass …«

»Ich glaube gar nichts, aber ausschließen kann ich ebenfalls nichts. In meinem Metier brauche ich Beweise und bestenfalls Geständnisse.«

Charlotte räusperte sich. »Inspektor, darf ich Sie etwas fragen?«

»Selbstverständlich.«

»Fleur, ich meine Roisin, ist keine gewöhnliche …«

»Frau? Ehemalige Kurtisane?« Stockworths Augen blitzten amüsiert. »Glauben Sie mir, Roisin O'Mahoney mag vieles sein, aber nicht gewöhnlich. Ich bewundere sie sehr für das, was sie für diese jungen Frauen tut.« Sein Gesichtsausdruck verdüsterte sich. »Man kann sich das Elend der Mädchen in den Straßen kaum vorstellen. Aufgrund meiner Arbeit habe ich Dinge gesehen, die kein Mensch jemals sehen sollte. Die

Prostituierten sind der Gewalt ihrer Zuhälter und Freier ausgesetzt. Viele müssen hungern, trinken zu viel Gin und leiden an schweren Krankheiten. Syphilis, die Hurenkrankheit«, er lachte humorlos, »ist nur eine davon. Kein Mensch sollte so ein Leben führen müssen. Aus diesem Grund hat Roisin nach Sir Fredericks Tod beschlossen, so vielen Mädchen der Straße zu helfen wie nur irgendwie möglich. Aber das älteste Gewerbe der Welt, wenn man es so nennen will, kann auch Vorteile haben, wenn Frauen es geschickt anstellen. Es eröffnet unverhoffte Möglichkeiten«, erklärte er ihr. »Roisin kam von ganz unten und ist mittlerweile weit oben angekommen. Sie ist schön und hat einen scharfen Verstand. Eigenschaften, die viele beeindrucken. Und manche abschrecken. Roisin hat dank Frederick viele Freunde, aber auf ihrem Weg nach oben hat sie sich auch viele Feinde gemacht.«

»Und während Sie einer ihrer Freunde sind, ist Heinrich von Burgfeld einer ihrer Feinde, nicht wahr?«

»Sie hat Ihnen erzählt, was passiert ist?«

»Ja.« Charlotte nickte. »Und ich bin froh, dass sie es mir gesagt hat, denn jetzt weiß ich, dass es das einzig Richtige war, vor ihm davonzulaufen.«

»Er wird Ihnen nie wieder zu nahe kommen. Das verspreche ich Ihnen.« Stockworth drückte einen Moment lang ihre Hand, und Wärme durchflutete sie. »Aber um Ihre Frage zu beantworten: Meine Eltern und Sir Frederick Woodley waren sehr eng befreundet. Mein Vater hat ihn darin bestärkt, Roisin sein Vermögen zu vermachen. Sowohl er als auch meine Mutter schätzen sie sehr und unterstützen ihre Arbeit. Was nun speziell meine Freundschaft mit ihr betrifft: Roisin hat dank ihrer Vergangenheit Zugang zu einer Welt, die Scotland Yard meist verschlossen bleibt. Meine Kollegen und ich sind in der Londoner Unterwelt nicht gern gesehen.

Wenn es nötig ist, kann Roisin aber Türen für mich öffnen, oder ihre Männer handeln in meinem Auftrag. Es mag ein wenig unkonventionell sein, aber sehr effektiv. Im Gegenzug helfe ich ihr dabei, ihrer Arbeit ungestört nachgehen zu können und ihre Interessen zu wahren.«

Bevor Charlotte noch etwas erwidern konnte, kam die Kutsche zum Stehen.

»Wir sind da. Willkommen in Belgravia, Miss von Winterberg.«

Charlotte erinnerte sich noch gut daran, was Florence ihr über den gediegenen Stadtteil Belgravia erzählt hatte. Er war benannt nach dem Dorf Belgrave in Cheshire, in dessen Nähe sich der Sitz der Grosvenor-Familie befand, die für die bauliche Gestaltung des Stadtviertels verantwortlich gewesen war. Die Wiesen und Felder von einst waren eleganten Stadthäusern gewichen, und nichts erinnerte mehr an Belgravias blutige Geschichte. Aufgrund ihrer ländlichen Abgeschiedenheit war die Gegend im Mittelalter »Five Fields« genannt worden, und häufig hatten sich dort Männer eingefunden, um sich zu duellieren. Des Nachts hatten dort Räuber und Wegelager den Unglücksseligen aufgelauert, die sich zu später Stunde dorthin verirrten. Auch die sogenannte »Bloody Bridge«, die über den Fluss Westbourne führte, war in der Vergangenheit zum Schauplatz grausiger Verbrechen geworden. So war man dort im Jahr 1728 auf die entstellte Leiche eines Mannes gestoßen, dem fünf seiner Finger abgeschnitten worden waren. Sein Mörder war nicht einmal davor zurückgeschreckt, ihm die Hälfte seines Gesichts abzutrennen. Charlotte erschauderte, als die mondänen Stadthäuser vor ihren Augen verschwammen, und die Bilder längst vergangener Zeiten vor ihrem geistigen Auge aufzogen.

Sie kniff einen Moment lang die Augen zusammen und atmete tief ein und aus, bevor sie ehrfürchtig an dem großen, mit Stuck verzierten Gebäude emporblickte. An der schwarzen Eingangstür prangte ein goldglänzender Türklopfer in Form eines Löwenkopfes. Stockworth ergriff sanft ihren Arm und führte sie die Treppenstufen hinauf.

»Gefällt Ihnen das Haus meiner Eltern, Miss von Winterberg?« Die Stimme des Inspektors holte sie zurück in die Gegenwart. »Ich kann mir kaum vorstellen, dass es sich groß von dem Haus unterscheidet, in dem Sie aufgewachsen sind.«

»Es kommt wohl darauf an, aus welchem Blickwinkel man unsere Elternhäuser betrachtet«, entgegnete Charlotte und dachte an das geräumige Haus in Berlin, in dem sie sich im Lauf der Zeit immer mehr wie eine Gefangene gefühlt hatte.

»Ich glaube, ich verstehe, worauf Sie hinauswollen.« Stockworth blickte sie einen Moment lang nachdenklich an und wechselte das Thema. »Sir William Mays Haus ist übrigens nicht weit von hier entfernt.« Er griff nach dem Türklopfer, und einige Augenblicke später öffnete der Hausdiener. »Vielen Dank, Lawson.« Stockworth lächelte, als er ihnen ihre Mäntel abnahm. »Bitte lassen Sie Miss von Winterbergs Koffer nach oben in das Gästezimmer bringen.«

Charlotte ließ ihren Blick durch das Foyer schweifen. Lord und Lady Stockworths Domizil war tatsächlich beeindruckend. Das Treppenhaus war in dunklem Holz getäfelt, und an den Wänden befanden sich Porträts huldvoll lächelnder Damen und ernst dreinblickender Herren. Charlotte vermutete, dass es sich um die Ahnen der Stockworths handelte.

»Der Stammbaum meiner Familie reicht zurück bis ins vierzehnte Jahrhundert«, flüsterte der Inspektor ihr zu. Er schien ihre Gedanken erraten zu haben. »Das sind die Porträts meiner Großeltern, Urgroßeltern und Ururgroßeltern. Ich weiß aber, dass auch Sie aus einem sehr alten Adelsgeschlecht stammen, Miss von Winterberg. Ihr Stammbaum geht auch weit zurück.«

»Sie scheinen einiges über meine Familie zu wissen, Inspektor. Das ist wahr, unser Stammbaum reicht zurück bis ins fünfzehnte Jahrhundert«, stimmte Charlotte zu. Die von Winterbergs hatten einst Einfluss, Macht und Ansehen in ganz Europa besessen. »Auf seine Herkunft war mein Vater immer ganz besonders stolz. Ich fürchte aber, dass vom früheren Glanz jetzt nur noch Asche übrig geblieben ist«, fügte sie nüchtern hinzu.

»Aus welcher jederzeit ein starker Phönix auferstehen kann«, behauptete der Inspektor und blickte ihr in die Augen.

Der Hausdiener erschien hinter Stockworth und räusperte sich. Er lächelte verschmitzt, als die beiden sich aus ihrer Erstarrung lösten. »Ihre Mutter wartet auf Sie beide im Salon, Sir.«

»Dann sollten wir sie nicht länger warten lassen.« Charlotte fiel es schwer, sich von ihm abzuwenden. »Kommen Sie, Miss von Winterberg.«

Der Butler ging ihnen voran zu einer Tür rechts von der Treppe und klopfte, bevor er sie öffnete.

»Basil!« Lady Stockworth kam mit ausgestreckten Armen auf sie zu. Ihre blauen Augen strahlten, und ihr dunkelblondes Haar war sorgfältig nach oben gesteckt. Hie und da konnte Charlotte ein einzelnes graues Haar erkennen, doch Lady Henrietta Stockworths Jugend schien nicht weichen zu wollen. Bis auf sanfte Lachfältchen war ihre Haut beneidenswert straff, und ihre Bewegungen erinnerten an die eines jungen Mädchens. Sie trug ein weinrotes Kleid, und um ihren Hals lag eine goldene Kette mit einem Rubinanhänger. Sie musterte Charlotte wohlwollend und schenkte ihr ein warmes Lächeln, während sie ihre Hände drückte. »Es freut mich wirklich sehr, Sie kennenzulernen, Miss von Winterberg. Nehmen Sie Platz.« Sie führte Charlotte zu einem Sofa neben dem Kamin, in dem ein Feuer prasselte. »Sie erinnern mich sehr an Ihre Großmutter, wenn ich das bemerken darf. Sie haben ihre Augen und das gleiche wunderschöne Haar.«

»An meine Großmutter?« Charlotte blinzelte überrascht und blickte zwischen Mutter und Sohn hin und her.

»An Louise von Brinck«, nickte Lady Stockworth. »Die Mutter Ihrer Mutter. Sie sehen ihr wirklich sehr ähnlich. Hat Ihnen das noch nie jemand gesagt?«

»Nein.« Charlotte schüttelte den Kopf. »Ich habe meine richtige Großmutter leider nie kennengelernt«, bedauerte sie. »Ausgerechnet am zwölften Geburtstag meiner Mutter ist sie gestorben. Meine Mutter hat so gut wie nie über sie gesprochen. Und die zweite Frau meines Großvaters war sehr …«

»Dröge?« Lady Henrietta beugte sich nach vorne. »Wilhelmine von Brinck konnte ihrer Vorgängerin, also Ihrer Großmutter, nicht das Wasser reichen. Das hat man sich hinter ihrem Rücken zugeflüstert. Meine Tante hat sie in ihren Briefen als einfältig bezeichnet. Tante Marjorie hat nie ein Blatt vor den Mund genommen.« Sie lachte herzlich, bevor sie fortfuhr. »Ich habe Ihre Großmutter bei einem Besuch in Berlin kennengelernt. Ich muss damals acht oder neun Jahre alt gewesen sein. Sehen Sie, meine Tante Marjorie hat Ernst von Hasselmann geheiratet. Er war der Sohn eines alten Freundes ihres Vaters. Die beiden haben in Berlin gelebt, und Ihre Großmutter und sie wurden Freundinnen. Als ich meine Tante zusammen mit meinen Eltern in Berlin besucht habe, waren wir bei Ihren Großeltern auf einem Empfang eingeladen. Ihre Mutter war noch sehr klein.« Sie runzelte die Stirn. »Sie muss ungefähr zwei Jahre alt gewesen sein, und ich erinnere mich, dass sie sehr schüchtern war. Das hat Ihrer Großmutter Sorgen gemacht. Louise von Brinck war nämlich eine sehr starke Frau, und sie wäre bestimmt sehr stolz auf sie, wenn sie Sie heute sehen könnte.«

»Da wäre ich mir nicht so sicher«, erwiderte Charlotte skeptisch. »Immerhin habe ich bei Nacht und Nebel mein Zuhause verlassen, weil ich mich geweigert habe, das zu tun, was meine Eltern von mir erwartet haben. Ich glaube kaum, dass meine Großmutter ein solches Verhalten gutheißen würde.« Sie blickte in Lady Stockworths Augen. »Aber ich hatte es einfach nur satt, die gehorsame Tochter dieses unmöglichen Menschen zu sein. Und dass ich einen Mann heiraten sollte, den ich verabscheue, hat für mich das Fass zum Überlaufen gebracht. Wie eingeengt ich mich gefühlt habe, konnte ich aber erst richtig spüren, als ich weggelaufen bin«, ergänzte sie. Auf ihrer Flucht nach London hatte sie ganz neue Seiten an sich kennengelernt. Es war erstaunlich, zu welchen Taten Menschen fähig waren, wenn es die Situation erforderte. »Können Sie das verstehen, Lady Stockworth?«

»Sehr gut sogar«, nickte ihre Gastgeberin und drückte sanft Charlottes Arm. »Ich hatte das große Glück, den Mann heiraten zu können, in den ich mich verliebt hatte. Und dieses Recht sollte jeder Frau und auch jedem Mann eingeräumt werden, wenn es nach mir ginge.« Sie warf ihrem Sohn einen bedeutungsvollen Blick zu, bevor sie sich wieder an Charlotte wandte. »Und ich bin mir sicher, Ihre Großmutter hätte genauso viel Verständnis für Ihre Flucht wie ich. Sie und meine Tante haben oft über Mary Wollstonecraft diskutiert, darüber, dass Frauen eine angemessene Erziehung erhalten und in jedem Fall Mitspracherecht bei der Wahl ihres Ehemanns haben sollten. Auch wenn hie und da immer noch Ehen eingefädelt werden, glaube ich persönlich fest daran, dass arrangierte Ehen eines Tages ganz und gar der Vergangenheit angehören werden.« Sie klang überzeugt. »Ich weiß, dass Ihrem Großvater die progressiven Ansichten Ihrer Großmutter ein Dorn im Auge waren. Vermutlich hat er sich deswegen nach ihrem Tod eine einfältige und fügsame Frau gesucht. Und Ihre Mutter hat wohl niemals die Willensstärke Ihrer Großmutter besessen.« Sie seufzte und zuckte die Schultern. »Ich habe die Erfahrung gemacht, dass starke Eigenschaften oft eine Generation überspringen und sich erst in der darauffolgenden wieder durchsetzen. Sie sind hierfür das beste Beispiel, Miss von Winterberg. Dabei fällt mir ein: Ich besitze einige persönliche Dinge aus dem Nachlass meiner Tante. Darunter befinden sich auch Briefe Ihrer Großmutter. Ich überlasse Sie Ihnen gerne, wenn Sie möchten. Wenn Sie sie gelesen haben, werden Sie sehen, was für eine bemerkenswerte Frau Louise von Brinck war.«

»Das würde mich sehr freuen!« Charlotte strahlte. Sie hätte nie geglaubt, so weit von ihrem Zuhause entfernt mehr über ihre Herkunft erfahren zu können.

»Ich werde Ihnen die Briefe später bringen«, versprach Lady Stockworth und nickte mit einem nachdenklichen Lächeln. »Ja, ich bin überzeugt davon, dass Ihre Großmutter sehr stolz auf Sie wäre.«

Charlotte blickte sie fasziniert an. Während ihre Mutter stets wie ein Schatten ihrer selbst durch ihr Elternhaus geschlichen war, bedacht darauf nicht aufzufallen, strahlte Lady Stockworth Stärke und Zuversicht aus. Ohne Zweifel war sie eine Persönlichkeit, die Eindruck bei jedem hinterließ, dem sie begegnete.

»Mutter, hat Lady Howard schon eine Nachricht geschickt?« Der Inspektor räusperte sich und bedachte Lady Stockworth mit einem fragenden Blick.

»Natürlich hat sie das. Kurz bevor ihr gekommen seid. Auf Margaret ist immer Verlass, wie du weißt«, betonte sie und wandte sich an Charlotte. »Die Nachricht von Sir Williams Tod hat sich bereits wie ein Lauffeuer verbreitet. Meine Freundin Lady Howard hat Lady May deshalb vorhin einen Kondolenzbesuch abgestattet. Bei der Gelegenheit hat sie ihr auf meine und Basils Bitte hin Violet Lewis als Gouvernante und Hauslehrerin für die Zwillinge wärmstens empfohlen. Lady Margaret kann äußerst überzeugend sein.« Ein schelmisches Funkeln glitzerte in ihren Augen. »Alistair und Ashley May stehen im Ruf, die Nerven einer jeden Gouvernante auf eine harte Probe zu stellen. Sogar der Hauslehrer hat vor Kurzem die Flinte ins Korn geworfen. Die Zwillinge müssen unglaublich anstrengend sein. Angeblich ist es einfacher, einen Sack Flöhe zu hüten als die beiden. Aber ich bin mir sicher, dass Violet Lewis dieser Aufgabe mehr als nur gerecht werden wird.«

»Und wenn Lady May anderer Ansicht ist?«, warf Charlotte skeptisch ein. Sie war noch immer nicht überzeugt davon, dass sie die zukünftige Gouvernante von Sir Williams Söhnen werden würde. »Es wäre doch sehr gut möglich, dass sie sich für eine Gouvernante entscheidet, die mehr Referenzen vorweisen kann und mehr Erfahrung hat. Ganz gleich, wie verzweifelt sie auch auf der Suche sein mag.« Der Inspektor stellte es sich am Ende ein wenig zu einfach vor, sie in Sir William Mays Haus als seinen persönlichen Spitzel unterzubringen, befürchtete sie.

»Dazu wird es ganz sicher nicht kommen«, widersprach Lady Henrietta und schüttelte entschieden den Kopf. »Sir Williams jüngste Söhne sind, wie gesagt, sehr schwierig, und ihr Ruf eilt ihnen voraus. Jede halbwegs anständige Gouvernante überlegt es sich mindestens zweimal, ob sie die Stelle antritt.« Sie lachte zuversichtlich. »Lady May wird daher erleichtert und erfreut sein, Sie heute Nachmittag um drei kennenzulernen.«

»Dann wird Violet Lewis ihr Möglichstes tun, um Lady May von ihren Fähigkeiten zu überzeugen«, versprach Charlotte.

5. Kapitel

Charlotte blickte sich neugierig um, während Lady Eugenia May das Empfehlungsschreiben ihrer Tante las. Bis auf das Ticken der großen Standuhr war es mucksmäuschenstill im Salon. Das Haus trauerte. An der Tür zu Sir Williams gediegenem Stadthaus war deshalb, wie es die Etikette vorsah, ein Trauerflor angebracht worden, der den herben Verlust der Familie nach außen trug. Nach Florence' Tod, erinnerte sie sich, war die Eingangstür ihres Hauses zudem nur angelehnt gewesen, um Kondolierenden leisen Zutritt zu gewähren. Kein Laut sollte die Ruhe der Toten stören. Sir William Mays sterbliche Überreste aber waren im Leichenschauhaus aufgebahrt, wo Dr. Honeywell versuchte, ihm seine letzten Geheimnisse zu entlocken. Inspektor Stockworth hatte ihr berichtet, dass der Coroner den Arzt offiziell mit der Obduktion betraut hatte, und Dr. Honeywell würde auch Sir Williams Erbrochenes untersuchen.

Dank der neuesten Methoden konnten mehr und mehr Verbrechen aufgeklärt und Verbrecher zur Rechenschaft gezogen werden, wusste Charlotte. Obwohl sie die Vorstellung, nach dem Tod aufgeschnitten zu werden, als grauenvoll empfand, weckte die Medizin ihr Interesse. Der Gedanke, Todesursachen mithilfe eines Skalpells und ausgeklügelter Methoden auf den Grund gehen zu können, faszinierte die junge Frau. Die Erkenntnisse der modernen Medizin fesselten sie, und doch barg die Arbeit mit Leichen zugleich etwas Abstoßendes. Für viele Hinterbliebene musste die Untersuchung sterblicher Überreste einer Leichenschändung gleichkommen. Dem geliebten Menschen, der einem Verbrechen zum Opfer gefallen war, wurde auf diese Weise neuerlich Gewalt angetan. Szenen aus Mary Shelleys *Frankenstein* geisterten gewiss durch die Köpfe vieler Trauernder, wenn sie den leblosen Körper eines verstorbenen Angehörigen in den Händen des Arztes wussten, spekulierte Charlotte.

Lady May räusperte sich und riss sie aus ihren Überlegungen. Sie musterte Charlotte eingehend, doch die junge Frau erwiderte ihren Blick standhaft. Wie sie selbst trug Sir Williams Witwe Schwarz, doch in Lady Mays Zügen konnte sie keine Trauer erkennen. In ihren Augen lag ein distanzierter Ausdruck, und sie schien nicht besonders bestürzt über den Verlust ihres Ehemanns, fand Charlotte.

»Das sind wirklich hervorragende Referenzen, Miss Lewis.« Lady May nickte wohlwollend und legte die Unterlagen beiseite. Sie lehnte sich auf ihrem Stuhl zurück, und massierte einen Augenblick lang ihre Schläfen. Ihr dunkelblondes Haar war so straff nach oben gesteckt, dass es Kopfschmerzen verursachen musste, vermutete Charlotte. »Auch Lady Howard hat Sie mir wärmstens empfohlen. Sie hat mir versichert, Sie seien sehr geduldig und hätten gute Nerven.« Sie blickte sie prüfend an.

»Ich werde der Aufgabe in Ihrem Haus sicher gewachsen sein, Lady May«, entgegnete Charlotte in festem Tonfall und lächelte zuversichtlich. »Ich freue mich auch schon sehr darauf, die beiden kennenzulernen.«

»Sie haben vermutlich gehört, dass meine Söhne Alistair und Ashley ein wenig anstrengend sein können«, kam es vorsichtig über Lady Mays Lippen. »Ihr Hauslehrer Mr.

Jacobs war der Ansicht, dass die beiden äußerst intelligent seien, allerdings hätten sie die Aufgaben, die er ihnen gegeben hat, nie mit der nötigen Sorgfalt erledigt. Vor Kurzem musste leider auch er uns verlassen«, erklärte sie und warf einen flüchtigen Blick aus dem Fenster. »Er ist zurück nach Manchester gegangen, um sich um seine kranke Mutter zu kümmern. Er meinte, ihr Gesundheitszustand habe sich rapide verschlechtert, weshalb er sich um eine Anstellung in ihrer Nähe bemüht hat.« Ihr Tonfall brachte zum Ausdruck, dass sie ihm den Grund seiner Kündigung nicht glauben wollte. Charlotte stöhnte innerlich.

»Das tut mir sehr leid zu hören, Lady May.«

»Meine Söhne müssen endlich wieder richtig unterrichtet und betreut werden. Erst recht in dieser schweren Zeit«, fügte sie mit düsterer Miene hinzu. »Sicher haben Sie bereits gehört, dass mein Mann gestern Abend auf tragische Weise verstorben ist. Ganz London spricht über seinen plötzlichen Tod. Ich hoffe sehr, das allgemeine Getuschel über unsere Familie schreckt Sie nicht ab.« Sie presste ihre Lippen einen Augenblick aufeinander. Gegenstand des Klatsches zu sein, empfand Lady May sicherlich als Demütigung.

»Ganz und gar nicht. Ihr Verlust tut mir sehr leid, Lady May«, versicherte ihr Charlotte. »Ich kann ihn sehr gut nachvollziehen. Ich weiß, wie schmerzhaft es ist, einen nahestehenden Menschen zu verlieren.« Sie senkte den Kopf und dachte an Florence.

»Auch Sie tragen Schwarz, Miss Lewis«, stellte Lady May mitfühlend fest. »Ich nehme an, Sie haben kürzlich einen Angehörigen verloren?«

»Meine Tante ist vor einigen Tagen in den frühen Morgenstunden an einer Lungenentzündung verstorben. Sie war meine einzige noch lebende Verwandte«, erläuterte Charlotte.

»Die Beerdigung konnte aufgrund einiger unvorhergesehener Ereignisse noch nicht stattfinden, aber der Neffe ihres verstorbenen Mannes ist gerade dabei, sich um alles zu kümmern. Er ist mir eine große Stütze«, beeilte sie sich hinzuzufügen und dachte nicht darüber nach, dass Eustace Clarke ihr noch niemals begegnet war. Ganz allmählich ging ihr das Lügen in Fleisch und Blut über, dachte sie ironisch.

»Mein Beileid für Ihren Verlust.« Lady May klang aufrichtig. »Vermutlich ist es gut, dass Sie hier sind. Aufgrund Ihrer eigenen Trauer können Sie sicher nur allzu gut verstehen, wie sehr die Hinterbliebenen leiden. Daher …«

»Und wie sehr genau leiden die Hinterbliebenen, Eugenia?« Ein junger Mann, Charlotte schätzte ihn auf Anfang zwanzig, erschien im Türrahmen und blickte Lady May herausfordernd an. Er trug einen schwarzen Anzug, und sein fast schwarzes Haar war makellos frisiert. In seinen dunklen Augen lag unterdrückter Zorn. Seine Hände ballten sich zu Fäusten, als Lady May seinen Blick unbeeindruckt erwiderte. Charlotte glaubte, ihre Mundwinkel spöttisch zucken zu sehen.

»Der Gedanke, dass meine Söhne ohne ihren Vater aufwachsen müssen, belastet mich, Edward. Da er auch dein Vater war, muss der Verlust dich innerlich zerreißen.« Die eisige Spitze in ihrer Stimme war unüberhörbar.

»Meine Halbbrüder haben allerdings noch ihre Mutter. Ich musste ohne die meine aufwachsen«, presste er hervor. »Du kannst dir gar nicht vorstellen, wie sehr mich *das* belastet hat.«

»Das Leben ist nun einmal hart zu uns allen«, konterte sie kalt und wandte sich an Charlotte. »Miss Lewis, das ist Edward May, mein Stiefsohn.«

»Auch Ihnen möchte ich mein Beileid aussprechen, Sir.«

Charlotte konnte die Abneigung zwischen den beiden nahezu körperlich spüren. Trotz des prasselnden Feuers im Kamin schien die Temperatur im Salon mit einem Mal gesunken zu sein.

»Schon gut. Ich habe meinen Vater bereits vor langer Zeit verloren.« Sir Williams ältester Sohn ließ sich auf die Couch fallen. »Als Erbe meines Vaters und somit neuer Hausherr möchte auch ich mir ein Bild von der zukünftigen Gouvernante und Lehrerin meiner Halbbrüder machen. Das können Sie sicher verstehen, Miss Lewis. Die Erziehung der beiden liegt mir sehr am Herzen.« Lady May warf ihm auf diese Worte hin einen eisigen Blick zu. Charlotte war klar, dass Sir Williams Witwe sich notgedrungen mit ihrem Stiefsohn gutstellen musste. Edward May erbte nun das stattliche Vermögen seines Vaters, während Witwe und Halbbrüder leer ausgingen. »Ich möchte Alistair und Ashley schon bald aufs Internat schicken. Schon aus diesem Grund müssen sie endlich lernen, sich in Gesellschaft zu benehmen, und auch ihr Unterricht muss fundiert sein. All das ist meiner Ansicht nach bisher in vieler Hinsicht zu kurz gekommen«, stichelte er, und Lady May schnaubte kaum hörbar. »Sie werden die beiden daher mit der nötigen Strenge erziehen und unterrichten müssen. Trauen Sie sich das zu, Miss Lewis?«

»Selbstverständlich, Sir.« Charlotte klang zuversichtlicher, als sie sich in diesem Augenblick fühlte.

»Da meine Söhne den Verlust ihres Vaters verarbeiten müssen, ist es mir umso wichtiger, sie in guten Händen zu wissen, Miss Lewis.« Lady May faltete ihre Hände in ihrem Schoß. »Sie werden feststellen, dass die beiden sehr an Mathematik interessiert sind. Mr. Jacobs hat sich aber darüber beklagt, dass sie sich in den sprachlichen Fächern immer verweigert haben. Sie müssen wissen, mein verstorbener Mann hat den größten Wert auf das Erlernen von Fremdsprachen gelegt. Wie ich Ihrem Empfehlungsschreiben entnehmen kann, sprechen Sie Französisch und Deutsch?«, vergewisserte sie sich.

»So ist es.« Charlotte nickte. »Und ich werde Ihre Söhne schon dazu bringen, ihre Vokabeln zu lernen.«

»Das ist alles schön und gut, Miss Lewis, aber wie sieht es mit Ihren Lateinkenntnissen aus?«, erkundigte sich Edward May und griff nach dem Empfehlungsschreiben. Ihr Einstellungsgespräch schien zu einem Machtkampf zwischen Stiefmutter und Stiefsohn zu werden, dachte Charlotte. »Ich sähe die Sprache der römischen Gelehrten nur ungern vernachlässigt«, fügte er blasiert hinzu.

Charlotte beschlich das Gefühl, dass Sir Williams ältester Sohn und Erbe verzweifelt einen Makel an ihr finden wollte, um sich gegen eine etwaige Entscheidung seiner Stiefmutter stellen zu können. Sie erwiderte seinen Blick mit einem selbstbewussten Lächeln.

»Meinen Referenzen können Sie entnehmen, dass ich Ihre Halbbrüder auch in Latein unterrichten kann, Sir. Meine Kenntnisse werden Sie bestimmt zufriedenstellen.«

Lady May lächelte wohlwollend, als sich Edwards Miene einen Moment lang versteinerte.

»Sie sind jünger als Ihre Vorgängerinnen, Miss Lewis.« Er schlug die Beine übereinander und unternahm einen weiteren Anlauf, sie aus der Fassung zu bringen. »Die Gouvernanten meiner Halbbrüder, ganz zu schweigen von Mr. Jacobs, hatten reichlich Erfahrung und die Zwillinge trotzdem nicht im Griff. Sind Sie sich dennoch sicher, dass Sie der Aufgabe in *meinem*«, betonte er, »Haus gewachsen sind?«

»Ich bin fest davon überzeugt, Sir«, antwortete Charlotte mit einem – wie sie hoffte – souveränen Lächeln. »Ich freue mich schon sehr darauf, Ihre Halbbrüder kennenzulernen. Vielleicht sind jugendliche Geduld und Stärke genau das Richtige, um die beiden zu erziehen.«

»Na schön.« May räusperte sich. »Meine Stiefmutter und ich stimmen zumindest in dem Punkt überein, dass Alistair und Ashley dringend eine neue Hauslehrerin und Gouvernante brauchen, die sie bändigt. Wenn Lady May also keine Einwände hat, wäre ich bereit, Sie auf Probe einzustellen.«

»Ich danke Ihnen sehr für Ihr Vertrauen, Sir.«

»Enttäuschen Sie es nicht, Miss Lewis.«

»Miss Lewis, wäre es Ihnen möglich, die Stelle bereits morgen anzutreten?«, fragte Lady May. »Die letzte Gouvernante hat uns vor fast zwei Wochen verlassen und kurz darauf Mr. Jacobs. In dieser schweren Zeit benötigen meine Söhne mehr denn je einen gewissen Halt, wie Sie sich sicher gut vorstellen können.«

»Ich kann die Stelle ab morgen antreten.« Charlotte nickte. Der Inspektor würde zufrieden sein, freute sie sich.

»Hervorragend. Dann erwarten wir Sie morgen früh um neun, Miss Lewis. Und ich schätze Pünktlichkeit.« Edward May erhob sich.

»Das wird kein Problem sein. Allerdings hätte ich noch ein Anliegen.« Charlotte blickte zwischen den beiden hin und her. »Die Beerdigung meiner Tante wird in den nächsten Tagen stattfinden. Ich möchte Sie bitten, mir dafür ein paar Stunden freizugeben.«

»Das versteht sich von selbst, Miss Lewis«, versicherte ihr Edward May, und seine Stimme nahm einen sanfteren Tonfall an.

Die dunkelroten Samtvorhänge in Lord und Lady Stock-worths Esszimmer waren bereits zugezogen, und die Kerzen in den Halterungen an der Wand tauchten den Raum in ein warmes Licht. Das goldene Blumenmuster auf der bordeaux-roten Tapete schien verführerisch zu leuchten. In der Mitte des gedeckten Tisches befand sich ebenfalls ein Kerzenstän-der, und im Kamin prasselte ein Feuer. Lord und Lady Stock-worth, der Inspektor und Dr. Honeywell blickten Charlotte lächelnd entgegen, als sie den Raum betrat. Sie fühlte sogleich dieses angenehme Kribbeln im Bauch, als ihre Augen und die des Inspektors sich trafen. Trotz ihrer Trauer hatte sie sich für ein königblaues Seidenkleid entschieden, das das Blau ihrer Augen unterstrich.

Charlotte hatte nicht schlecht gestaunt, als sie die bei-den Koffer geöffnet hatte. Roisin schien einen Blick dafür zu haben, welche Kleider Charlottes Vorzüge am besten zur Geltung brachten. Eine Weile hatte sie sich für niemanden mehr hübsch machen wollen, fiel ihr auf, während ein Dienst-mädchen der Stockworths ihre Locken sorgfältig nach oben steckte. Abgesehen von dem Maskenball am Vortag hatte sie sich in der Silvesternacht das letzte Mal so herausgeputzt, erinnerte sie sich. Damals war es ihr kaum gelungen, auch nur einen Bissen hinunterzuwürgen, während ihre Familien Pläne für die Hochzeit schmiedeten und Heinrich von Burg-feld neben ihr selbstgefällig vor sich hingrinste.

Charlotte atmete tief ein und aus und verdrängte die Erinnerung an ihren letzten Abend in Berlin. Sie war ihrem Schicksal entkommen, und an diesem Abend wollte sie zum ersten Mal seit langer Zeit wieder strahlen und ihre Gast-geber beeindrucken.

»Ah, Miss von Winterberg.« Lord Charles Stockworth kam lächelnd auf sie zu. Sein Haar war graumeliert, und seine dunklen Augen musterten sie wohlwollend. Die Ähnlichkeit zwischen Vater und Sohn war unverkennbar, dachte Charlotte fasziniert, als sie zwischen den beiden hin und her blickte. Der Inspektor war seinem Vater wie aus dem Gesicht geschnitten. »Es freut mich sehr, Sie kennenzulernen.«

»Und ich freue mich, Sie kennenzulernen, Lord Stockworth«, lächelte Charlotte. »Ich möchte Ihnen und Ihrer Frau für Ihre Gastfreundschaft danken.«

»Wir freuen uns, Louise von Brincks Enkeltochter bei uns zu haben«, erwiderte Lord Stockworth ihr Lächeln. »Meine Frau schwärmt in den höchsten Tönen von Ihrer Großmutter. Aber das haben Sie sicher bereits gemerkt.« Er zwinkerte seiner Frau zu.

»Ich habe heute Nachmittag tatsächlich mehr über meine Großmutter erfahren als zu Hause in Berlin«, stellte Charlotte fest. »Vielen Dank für die Briefe, Lady Stockworth. Ich werde sie in Ruhe lesen. Meine Mutter hat ja kaum von ihr gesprochen, aber ich würde zu gerne wissen, was für ein Mensch meine Großmutter gewesen ist.«

Charlotte wusste, dass der Tod ihrer Großmutter ein herber Schlag für ihre Mutter gewesen war. Amalie von Winterberg hatte nie über ihren Verlust sprechen wollen. Wie so vieles hatte sie auch diesen Schicksalsschlag in ihrem Inneren verschlossen.

»Ich bleibe dabei: Sie hätten sich sehr gut mit ihr verstanden, und sie wäre heute ganz bestimmt sehr stolz auf Sie.« Lady Stockworth lächelte.

»Miss von Winterberg, Sie erinnern sich sicher an Dr. Honeywell.« Der Inspektor deutete auf seinen Freund. »Er wird heute Abend mit uns essen. Was er herausgefunden hat, wird Sie bestimmt interessieren.« Ihre Augen trafen sich, und

Charlotte fühlte, wie sie errötete. Der Inspektor brachte sie aus der Fassung, wie es noch keinem Mann vor ihm gelungen war.

»Nicht nur Miss von Winterberg interessiert sich für Dr. Honeywells Arbeit.« Lady Stockworth warf dem Arzt einen gespannten Blick zu. »Was hat die Obduktion ergeben?«

»Was ich gestern Abend bereits vermutet habe, Lady Stockworth«, verkündete Dr. Honeywell.

»Setzen wir uns doch endlich«, schlug Lord Stockworth vor. »Dr. Honeywell kann uns während des Essens alles erzählen. Ich sterbe vor Hunger. Lawson, Sie können jetzt die Suppe servieren«, bat er an den Butler gewandt, der mit einem »Sehr wohl, Mylord« sogleich verschwand.

»Sie werden also morgen Ihre neue Stelle in Sir William Mays Haus antreten, Miss von Winterberg?«, erkundigte sich Dr. Honeywell an Charlotte gewandt.

»Ja. Lady May wollte, dass ich am besten sofort anfange. Die Zwillinge sollen im Herbst auf ein Internat geschickt werden und müssen deshalb dringend wieder unterrichtet werden«, nickte sie.

»Ihr wird ein Stein vom Herzen fallen, wenn Sie sie sich ab morgen um die beiden kümmern.« Honeywell grinste. »Alistair und Ashley müssen zwei richtige kleine Monster sein, behauptet meine Mutter.«

»James, es wäre besser, du würdest Miss von Winterberg keine unnötige Angst einjagen. Sie soll schließlich keinen Rückzieher machen. Ich bin auf ihre Augen und Ohren in Sir Williams Haus angewiesen. Es wird auch bestimmt nicht für allzu lange sein«, versicherte er ihr. »Sobald der Mörder gefasst ist, können Sie die Stelle wieder aufgeben.«

»Ich habe keine Angst.« Charlotte schmunzelte. »Offen gestanden bin ich neugierig auf die Zwillinge.«

»Miss von Winterberg wird mit den beiden schon zurechtkommen. Davon bin ich überzeugt«, bekräftigte Lady Stockworth.

»Danke, Lady Stockworth. Zumindest trauen Sie es mir zu, zwei Zehnjährige zu bändigen!«, lachte sie.

»Ich persönlich halte die Horrorgeschichten über Sir Williams Söhne ohnehin für übertrieben.« Lord Stockworth schnaubte verächtlich. »Es ist ein offenes Geheimnis, dass Sir William sich kaum um die beiden geschert hat, und die Ehe mit seiner zweiten Frau war doch alles andere als harmonisch. Und dann noch die Schwierigkeiten mit seinem ältesten Sohn. Wenn der Haussegen erst einmal so richtig schief hängt, kann das nicht spurlos an Kindern vorbeigehen! Deshalb wundert es mich nicht, dass die Zwillinge ein wenig schwierig sind.« Er wandte sich an seinen Sohn. »Du hast großes Glück, Basil, dass deine Mutter und ich immer eine so glückliche Ehe geführt haben.« Lord Stockworth drückte die Hand seiner Frau.

Charlotte war fasziniert von den beiden. Ihren Blicken nach zu urteilen, waren sie so verliebt wie am ersten Tag. Zwischen ihren eigenen Eltern hingegen herrschte Eiszeit.

»Da hast du sicher recht, Charles«, stimmte Lady Stockworth ihrem Mann zu, bevor sie sich an Dr. Honeywell wandte. »Aber was haben Sie denn nun herausgefunden, Dr. Honeywell? Sie haben uns jetzt lange genug auf die Folter gespannt. Ich platze vor Neugier!«

»Einen Moment noch, Mutter.« Der Inspektor hob gebieterisch die Hand. »Die Anhörung zu Sir Williams Tod ist morgen Nachmittag. Was auch immer James uns berichtet, muss unter uns bleiben.« Er sah Charlotte fest in die Augen. »Sie dürfen sich nichts anmerken lassen, wenn Sie morgen Ihre Stelle in Sir Williams Haus antreten, Miss von Winterberg. Seine Familie darf nicht erfahren, dass Sie anwesend waren, als er tot zusammengebrochen ist.«

»Natürlich.« Charlotte nickte nachdrücklich. »Aber ich möchte doch gern erfahren, ob ich ab morgen in großer Gefahr schwebe, weil womöglich ein Mörder in Sir Williams Haus sein Unwesen treibt.«

»Miss von Winterberg hat völlig recht«, pflichtete Lord Stockworth ihr bei. »Sie sollte wissen, was mit Sir William passiert ist. Immerhin könnte einer seiner Angehörigen ihn ermordet haben.« Er wandte sich an Charlotte. »Die Ermittlungsmethoden meines Sohnes sind oft ein wenig gewagt, Miss von Winterberg.« Charlotte konnte den liebevollen Tadel in seiner Stimme hören. »Allerdings halten seine Vorgesetzten ihm zugute, dass er bis jetzt jeden seiner Fälle aufklären konnte. Und der Superintendent spricht auch noch mit mir, wenn er mir bei Gericht oder in unserem Club über den Weg läuft«, fügte er grinsend hinzu.

»Dann weiß Ihr Sohn offensichtlich genau, was er tut«, folgerte Charlotte.

»Das tue ich. Und Miss von Winterbergs Sicherheit hat für mich oberste Priorität, Vater«, versicherte ihm der Inspektor. »Ich würde niemals das Leben einer Unschuldigen in Gefahr bringen.«

»Gut zu wissen.« Lord Stockworth nickte ernst und wandte sich an den Arzt. »Was hat Ihre Untersuchung ergeben, Dr. Honeywell?«

»Wie ich vorhin gesagt habe, hat sich mein ursprünglicher Verdacht tatsächlich bestätigt.« Er blickte düster in die Runde. »Neben der Obduktion habe ich Sir Williams Erbrochenes untersucht. Allem Anschein nach ist er mit Arsen vergiftet worden.«

»Und daran besteht kein Zweifel?« Charlotte starrte ihn

an. Ein eisiges Prickeln setzte in ihrem Nacken ein. Würde sie es in Sir Williams Haus womöglich mit einem heimtückischen Giftmörder zu tun bekommen?

»Sagt Ihnen der sogenannte Marsh-Test etwas, Miss von Winterberg?«

»Ein Freund meines Vaters, er war Arzt wie Sie, hat einmal diesen Test erwähnt, als er mit uns zu Abend gegessen hat. Aber ich weiß eigentlich nichts darüber.« Sie presste einen Moment lang die Lippen aufeinander. »Mein Vater und er haben sich gleich nach dem Abendessen in sein Arbeitszimmer zurückgezogen, um über den Todesfall, den Dr. von Heck untersucht hat, zu sprechen. Mein Vater ist der Ansicht, dass Frauen sich nicht mit Naturwissenschaften befassen sollten. Wir könnten die Zusammenhänge nicht verstehen und kämen nur auf dumme Gedanken.« Sie räusperte sich und kämpfte den plötzlichen Zorn auf ihren Vater mit aller Macht nieder.

»Ihre Großmutter wäre entsetzt gewesen, wenn sie Ihren Vater so reden gehört hätte!«, entfuhr es Lady Stockworth mit einem Kopfschütteln.

»Eines Tages wird Ihr Vater es noch sehr bereuen, dass er Sie unterschätzt hat, Miss von Winterberg«, nickte Honeywell und warf Lady Stockworth einen verständnisvollen Blick zu. »Aber was nun den sogenannten Marsh-Test angeht: James Marsh war ein Chemiker, dem es gelungen ist, einen Test zu entwickeln, um Vergiftungen durch Arsen nachzuweisen. 1836 hat er darüber im Edinburgh Philosophical Journal geschrieben. Ein paar Jahre später konnte dann Marie Lafarge in Tulle dank des Tests als Mörderin ihres Ehemanns überführt werden«, erklärte er.

»Wie wird denn dieser Test durchgeführt?«, wollte Charlotte interessiert wissen.

»Zunächst einmal wird dem Arsenik Sauerstoff entzogen, und es wird zu dem Gas Arsenwasserstoff verbunden«, begann der Arzt und nahm einen Schluck Wein. »Mit einer starken Säure werden daraufhin die organischen Bestandteile der zu untersuchenden Probe zerstört, sodass nur die anorganischen Arsenverbindungen übrig bleiben. Anschließend gibt man reine Zinkstückchen dazu, und dadurch entwickelt sich Wasserstoff. Dieser verwandelt die Arsenverbindungen dann zu flüchtigem Arsenwasserstoff. Im Wasserstoffstrom lässt man dieses giftige Gas letztlich durch ein enges Glasrohr strömen, das an einer Stelle erhitzt wird. Der Arsenwasserstoff zerlegt sich hierbei zu elementarem Arsen, und übrig bleibt ein dunkler Niederschlag, der sogenannte Arsenspiegel, an der Innenseite des Rohrs.« Charlotte folgte Honeywells Ausführungen fasziniert und sah, wie seine Miene sich verfinsterte. »Nachdem ich den Test durchgeführt hatte, bestand kein Zweifel mehr. Sir William May ist mit Arsen vergiftet worden. Es handelt sich eindeutig um kaltblütigen Mord.«

»Dann gehen Sie also davon aus, dass jemand Sir Williams Champagner mit Arsen versetzt hat?«, fragte Charlotte.

»Der Verdacht liegt nahe, ja. Allerdings kann ich nicht restlos ausschließen, dass ihm das Gift schon ein wenig früher an diesem Abend verabreicht worden ist. Sicher ist nur, dass ihn jemand töten wollte.«

»Lady Clifton will eine mysteriöse Dame gesehen haben«, erinnerte sich Charlotte. »Womöglich hat sie etwas mit seiner Ermordung zu tun.«

»Sofern sie tatsächlich existiert, Miss von Winterberg«, gab der Inspektor zu bedenken. »Lady Clifton scheint nämlich die Einzige zu sein, die sie gesehen hat oder sich zumindest an sie erinnern kann.«

»Glaubst du wirklich, dass Lady Clifton nicht die Wahrheit sagt, Basil?« Lady Stockworth musterte ihren Sohn aufmerksam.

»Ich glaube gar nichts, Mutter. Ich ziehe nur alles in Betracht. Ich muss zunächst einmal alles hinterfragen, was man mir sagt.«

»Lady Clifton mag ja vieles sein, Basil, aber sie ist ganz sicher keine Lügnerin. Sie ist vielmehr berüchtigt für ihre Ehrlichkeit.« Lady Henriettas Mundwinkel zuckten. »Allerdings gab es meines Wissens nach Probleme zwischen ihr und Sir William.«

»Und was für Probleme, Mutter?«, erkundigte sich der Inspektor, nachdem das Dienstmädchen das Roastbeef serviert und den Raum wieder verlassen hatte.

»Soweit ich weiß, hat es etwas mit dem Tod ihres Ehemanns zu tun«, antwortete sie. »Lady Bell-Cunningham hat mir gegenüber einen Streit der beiden letzten Sommer auf einem Empfang erwähnt. Es ist ihr herausgerutscht. Normalerweise ist Lady Bell-Cunningham die fleischgewordene Diskretion«, erklärte sie in ironischem Tonfall. »Sie wollte mir auch nicht sagen, um was es bei der Auseinandersetzung der beiden genau ging. Klatsch und Tratsch sind in ihren Augen unmoralisch. Deshalb langweile ich mich auch immer zu Tode, wenn ich ihr auf einem Ball begegne und nicht darum herumkomme, mit ihr zu sprechen. So interessant ist das englische Wetter nun auch wieder nicht, dass man es abendfüllend diskutieren müsste. Und die Geschichten über ihre bildschönen, heiratsfähigen Enkeltöchter kann ich auch nicht mehr hören«, fügte sie mit einem bedeutungsvollen Seitenblick auf ihren Sohn hinzu.

»Ich glaube, es ist an der Zeit, dass du dir eine Frau suchst, Basil, um deiner Mutter Gespräche mit Lady Bell-Cunningham zukünftig zu ersparen«, grinste Dr. Honeywell, und Charlotte hätte sich beinahe an ihrem Wein verschluckt.

»Zunächst einmal werde ich Sir Williams Mörder hinter Schloss und Riegel bringen«, entgegnete Stockworth betont gelassen.

»Vielleicht solltest du dich nochmal mit Lady Clifton unterhalten, Basil«, schlug sein Freund vor, und er wurde wieder ernst. »Wenn ich mich recht erinnere, wurde Lord Cliftons Tod zu einem tragischen Unfall erklärt.« Er nippte nachdenklich an seinem Wein. »Es war Dr. Wrights letzte Obduktion. Dr. Wright war mein Vorgesetzter und Vorgänger«, ließ er Charlotte wissen. »Er war ein hervorragender Arzt.«

»Du hast recht, James. Ich werde Lady Clifton und auch Sir Geoffrey Byrnes nochmals aufsuchen«, nickte der Inspektor.

»Das solltest du«, stimmte sein Vater ihm zu. »Sir William May hatte weiß Gott nicht nur Freunde. Er war ein Schürzenjäger, und ich weiß, wie man im Oberhaus über ihn spricht. Seiner Familie war es auch sicher ein Dorn im Auge, dass er Einrichtungen wie die von Roisin unterstützt hat.«

»Diesbezüglich kann hoffentlich Miss von Winterberg etwas in Erfahrung bringen«, lächelte er. »Welchen Eindruck hat Lady May heute Nachmittag eigentlich auf Sie gemacht?«

»Ich möchte kein voreiliges Urteil fällen«, antwortete Charlotte nachdenklich, »doch auf mich hat sie nicht wie eine trauernde Witwe gewirkt. Der Tod ihres Mannes schien sie nicht weiter zu berühren. Und auch Edward May trauert nicht unbedingt um seinen Vater. Er wirkt sehr verbittert, wenn er von ihm spricht, und sein Verhältnis zu Lady May ist eisig.«

»Es heißt, Stiefmutter und Stiefsohn seien sich nur einig in ihrem Hass aufeinander«, ergänzte Lady Henrietta nüchtern. »Edward May muss von Anfang an gegen die Heirat gewesen sein. Welcher Dreizehnjährige sieht es auch schon gerne, wenn sein Vater noch nicht einmal ein Jahr nach dem Tod der Mutter wieder heiratet?« Sie zuckte die Schultern.

»Ich denke, Sie werden sich in Ihrer neuen Position ganz bestimmt nicht langweilen, Miss von Winterberg!«, prophezeite der Inspektor und stieß mit ihr an.

6. Kapitel

Am nächsten Morgen machte sich Charlotte gleich nach dem Frühstück auf den Weg, um ihre neue Stelle anzutreten. Pünktlich um neun Uhr klopfte sie an die Tür der Mays und stieg kurz darauf zusammen mit Wilson, dem Butler, die Treppen hinauf in den ersten Stock. Oben angekommen folgte sie ihm einen holzvertäfelten Gang entlang und erschrak, als sie in einem Moment der Unaufmerksamkeit beinahe gegen eine Ritterrüstung gelaufen wäre. Eine Hellebarde war in deren rechter Faust befestigt, was den Eindruck erweckte, sie wäre auch ohne Ritter jederzeit zum Kampf bereit. Sie bot einen bedrohlichen Anblick, fand Charlotte, und wich unwillkürlich einen Schritt zurück. Es dauerte einen Augenblick, bis sie sich wieder gefangen hatte.

»Sie sollten achtgeben, wohin Sie laufen, Miss Lewis.« Wilsons Mundwinkel zuckten spöttisch, als er ihren zweifellos erschrockenen Gesichtsausdruck sah. »Man sollte niemals einem Menschen blind folgen«, fügte er überheblich hinzu. »Angeblich gehörte die Rüstung Sir Alfred Maynet, einem Vorfahren Sir Williams, und sie wird von Generation zu Generation weitergegeben. Eine Familienlegende besagt, Sir Alfreds Geist fahre allnächtlich in die Rüstung und würde durch das Heim der Mays patrouillieren, um es vor Eindringlingen zu schützen. Eine Ihrer Vorgängerinnen hat doch tatsächlich Stein und Bein geschworen, sie habe ihn jede Nacht an die Tür ihres Zimmers klopfen hören. Natürlich ist das nichts weiter als einfältiger Aberglauben. Miss Trevelyan stammte aus einem kleinen Fischerdorf in Cornwall. Ich persönlich vermute ja, dass sie das Ergebnis einer inzestuösen Verbindung war, bedenkt man ihren absurden Glauben an Geister und Untote. Es ist mir offen gestanden ein Rätsel, wie sie es zur Gouvernante gebracht hat.« Er rümpfte die Nase. »Sie müssen wissen, Sir William war sehr stolz auf die Geschichte seiner Familie, weshalb er auf Erbstücke dieser Art«, er deutete auf die Rüstung »auch so großen Wert gelegt hat. Und der Stammbaum seiner Familie ist wirklich beeindruckend.«

»Davon bin ich überzeugt. Und ich glaube nicht, dass Sir Alfred mich nachts wachhalten wird.« Charlotte schüttelte entschieden den Kopf, als der Butler eine Tür zu ihrer Linken öffnete. Sie würde sich weder von Wilson noch von einem ruhelosen Vorfahren Sir Williams einschüchtern lassen.

»Ich hoffe sehr, Sie werden sich hier wohlfühlen, Miss Lewis«, kam es kühl über Wilsons Lippen. »Die Dienstboten glauben mittlerweile zu allem Überfluss, das Zimmer sei verflucht, denn Gouvernanten halten es nicht besonders lange hier aus.«

»Glauben Sie das etwa auch, Mr. Wilson?« Sie blickte ihn herausfordernd an.

»Natürlich nicht!«, widersprach er eisig.

»Das hätte mich auch sehr gewundert. Flüche existieren meiner Meinung nach, wenn überhaupt, nur, um gebrochen zu werden.« Charlotte schenkte ihm ein strahlendes Lächeln, bevor sie sich in ihrem neuen Refugium umblickte.

Im Gegensatz zu dem geräumigen Gästezimmer der Stockworths, in dem sie die letzte Nacht verbracht hatte, war dies das Zimmer einer Hausangestellten. An der Wand neben dem schmalen Bett befand sich ein einfacher Schrank aus dunklem Holz. Über dem Kamin hing das Gemälde einer parkartigen Landschaft: Trauerweiden säumten einen See, dessen Wasser im Sonnenlicht glitzerte. Unter einem der beiden Fenster, die in den Garten führten, stand ein Sekretär, ebenfalls aus dunklem Holz. Die grünen Vorhänge waren zurückgezogen, und blasses Sonnenlicht erhellte den Raum. Auf dem kleinen Nachttisch stand ein Kerzenständer.

»Wie dem auch sei, Miss Lewis.« Wilson blinzelte ungeduldig. »Ich werde Maisie mit einer Tasse Tee zu Ihnen schicken und um Feuer zu machen. Der Raum ist doch sehr ausgekühlt, da er nun eine Weile unbewohnt war. In einer halben Stunde möchte Lady May Sie dann im Salon sehen, um Ihnen Alistair und Ashley vorzustellen.« Der Butler blickte naserümpfend auf sie herab. Ihre pure Anwesenheit schien ihm zu missfallen, dachte Charlotte bei sich. »Um Sie mit dem Tagesablauf vertraut zu machen: Das Frühstück wird um acht Uhr und der Lunch um zwölf Uhr serviert. Zum Tee finden Sie sich bitte pünktlich mit den beiden Jungen im Salon ein. Das Dinner wird um acht serviert. Um neun sollten Alistair und Ashley dann auf ihren Zimmern sein. Als ihre neue Hauslehrerin und Gouvernante …«

»Bin ich mir meiner Aufgaben durchaus bewusst, Wilson«, unterbrach Charlotte ihn energisch und erwiderte seinen Blick standhaft. Der Butler überragte sie um mindestens zwei Köpfe, doch sie würde nicht vor ihm einknicken. Sie konnte jenen Hunger nach Macht in seinen Augen erkennen, der auch dem Hausdiener ihrer Eltern eigen gewesen war. Er hatte es genossen, das Personal nach seinem Belieben herumzukommandieren. Charlotte konnte fühlen, dass Wilson sich genauso wie der Hausdiener ihrer Eltern insgeheim selbst für die niedrige gesellschaftliche Stellung, in die er hineingeboren worden war, verachtete. Diese Verachtung ließ er seine Untergebenen mit Sicherheit tagein, tagaus spüren.

»Das hoffe ich sehr.« Wilson presste seine Lippen aufeinander und bedachte sie mit einem missbilligenden Blick. »Denn leider ist es den Gouvernanten und Hauslehrern in der Vergangenheit sehr schwergefallen, die Zwillinge zu bändigen. Und meiner Erfahrung nach neigen junge Menschen, vor allem Frauen«, an dieser Stelle musterte er sie von ihrem Kopf bis zu den Zehenspitzen, »zu einer oftmals fatalen Selbstüberschätzung.«

»Lady May und ihr Stiefsohn scheinen Ihre Meinung in dieser Hinsicht aber nicht zu teilen. Und meines Erachtens nach sollte sich das Personal nicht die Freiheit nehmen, die Entscheidung der Herrschaften anzuzweifeln.« Charlotte ließ ihre Stimme betont gelassen klingen und sah, wie Farbe in Wilsons Wangen schoss. Dem Butler schien es nicht zu gefallen, dass sie als Frau eine höhere Stellung als er im Haus der Mays innehatte. Er öffnete den Mund, doch kein Laut wollte über seine Lippen kommen. Sie nutzte die Gelegenheit, ihn hinauszukomplimentieren. »Ich danke Ihnen, Wilson. Und nun entschuldigen Sie mich bitte. Ich möchte meinen Koffer auspacken.«

»Natürlich.« Charlotte konnte seine Zähne knirschen hören. »Ich schicke Maisie zu Ihnen.« Ohne ein weiteres Wort wandte er sich um und verschwand.

Charlotte blickte ihm triumphierend und wachsam zugleich hinterher. Sie war kaum angekommen und hatte sich bereits einen ersten Feind gemacht, fürchtete sie. Der Butler machte ihr Gänsehaut. Sie nahm sich vor, ihm nach Möglichkeit aus dem Weg zu gehen.

Sie war gerade dabei, den Inhalt ihres Koffers in den Schrank zu räumen, als es klopfte.

»Herein!«

»Guten Tag, Miss Lewis. Ich bin Maisie.« Ein junges Mädchen mit einem Tablett öffnete die Tür. Ihr Strahlen war wohltuend nach der Begegnung mit dem Butler. Maisies feuerrote Locken blitzten unter ihrer weißen Haube hervor, und in ihren grünen Augen lag Neugier. »Mr. Wilson schickt mich, um Ihnen Tee zu bringen und Feuer zu machen.«

»Danke, Maisie«, lächelte Charlotte, deren Hände eiskalt waren. »Ich brauche dringend etwas, um mich aufzuwärmen! Draußen geht ein sehr kühler Wind, und ich bin noch immer ganz durchgefroren. Der Frühling will sich offenbar noch Zeit lassen.«

»Wie jedes Jahr. Wir können schon froh sein, wenn es nicht regnet«, grinste Maisie und machte sich daran, das Feuer zu entfachen, während Charlotte an ihrem Tee nippte. Die Fröhlichkeit des Dienstmädchens tat ihr gut nach Wilsons eisiger Arroganz.

In diesem Moment wurde ihr schmerzlich bewusst, wie sehr sie Lina vermisste. Charlotte fragte sich wehmütig, ob sie ihre Freundin jemals wiedersehen würde. Auf ihrer gemeinsamen Flucht waren sich die beiden jungen Frauen noch nähergekommen, und die Standesunterschiede hatten keine Rolle mehr gespielt. Sobald genügend Zeit verstrichen war, wollte Lina ihr eine Nachricht zukommen lassen, erinnerte sich Charlotte an ihr Versprechen. Da sie nun aber nicht mehr bei Florence wohnte, wusste sie nicht, ob Linas Brief sie jemals erreichen würde.

»So ist das Zimmer doch gleich viel gemütlicher«, verkündete Maisie, als das Feuer anfing zu prasseln. »Ich hoffe sehr, Sie werden sich hier wohlfühlen, Miss.«

»Das werde ich ganz bestimmt. Vielen Dank, Maisie.«

»Alistair und Ashley werden sich sehr freuen, Sie als

Gouvernante und Hauslehrerin zu bekommen«, brach es unvermittelt aus Maisie heraus, als sie sich wieder erhob und ihre Schürze glattzog. Ein entschuldigender Ausdruck erschien auf ihrem Gesicht. »Wenn ich so offen sein darf, das auszusprechen, Miss. Mr. Wilson sieht es nicht gerne, wenn wir tratschen, und …«

»Wilson ist nicht hier, Maisie«, fiel sie ihr lächelnd ins Wort. »Aber wieso glauben Sie, dass die beiden sich freuen werden?«

»Ich möchte nicht schlecht über Ihre Vorgängerinnen oder Mr. Jacobs sprechen, Miss, das gehört sich nicht für ein Dienstmädchen.« Sie senkte rasch den Kopf. »Aber sie waren immer so streng mit den beiden. Mr. Jacobs zum Beispiel hat kein einziges Mal gelächelt.« Maisie begann, auf ihrer Unterlippe zu kauen. »Sie haben sicher gehört, dass die beiden sehr schwierig sind, aber ich finde das nicht. Sie brauchen nur jemanden, der erkennt, wer sie sind. Vielleicht verstehen Sie, was ich meine?«

»Ja, ich glaube, das tue ich.« Charlotte lächelte. Sie konnte die Intelligenz in Maisies Augen sehen. Vermutlich steckte einiges mehr in ihr als nur ein unbedarftes Dienstmädchen.

»Für die beiden ist das jetzt bestimmt eine sehr schwere Zeit«, vermutete Charlotte. »Da ihr Vater auf so tragische Weise gestorben ist …«

»Sir William hat sich für seine Söhne doch überhaupt nicht interessiert!« Maisie schnaubte verächtlich und hielt sich sogleich erschrocken die Hand vor den Mund. »Entschuldigen Sie, Miss. Ich sollte nicht so über die Herrschaften sprechen. Und über Verstorbene darf man erst recht nicht herziehen. Meine Mutter hat immer behauptet, ihre Seelen kämen dann zurück, um uns heimzusuchen, aber …«

»Es ist schon gut, Maisie«, beeilte sich Charlotte, ihr zu

versichern. »Sir William wird Sie bestimmt nicht heimsuchen, da bin ich mir ganz sicher. Und ich kann schweigen wie ein Grab. Für mich als ihre Gouvernante wäre es aber tatsächlich wichtig, zu wissen, wie Sir Williams Verhältnis zu seinen Söhnen war. So kann ich die beiden besser verstehen«, erklärte sie ihr.

»Sir William – Gott schenke seiner Seele Frieden«, Maisie bekreuzigte sich, »hat sich kaum mit seinen Söhnen befasst. Die Zwillinge haben ihren Vater nur sehr selten gesehen, da er jeden Tag gleich nach dem Frühstück aus dem Haus gegangen ist und meistens erst zurückkam, wenn die beiden schon im Bett waren. Und mit Master Edward hat er fast nur gestritten. Er hat seinen Vater gehasst, wenn ich so frei sein darf, das zu bemerken. Es ist eigentlich kein Tag vergangen, an dem die beiden nicht wegen irgendetwas aneinandergeraten sind.«

»Für Lady May war das sicher auch nicht einfach«, nahm Charlotte an und ließ sie nicht aus den Augen.

»Sir William und Lady May haben getrennte Leben geführt«, flüsterte sie. »Sie ...«

»Maisie!« Wilsons Schritte näherten sich der angelehnten Tür. »Trödelst du etwa schon wieder? Mrs. Adams braucht deine Hilfe in der Küche! Ich weiß nicht, wie das mit dir weitergehen soll! Deine Pflichtvergessenheit könnte dich eines Tages deine Stelle kosten!«

»Maisie hat lediglich ihre Aufgaben pflichtbewusst erledigt, Wilson«, kam Charlotte ihr zu Hilfe. »Ich habe sie gebeten, mir ein paar Minuten zur Hand zu gehen. Hätte ich gewusst, dass Mrs. Adams auf sie wartet, hätte ich sie natürlich sofort nach unten geschickt. Ich danke Ihnen, Maisie.« Sie lächelte und sah die Erleichterung in den Zügen des Dienstmädchens.

»Wie dem auch sei.« Er bedachte das Dienstmädchen mit

einem strengen Blick. Charlotte konnte seinen unterdrückten Zorn fühlen. »Die Köchin erwartet dich. Worauf wartest du also noch?«

»Ich beeile mich«, versprach sie und verschwand.

»Wenn Sie mir nun in den Salon folgen würden, Miss Lewis. Lady May wartet dort mit Alistair und Ashley auf Sie.«

Wenige Augenblicke später betrat Charlotte den Salon, und ihr Blick fiel auf zwei dunkelhaarige Jungen in schwarzen Anzügen. Die beiden rutschten unruhig auf der Couch hin und her und sprangen wie von der Tarantel gestochen auf, als sie ihre neue Gouvernante erblickten. Die beiden stürmten buchstäblich auf Charlotte zu.

»Alistair, Ashley!« Lady May erhob sich. Sie schüttelte ungeduldig den Kopf. »Was ist das denn für ein Benehmen? Miss Lewis gewinnt einen völlig falschen Eindruck von euch!«

»Schon gut, Lady May.« Charlotte schüttelte die Hände der beiden Jungen. »Die beiden sind bestimmt nur sehr aufgewühlt wegen all dem, was passiert ist«, formulierte sie es vorsichtig.

»Ja, das sind wir«, bestätigten die Zwillinge wie aus einem Mund und blickten ihre Mutter entschuldigend an.

»Ich bin Miss Lewis, eure neue Gouvernante und Lehrerin. Der Verlust eures Vaters tut mir sehr leid.« Sie lächelte die beiden Jungen an, als ein Schatten deren Augen verdüsterte. »Wie wäre es, wenn wir uns zu eurer Mutter setzten, und ich versuche herauszufinden, wie ich euch beide auseinanderhalten kann.«

»Miss Trevelyan konnte uns nie auseinanderhalten«, erinnerte sich einer der beiden mit einem verschmitzten Grinsen. »Das war lustig.«

»Ashley, euer Vater ist gerade gestorben. Jetzt ist nicht der richtige Zeitpunkt für Scherze.« Lady May warf ihm einen ungehaltenen Blick zu.

»Es tut mir leid, Mutter.« Ashley senkte den Kopf. »Was passiert jetzt mit Vater?«

Lady May schluckte, und ihre Hände verknoteten sich in ihrem Schoß. Charlotte vermutete, dass ihr die bevorstehende Anhörung durch den Coroner zusetzte. Diese Anhörungen waren meist ein großes Spektakel, hatte der Inspektor ihr berichtet. Erst recht, wenn das Opfer eine bekannte Persönlichkeit war. Alle Augen würden auf Lady May gerichtet sein, wenn sie in ein paar Stunden vor dem Coroner ihre Aussage machte. Menschen drängten sich meist noch vor dem Pub, in dem die Anhörung stattfand, um die blutigen Einzelheiten der Tat zu erfahren, hatte Stockworth ihr am vergangenen Abend erzählt. Charlotte hätte nicht mit Sir Williams Witwe tauschen wollen.

»Das muss die Polizei entscheiden, nehme ich an«, kam sie Lady May zu Hilfe.

»Heute Nachmittag findet eine Anhörung durch den Coroner statt. Er möchte herausfinden, was genau mit eurem Vater passiert ist.« Sie nickte zustimmend. »Danach wissen wir hoffentlich ein wenig mehr.«

»Bei der Anhörung werden Zeugen eine Aussage machen«, fuhr Charlotte fort, »und im Anschluss werden der Coroner und die Geschworenen urteilen, ob der Tod eures Vaters genauer untersucht werden muss.«

»Er ist ganz bestimmt ermordet worden«, flüsterte Alistair. »Er war oft so böse. Selbst Edward hat ihn nicht gemocht. Er hat ständig mit Vater gestritten.«

»Alistair!«, rief seine Mutter. Farbe schoss in ihre Wangen, und sie schnappte nach Luft. Lady May rang sichtlich um Fassung. »Wie kannst du nur so von deinem Vater sprechen?«

»Reverend Phillips sagt, die Wahrheit zu sagen sei keine Sünde, sondern sogar die Pflicht jedes Christen.« Ein trotziger Ausdruck erschien auf dem Gesicht des Jungen.

»Dennoch war er dein Vater, Alistair«, warf Charlotte sanft ein, bevor seine Mutter etwas erwidern konnte. »Es ist respektlos seinem Andenken gegenüber, und es verletzt eure Mutter.«

Der Junge blickte sie einige Augenblicke lang nachdenklich an, bevor er sich räusperte.

»Es tut mir leid, Mutter. Verletzen wollte ich dich nicht.«

»Schon gut«, kam es überrascht über Lady Mays Lippen. Sie blickte Charlotte dankbar an.

»Ich schlage vor, ihr beide holt jetzt eure Lateinbücher. Ich möchte vor dem Lunch gern herausfinden, was ihr schon alles gelernt habt. Und wenn ihr beide jetzt fleißig arbeitet, werden wir heute Nachmittag einen Spaziergang durch den Hyde Park machen, wenn es nicht regnet. Wären Sie damit einverstanden, Lady May?«

»Dürfen wir? Bitte, Mutter!« Die Augen der Zwillinge leuchteten.

»Natürlich bin ich einverstanden.« Lady May lächelte erleichtert. »Aber ihr müsst mir fest versprechen, auf Miss Lewis zu hören. Und ihr müsst in ihrer Nähe bleiben!«

Die beiden Jungen strahlten und verließen den Salon, um ihre Bücher zu holen.

»Das ist unglaublich. Die beiden scheinen sie zu mögen, Miss Lewis.« Sie klang verwirrt. »Ihre Vorgängerinnen waren von ihrem ungestümen Verhalten immer sofort eingeschüchtert.«

»Kennen Sie das deutsche Buch *Struwwelpeter*?«, erkundigte sich Charlotte nachdenklich. Als Lady May den Kopf schüttelte, fuhr sie fort. »Darin gibt es das Kapitel vom *Zappel-Philipp*, es geht um einen Jungen, der nicht ruhig sitzen kann. Ehrlich gesagt glaube ich, dass die Zwillinge auch Probleme damit haben, längere Zeit still am Tisch zu sitzen. Als ich hereinkam, habe ich gesehen, wie unruhig sie auf der Couch herumgerutscht sind. Ich möchte gern herausfinden, ob die beiden womöglich konzentrierter lernen werden, wenn sie sich auch genügend bewegen können. Ich glaube, gerade Jungen in diesem Alter müssen sich ein wenig austoben können.« Sie erinnerte sich einen Augenblick daran, wie sie mit Florence den *Struwwelpeter* gelesen hatte, und fühlte ein Lächeln auf ihren Lippen.

»Ich glaube, ich verstehe, was Sie meinen, Miss Lewis. Einen Versuch ist es sicher wert.« Lady May blickte sie stirnrunzelnd an. »Sie sollten aber wissen, dass ihre letzte Gouvernante nur sehr ungern mit ihnen nach draußen gegangen ist. Einmal haben die beiden Reißaus genommen, und es hat eine Ewigkeit gedauert, bis sie sie wiedergefunden hatte. Sie war fast hysterisch, als sie endlich zurück nach Hause gekommen sind.«

»Machen Sie sich keine Sorgen, Mylady. Ich werde die beiden keinen Moment aus den Augen lassen.« Charlotte klang zuversichtlicher, als sie sich in Wirklichkeit fühlte. Allerdings war sie sich darüber im Klaren, dass sie das Vertrauen der Zwillinge gewinnen musste, und das würde ihr wohl kaum gelingen, wenn sie die beiden dauerhaft im Haus einsperrte. »Außerdem ist es bestimmt sinnvoll, Alistair und Ashley etwas von der Anhörung abzulenken. Im Park können sie vielleicht auf andere Gedanken kommen.«

»Da stimme ich Ihnen zu«, nickte Lady May. »Dass auch meine Söhne in Mitleidenschaft gezogen werden, bricht mir das Herz. Kinder sollten nicht für das verurteilt werden, was ihre Väter verbrochen haben«, brach es bitter aus ihr heraus.

»Nein, das sollten sie nicht, Mylady«, stimmte Charlotte ihr zu. Lady Mays Worte verwirrten sie. Sie fragte sich, was genau Sir William verbrochen haben mochte.

»Verzeihen Sie, Mylady.« Wilson erschien nach kurzem Klopfen. »Eine Mrs. Harris ist hier. Sie bittet darum, Miss Lewis einen Augenblick zu sprechen. Sie sagt, sie sei die Nachbarin Ihrer verstorbenen Tante«, fügte er an Charlotte gewandt hinzu. »Und es gehe um deren Beerdigung.«

»Das ist richtig, Wilson.« Charlotte wandte sich an Lady May. »Mylady, wäre es möglich, dass ich mit Mrs. Harris ein paar Minuten spreche? Es wird nicht lange dauern. Sie hat mir in letzter Zeit sehr geholfen, und sie war eine sehr gute Freundin meiner Tante.«

»Natürlich, Miss Lewis. Wilson, bitte führen Sie Mrs. Harris herein, und dann bringen Sie die Zwillinge bitte in die Bibliothek. Sie sollen dort auf Miss Lewis warten.«

»Lady May.« Annie Harris knickste rasch, als sie den Salon betrat und ihr Blick auf Sir Williams Witwe fiel. In ihrem alten schwarzen Mantel und dem dazu passenden Hut wollte sie so gar nicht in den gediegenen Salon der Mays passen. Graumelierte Locken blitzten unter der Krempe des Huts hervor, und sorgenvolle Falten zierten ihre Stirn. Charlottes Blick fiel auf die Grübchen an ihren Wangen, als sie zaghaft lächelte. »Bitte entschuldigen Sie, dass ich unangemeldet hierhergekommen bin, aber ich muss mit Miss Lewis wegen der Beerdigung ihrer Tante sprechen. Auch Ihnen möchte ich natürlich mein tiefes Mitgefühl aussprechen.«

Die sonst so resolute Annie war bleich und wirkte nervös. In ihren grauen Augen lag ein wachsamer Ausdruck. Charlotte fragte sich, ob es an Lady Mays Anwesenheit lag, oder ob irgendetwas anderes ihre Freundin aus der Fassung gebracht hatte.

»Ich danke Ihnen, Mrs. Harris. Ich lasse Sie beide nun allein.« Sie wandte sich an Charlotte. »Bevor Sie anschließend in die Bibliothek zu meinen Söhnen gehen, möchte ich Ihnen gerne noch Millicent Jones vorstellen.« Sie lächelte. »Ich kenne sie, seit ich denken kann. Sie war zunächst mein Kindermädchen und später die Gesellschafterin meiner Mutter. Nach deren Tod vor sechs Jahren habe ich sie zu mir hierhergeholt. Sie gehört schon fast zur Familie. Wilson wird Sie dann später noch mit dem Rest des Personals bekannt machen.«

»Sehr wohl, Mylady«, nickte Charlotte und wartete, bis sich die Tür hinter ihr geschlossen hatte. »Annie, du siehst aus, als hättest du einen Geist gesehen.« Charlotte musterte sie besorgt. »Ist etwas passiert? Geht es dir nicht gut?«

»Doch, doch, es geht mir gut.« Sie schluckte. Charlotte konnte einen nahezu panischen Ausdruck in ihren Augen sehen. Ihr war auf einmal sehr mulmig zumute.

»Annie, was …«

»Ich glaube, ich habe tatsächlich einen Geist gesehen.« Sie schüttelte ungläubig den Kopf.

»Annie, es gibt keine …«

»Versprich mir, dass du gut auf dich aufpasst!«, fiel sie ihr erneut ins Wort und blickte ihr eindringlich in die Augen.

»Ich …«

»Versprich es mir!«

»Ich verspreche es. Aber Annie, was ist denn los?« Charlotte fühlte sich hilflos. Was war nur in sie gefahren?

»Mach dir keine Sorgen.« Florence' alte Freundin atmete tief ein und aus und brachte ein kleines Lächeln zustande. »Ich habe nicht viel Zeit, weil ich Arthurs Medizin noch holen muss.« Annies Mann Arthur war schwer krank, und die Ärzte waren machtlos. Er wurde von Tag zu Tag schwächer, wusste Charlotte. »Ich habe mit Walters Neffen Eustace gesprochen. Florence wird nun endlich morgen Vormittag um neun neben Walter in Kensal Green beerdigt. So wie die beiden es sich gewünscht haben.«

»Danke, dass du extra gekommen bist, um mir Bescheid zu geben, Annie.« Sie fühlte einen Kloß im Hals. Die Beerdigung hatte etwas so Endgültiges, dachte sie. Wenn Florence' Sarg in das Grab hinabgelassen wurde, war sie unwiederbringlich fort.

»Ich muss mich jetzt beeilen, Violet.« Annie strich ihr über die Wange, und Charlotte wurde bewusst, dass sie noch immer nicht ihren wahren Namen kannte. »Ich kann Arthur und die Kinder nicht so lange allein lassen. Wir sehen uns dann morgen auf der Beerdigung.«

»Natürlich. Grüß mir bitte Arthur und die Mädchen.«

»Das werde ich. Und bitte pass gut auf dich auf!«, mahnte sie Charlotte ein weiteres Mal eindringlich und blickte ihr fest in die Augen.

»Ich verspreche es dir, Annie, aber was um Gottes willen ist denn …«

»Wir sehen uns morgen.« Annie ließ sie nicht ausreden und rannte förmlich aus dem Salon.

Tief in Gedanken versunken blickte Charlotte ihrer Freundin nach. Annies Verhalten beunruhigte sie. Was mochte ihr nur so große Angst machen?

7. Kapitel

Die Atmosphäre im Hinterzimmer des Pubs war angespannt. Der Geruch nach Ale, Gin und Schweiß hing in der Luft, und auch draußen drängte sich der sensationslüsterne Mob, wie Stockworths Vorgesetzter Superintendent Collins es formuliert hatte. Mord und Totschlag erschütterten die Öffentlichkeit nicht nur, sondern waren auch eine willkommene Abwechslung zum harten Alltag, dachte der Inspektor innerlich seufzend. Wurden im alten Rom die Gladiatoren für ihre Brutalität im Kampf bejubelt, so zogen nun grausame Verbrechen das Volk in ihren Bann. Erst recht, wenn das Opfer der Aristokratie angehörte.

Für den Inspektor und seinen Partner Sergeant Enoch Bennett stand das Urteil des Coroners und der Geschworenen bereits fest. Die beiden Ermittler arbeiteten seit einem halben Jahr zusammen, und Stockworth schätzte den Sergeant sehr. Er war einfühlsam und scharfsinnig. Sie wechselten einen Blick, nachdem Dr. Honeywell seine Aussage gemacht hatte. Seine Untersuchungsergebnisse waren eindeutig. Jemand hatte Sir William May nach dem Leben getrachtet und ihn heimtückisch ermordet. Die Londoner Gesellschaft wollte den Mörder schnellstmöglich am Galgen baumeln sehen.

Doch die öffentliche Durchführung von Hinrichtungen geriet immer mehr in Kritik. Zu Recht, wie Stockworth fand. Dabei zuzusehen, wie ein Mensch getötet wurde, ob er es nun verdient hatte oder nicht, war abstoßend. Zudem mischten sich Taschendiebe nur allzu gern unter die Menge, um die Schaulustigen um ihr Geld zu erleichtern, und die Gesetzeshüter waren machtlos. Für Stockworth war es daher nur noch eine Frage der Zeit, bis die Todesstrafe ohne Zuschauer vollstreckt werden würde.

Stockworths Blick wanderte durch die Reihen der Anwesenden, als Dr. Honeywell seinen Obduktionsbericht erläuterte. Mit betroffenen Mienen folgten alle den Ausführungen des Arztes.

»Wenn ich Ihre Untersuchungsergebnisse richtig verstehe, Dr. Honeywell, dann könnte es also durchaus sein, dass Sir William May während der Soiree in dem Haus von Miss O'Mahoney, genannt Fleur Fatale, mit Arsen vergiftet worden ist?« Theodore Davies, der Coroner, richtete seine stechend blauen Augen auf Honeywell. Der Inspektor hielt große Stücke auf ihn. Davies' Gerechtigkeitssinn genoss sprichwörtlichen Charakter in den Reihen der Gesetzeshüter. Der Coroner behauptete, nachts besser schlafen zu können, wenn ein Schuldiger aus Mangel an Beweisen davongekommen war, als wenn auch nur einem potentiell Unschuldigen die Schlinge um den Hals gelegt wurde. Er machte keinen Hehl daraus, dass auch ihm öffentliche Hinrichtungen ein Gräuel waren.

Stockworth wandte sich um und schenkte Roisin und Ian ein zuversichtliches Lächeln. Beide trugen dem Anlass angemessen Schwarz. Roisin erwiderte sein Lächeln kaum merklich. Trotz allem konnte er keine Anspannung in ihren Zügen erkennen.

»Es *könnte* sein, dass er das Arsen während der Soiree zu sich genommen hat, Sir«, antwortete Dr. Honeywell mit nach oben gezogenen Augenbrauen. »Ebenso gut könnte das Gift

Sir William aber auch schon früher an jenem Abend verabreicht worden sein. Oder aber er hat mehrere Dosen zu sich genommen. Der genaue Zeitpunkt der Vergiftung lässt sich leider nicht mit Sicherheit bestimmen.«

»Aber wo sollte er denn sonst vergiftet worden sein? Etwa in seinem Club oder gar zu Hause? Das ist doch absurd!«, brauste ein schwarzgekleideter Gentleman neben Lady Eugenia May auf. Das Blut schoss in seine Wangen, und seine Nasenflügel bebten. Zorn flackerte in seinen dunklen Augen, und er ballte seine Hände zu Fäusten. Stockworth erkannte ihn als George May, den Bruder des Verstorbenen.

Seine Frau Lavinia legte ihm beschwichtigend die Hand auf den Arm. Die Geschehnisse setzten ihr sichtlich zu. Sie war bleich, und dunkle Ringe hatten sich unter ihren blauen Augen gebildet. Ihre Stirn lag in sorgenvollen Falten. Ihr blondes Haar war nicht wie das von Sir Williams Witwe nach oben gesteckt, sondern fiel ihr lose auf die Schultern. Sie warf verständnissuchende Blicke um sich. Der Ausbruch ihres Mannes schien ihr unangenehm zu sein.

»Keiner von uns hätte meinem Bruder jemals so etwas angetan! Für die Gäste auf Miss O'Mahoneys Soiree kann ich meine Hände aber nicht ins Feuer legen.« George May deutete anklagend auf Roisin.

Einige der Geschworenen richteten ihre Aufmerksamkeit daraufhin auf die ehemalige Kurtisane. Ihr Engagement für gefallene Frauen war vielen ein Dorn im Auge, wusste der Inspektor. Er sah die Verachtung auf einigen der Gesichter. Nicht jeder lebte nach dem Prinzip »Der, der ohne Sünde ist, werfe den ersten Stein«. Prostitution galt als das große soziale Übel in der britischen Hauptstadt, was Roisins Arbeit umso wichtiger machte. Und viel zu viele der selbst ernannten Moralapostel nahmen regelmäßig die Dienste der Frauen und auch Männer in Anspruch, die sie doch so sehr verachteten, dachte der Inspektor zynisch.

»Ich muss Sie dringend auffordern, sich zu beruhigen, Sir«, wies der Coroner May zurecht. »Wie wir alle wissen, haben an Miss O'Mahoneys Soiree einige der angesehensten Persönlichkeiten des Landes teilgenommen, und der Ruf ihrer Gäste ist tadellos. Lady Elizabeth Clifton und Sir Geoffrey Byrnes haben wir bereits als Zeugen gehört. Möchten Sie etwa einen von Miss O'Mahoneys Gästen des Mordes an Ihrem Bruder beschuldigen, Sir? Und bevor Sie antworten, weise ich Sie ausdrücklich darauf hin, dass eine falsche und aus der Luft gegriffene Anschuldigung Konsequenzen haben wird.«

May erbleichte und starrte ihn mit weit aufgerissenen Augen an. Lavinia May tätschelte seine Schulter und flüsterte ihm etwas ins Ohr, bevor sie sich an den Coroner wandte.

»Ich möchte Sie um Verständnis für meinen Mann bitten, Sir.« Sie warf Davies einen entschuldigenden Blick zu. »Der Verlust seines einzigen Bruders geht ihm sehr nahe. Für uns alle ist es eine sehr schwere Zeit.«

Lady Eugenia May begann auf diese Worte hin zu hüsteln und hielt sich die Hand vor den Mund. Eine ältere Dame, die Stockworth nicht kannte, hatte den Arm um sie gelegt. Edward May verzog den Mund zu einer humorlosen Grimasse. Der Inspektor und Sergeant Bennett tauschten einen vielsagenden Blick.

»Sir, ich kann Ihnen versichern, dass mir sehr daran gelegen ist, Ihrem Bruder Gerechtigkeit widerfahren zu lassen. Willkürliche Anschuldigungen ohne jeglichen Beweis sind dabei aber nicht hilfreich.« Der Coroner wandte sich wieder an Dr. Honeywell. »Es besteht also nicht der geringste Zweifel, Dr. Honeywell, dass Sir William May keines natürlichen Todes gestorben ist, sondern mit Arsen vergiftet wurde?«

»Der Marsh-Test hat das eindeutig ergeben, Sir«, antwortete Honeywell. »Sir William May ist ganz sicher ermordet worden.«

»In diesem Fall, denke ich, kann es nur eine Entscheidung geben«, verkündete der Coroner an die Geschworenen gewandt, die nahezu alle nickten.

»Dann haben wir jetzt ganz offiziell einen Mord aufzuklären, Sergeant.« Stockworth erhob sich, nachdem Sir William Mays Tod als Mord eingestuft worden war.

»Die Familie wird uns die Ermittlungen nicht gerade leicht machen«, vermutete Bennett stirnrunzelnd, als sie sich auf den Weg nach draußen machten. »Wir sollten …«

»Wir wissen doch beide, was passiert ist, Inspektor.« Stockworth und Bennett wandten sich um, als sie George Mays Stimme hörten. Er schien auf die beiden gewartet zu haben, während seine vier Begleiter bereits zu ihrer Kutsche gingen.

»Und das wäre, Sir?« Der Inspektor blickte ihn interessiert an.

»Diese vulgäre Person oder vielleicht eine der Huren, für die sie sich einsetzt, muss meinen Bruder vergiftet haben!« Er spie die Worte regelrecht aus. »Eine wie die ist doch zu allem fähig! Sie hat meinem Bruder den Kopf verdreht und ihn um den Finger gewickelt, bis sein Verstand so beeinträchtigt war, dass er die Gefahr, in der er sich befunden hat, nicht mehr erkannt hat!«

»Und welches Motiv, Sir, hätte *Miss O'Mahoney* oder eine der *jungen Damen*«, betonte er, »Ihrer Ansicht nach gehabt, Ihren Bruder zu vergiften? Sir William war einer ihrer wichtigsten Förderer. Nun da er tot ist, hat Miss O'Mahoney einen ihrer verlässlichsten Unterstützer verloren. Hätte sie ihn tatsächlich vergiftet, wie Sie behaupten, hätte sie sich damit nur selbst geschadet.«

»Dann müssen Sie ihr Motiv eben finden! Eine Frau wie sie hat bestimmt ...«

»Für uns zählen nur Beweise, Sir«, unterbrach Stockworth ihn kühl. »Und wie Ihnen der Coroner bereits erklärt hat: es hat Konsequenzen, falsche Anschuldigungen zu erheben.«

»Ich rate Ihnen, Stockworth ...« May ballte seine Hände zu Fäusten.

»Es ist *Inspektor* für Sie, Sir. Und bei allem Mitgefühl für Ihren Verlust, weder meine Vorgesetzten noch ich mögen es, bedroht zu werden. Halten Sie sich bitte zu meiner Verfügung. Wie Sie wissen, schließt Dr. Honeywell es nicht aus, dass Ihr Bruder womöglich schon früher an jenem Abend vergiftet worden ist.«

George May erbleichte und schluckte.

»Sie sollten sich jetzt um Ihre Familie kümmern, Sir«, schlug Stockworth in sanfterem Tonfall vor. »Ich kann sehr gut verstehen, dass dies eine schwere Zeit für Sie alle ist. Doch ich bitte Sie, Sergeant Bennett und mich unvoreingenommen unsere Arbeit machen zu lassen.«

»Sie haben recht«, lenkte May einen Moment später ein. »Ich muss mich bei Ihnen entschuldigen, Inspektor. Der Tod meines einzigen Bruders belastet mich sehr. Ich bitte Sie, finden Sie denjenigen, der das getan hat. Oder diejenige«, fügte er mit steinerner Miene hinzu.

»Das haben wir vor«, versprach Stockworth, bevor er mit Sergeant Bennett auf Roisin zuging, die zusammen mit Boyle und Honeywell in einiger Entfernung wartete.

»Lass mich raten, Basil: Der trauernde Bruder möchte, dass du mich ins Gefängnis wirfst und dafür sorgst, dass mir der Strick um den Hals gelegt wird, nicht wahr?« Ein nüchternes Lächeln erschien auf ihrem Gesicht. »Sir Williams Familie hasst mich und erst recht meine Arbeit. Sie haben nie verstanden, warum er ausgerechnet ehemaligen Prostituierten helfen wollte. In ihren Augen sind die Mädchen doch nur Abschaum«, setzte sie bitter hinzu. »Vor ein paar Monaten war George May übrigens bei mir, um mir zu erklären, dass meine Arbeit überhaupt keinen Erfolg haben könne, weil die jungen Frauen viel zu verdorben seien. Er hat an meinen Anstand appelliert und allen Ernstes verlangt, dass ich die Spenden seines Bruders in voller Höhe zurückzahle.« Sie lachte humorlos. »Als ich daraufhin Sir William vom Besuch seines Bruders berichtet habe, hat er richtig getobt und wollte ihn sich vorknöpfen.«

»Merkwürdig, dass er uns gegenüber kein Wort darüber verloren hat.« Bennetts Stimme nahm einen ironischen Tonfall an, und Stockworth nickte.

»Dann muss es zwischen den beiden wohl einen handfesten Streit gegeben haben«, schätzte Dr. Honeywell.

»Mit Sicherheit«, gab der Inspektor seinem Freund recht. »Ich werde George May diesbezüglich nochmal auf den Zahn fühlen.«

»Er wird die Angelegenheit bestimmt herunterspielen«, mutmaßte der Sergeant mit einer abschätzigen Grimasse.

»Sir William und sein Bruder haben fast dauernd wegen Geld gestritten.« Roisin blickte zwischen Stockworth und Bennett hin und her. »George May ist von seinem Bruder an der kurzen Leine gehalten worden. Er und seine Frau Lavinia leben in Kent und verwalten dort Sir Williams Landsitz, weil er die beiden, wie er mir gegenüber immer wieder gesagt hat, nicht in seiner Nähe haben wollte. Nach London kommen sie nur ein paar Mal im Jahr, wie jetzt vor ein paar Tagen zu Edwards Geburtstag. Es ist kein Geheimnis, dass gerade Lavinia genug vom Leben auf dem Land hat. Doch Sir William wollte sein Geld nicht für die beiden und ihren

Umzug nach London verschwenden. Er hat sich immer wieder bei mir beschwert, wie sehr seine Angehörigen auf sein Geld aus seien. Auch sein Sohn Edward würde nur darauf warten, dass sich endlich die Tür der Familiengruft für ihn öffnet, wie er es formuliert hat.« Roisin schwieg einen Moment, bevor sie fortfuhr. »Ich war Sir William für seine Unterstützung immer sehr dankbar, aber ich weiß auch, dass sein Verhalten oft rücksichtslos und manchmal sogar sadistisch war. Seine Familie hatte es sicher nicht immer leicht mit ihm. Aber den Luxus, mir meine Förderer auszusuchen, habe ich nicht.«

»Das weiß ich, Roisin. Du musst dich deshalb nicht rechtfertigen«, versicherte ihr Stockworth. »Roisin, was kannst du mir über Sir Williams Verhältnis zu Lady Clifton und Sir Geoffrey sagen?«

»Darüber habe ich mir auch schon so meine Gedanken gemacht. Es war nicht ganz unbelastet, wenn du so möchtest«, antwortete sie und schlang die Arme um sich, als ein kühler Wind aufkam. »Es gab wohl einige Probleme zwischen den dreien in der Vergangenheit, doch es ist ihnen gelungen, sich zumindest auf meinen Soireen und Empfängen wie zivilisierte Menschen zu benehmen. Meine Arbeit zu unterstützen war wohl das Einzige, in dem sie sich einig waren. Aber es war offensichtlich, dass sie sich auch auf meinen Festlichkeiten nach Möglichkeit aus dem Weg gegangen sind.«

»Ich werde auch die beiden nochmals befragen müssen, und …«

»Roisin!« Sie wandten sich um, als hinter ihnen eine aufgeregte weibliche Stimme ertönte. Stockworth erkannte Roisins alte Freundin Annie Harris. Sie wirkte aufgewühlt.

»Annie.« Roisin musterte sie besorgt, als sie völlig außer Atem bei ihnen ankam. »Ist etwas passiert? Ist es Arthur?«, erkundigte Roisin sich alarmiert und warf dem Arzt neben ihr einen Blick zu. »Soll Dr. Honeywell …«

»Nein«, keuchte Annie. In ihren Augen lag die blanke Angst. »Ich war heute Vormittag bei den Mays, um mit Violet wegen der Beerdigung zu sprechen. Ich wollte danach eigentlich sofort zu dir, aber ich musste mich doch zuerst um Arthur und die Kinder kümmern. Ich war mir aber sicher, dass ich dich auf jeden Fall nach der Anhörung hier finden würde. Es ist auch gut, dass der Inspektor hier ist.« Sie klang erleichtert.

»Ist Charlotte etwas zugestoßen?« Stockworth lief es eiskalt den Rücken hinunter. Er sah, wie Roisin und Boyle einen aufgescheuchten Blick wechselten.

»Charlotte?« Annie blinzelte verwirrt.

»Violets richtiger Name ist Charlotte«, klärte ihre Freundin sie auf und legte ihre Hände auf Annies bebende Schultern. »Doch das darf vorerst niemand erfahren, Annie. Hörst du?«

»Natürlich«, nickte sie, und Stockworth sah, wie sie sich auf Roisins Berührung hin ein wenig entspannte. »Es geht ihr gut«, versicherte sie. »Aber als ich bei ihr war, habe ich einen Geist gesehen, wenn Sie so möchten.«

»Einen Geist?«

»Wie meinst du das, Annie?«, fragte Boyle. Er und die anderen sahen sie verständnislos an.

»Erinnert ihr euch an Hugo Lee?«, fragte sie Roisin und Boyle.

Roisins Miene versteinerte sich augenblicklich. »Wie könnte ich diese Bestie jemals vergessen«, flüsterte sie. »Er hat uns alle in Angst und Schrecken versetzt.«

Stockworth war wie vom Donner gerührt. Hugo Lee galt als einer der brutalsten Zuhälter, den London jemals gesehen hatte. Angeblich war er auch in Menschenhandel verstrickt gewesen. Als er vor einigen Jahren eine junge Frau mit einem Messer attackiert und ihr tödliche Stichwunden zugefügt hatte, wollte man ihn endgültig hängen sehen. Bei einer Rangelei mit einem Polizisten war er in die Themse gesprungen. Er konnte nie gefunden werden. Wochenlang suchte man ganz London nach ihm ab, doch er schien wie von der Bildfläche verschwunden.

»Hugo Lee?« Der Inspektor blickte Annie fest in die Augen. »Sind Sie sicher?«

»Sein Bart ist abrasiert, und sein Haar ist kurz und gepflegt. Aber seine Augen und seine Stimme werde ich niemals vergessen. Genauso wenig wie die Narbe an seinem rechten Unterarm. Ich konnte sie ganz deutlich sehen. Der Ärmel seines Hemds ist ein wenig nach oben gerutscht, als er eine unbedachte Handbewegung gemacht hat. Er ist nicht tot, er hat einfach nur sein Aussehen verändert und ist untergetaucht. Und das ausgerechnet in Sir William Mays Haus. Ich wollte zu Charlotte nichts sagen, weil ich Angst hatte, sie könnte sich ihm gegenüber etwas anmerken lassen. Ich wollte ihn auf gar keinen Fall aufscheuchen, und immerhin war sie ja nicht allein im Haus. Außerdem war ich so durcheinander, und ...« Die Verwirrung stand ihr ins Gesicht geschrieben.

»Schon gut, Mrs. Harris.« Stockworth nickte Bennett zu. »Wir machen uns sofort auf den Weg zu den Mays.«

8. Kapitel

Charlotte hechtete zusammen mit den Zwillingen die Treppe vor dem Stadthaus der Mays hinauf. Sie lächelte beim Anblick der beiden Jungen. Der Ausflug in den Hyde Park hatte Alistair und Ashley sichtlich gutgetan, denn ihre Augen strahlten. Zwar war es nicht einfach gewesen, mit den beiden Schritt zu halten, als sie nach Eichhörnchen jagten, aber es war ihr gelungen, sie nicht aus den Augen zu verlieren. Charlottes Plan, sie auf andere Gedanken zu bringen, war aufgegangen.

»Können wir morgen wieder in den Park gehen, Miss Lewis?« Ashley blickte sie hoffnungsvoll an.

»Wenn ihr eure Aufgaben so fleißig und sorgfältig wie heute erledigt, und wenn Zeit ist, dann bestimmt. Aber ihr wisst ja, dass meine Tante morgen beerdigt wird.« Sie senkte traurig den Blick. »Ich werde zurück sein, sobald ich kann und eure Aufgaben überprüfen. Ihr werdet einiges zu tun haben, während ich weg bin«, bestimmte Charlotte. »Das Leben ist nämlich kein andauernder Spaziergang im Park. Belohnungen muss man sich erst verdienen.«

Die beiden Jungen wechselten einen Blick und schienen sich in ihr Schicksal zu ergeben. Mr. Jacobs hatte recht, dachte Charlotte, als sie nach dem Türklopfer griff. Die Zwillinge waren sehr intelligent, doch es fiel ihnen schwer, still zu sitzen und konzentriert zu arbeiten. Nach spätestens einer halben Stunde wurden sie unruhig und steckten sich gegenseitig mit ihrem Bewegungsdrang an. Es musste eine Möglichkeit geben, ihnen ein wenig zu helfen, sich zusammenzunehmen, überlegte sie. Auf dem Internat, das sie schon in ein paar Monaten besuchen sollten, wehte schließlich ein anderer Wind.

»Wo bleibt denn Wilson?« Alistair riss sie aus ihren Gedanken.

»Ich weiß es nicht.« Charlotte runzelte die Stirn und klopfte ein weiteres Mal. »Vielleicht hat er das erste Klopfen nicht gehört.«

Sie lauschte angestrengt, doch noch immer näherten sich keine Schritte der Haustür. Sie wusste, dass Mrs. Cooper, die Haushälterin, zusammen mit der Köchin Mrs. Adams und einem der Dienstmädchen Lebensmittel einkaufen wollte. Waren sie vielleicht noch gar nicht zurück? Und was war mit Wilson? Es war bereits nach vier, und in einer knappen Stunde sollte der Tee serviert werden. Ein ungutes Gefühl machte sich in Charlottes Magengegend breit.

»Warum öffnet Wilson uns denn nicht?« Ashley begann wie sein Bruder, unruhig von einem Fuß auf den anderen zu treten.

»Ich ...«

»Miss Lewis!« Miss Jones, Lady Mays ehemaliges Kindermädchen, überquerte die Straße und kam die Treppe hinauf. »Sie waren mit den beiden hier im Hyde Park, wie ich höre?« Sie lächelte.

»Ja, wir sind gerade zurückgekommen, Miss Jones. Die Bewegung an der frischen Luft hat uns allen gutgetan«, nickte Charlotte. »Sind die Herrschaften noch bei der Anhörung?«

»Nein, die Anhörung ist schon vorbei. Der Coroner und die Geschworenen haben für das Urteil nicht sehr lange gebraucht.« Sie blickte Charlotte vielsagend an. »Lady May ging es nach der Verkündung des Urteils verständlicherweise nicht besonders gut. Die Herrschaften wollten deshalb noch ein wenig frische Luft schnappen, und man hat mich vorausgeschickt. Aber worauf warten Sie drei hier vor der Tür?« Sie schien ungehalten. »Lady May fände es sicher nicht gut, wenn die Zwillinge sich erkälten.«

»Ehrlich gesagt warten wir darauf, dass Wilson uns endlich öffnet. Ich habe bereits zweimal geklopft«, entgegnete Charlotte, deren Unbehagen sich verstärkte.

»Das verstehe ich nicht. Normalerweise ist er immer wie der Blitz an der Tür. Vielleicht haben Sie nicht laut genug geklopft. Lassen Sie es mich einmal versuchen.« Miss Jones griff nach dem Türklopfer. »Wilson! Können Sie uns hören?« Wieder regte sich nichts hinter der verschlossenen Tür.

Charlotte atmete tief ein und aus und fasste einen Entschluss. »Miss Jones, würden Sie bitte einen Augenblick auf die Zwillinge achtgeben? Ich bin gleich zurück.« Sie wandte sich mit erhobenem Zeigefinger an Ashley und Alistair, bevor Miss Jones etwas erwidern konnte. »Vergesst nicht, ihr beiden, dass ihr den Ausflug in den Park gern wiederholen möchtet. Ihr werdet also zusammen mit Miss Jones hier warten, euch nicht vom Fleck rühren und auf Miss Jones hören, bis ich wieder da bin. Versprecht es mir!«

»Wir versprechen es«, riefen die beiden wie aus einem Mund, und Lady Mays ehemaliges Kindermädchen blickte sie überrascht an. Charlotte drehte sich lächelnd um. Einen Augenblick lang konnte sie tatsächlich so etwas wie Bewunderung in Miss Jones' grauen Augen sehen.

»Aber Miss Lewis, wo wollen Sie denn hin?«, rief diese ihr nach.

»Ich möchte nachsehen, ob der Dienstboteneingang vielleicht nicht abgeschlossen ist. Dann könnten wir wenigstens

endlich ins Warme und müssten uns nicht länger hier draußen die Beine in den Bauch stehen.« Es musste doch einen
Weg geben, ins Haus zu gelangen, dachte Charlotte und
kämpfte ihr Unbehagen nieder. Sie hastete die Stufen zum
Dienstboteneingang hinunter und ging auf die Tür zu. Wie
sie gehofft hatte, war diese unverschlossen. Mit zaghaften
Schritten ging sie hinein und lauschte. Unterdrückte Geräu-
sche drangen aus der Küche an ihr Ohr und durchbrachen
die gespenstische Stille. Gänsehaut breitete sich auf ihren
Armen aus, als sie auf die angelehnte Küchentür rechts vom
Eingang zuging.

»Ist hier jemand?«, fragte sie, als sie die Tür aufstieß.

»Wir sind hier!« Charlotte zuckte zusammen und fuhr
herum, als jemand gegen die Tür des Vorratsraums hämmerte. »Er hat uns hier eingeschlossen!«

Charlotte entriegelte die Tür und blickte kurz darauf in
die erleichterten Gesichter des Dienstmädchens Maisie und
der Küchenhilfe Nellie. Sie waren bleich und wirkten verängstigt.

»Wer hat Sie beide hier eingeschlossen?« Unangenehme
Hitze stieg in Charlotte auf.

»Mr. Wilson! Ich weiß überhaupt nicht, was in ihn gefahren ist, seit alle weg sind!« Maisie schluckte, und Charlotte
sah, dass ihre Hände zitterten. »Nellie war gerade in der Vorratskammer, um etwas zu holen, als ich in die Küche kam.
Mrs. Adams hat uns gebeten, schon einiges für den Tee vor-
zubereiten«, fügte sie erklärend hinzu. »Plötzlich war da Mr.
Wilson. Er hat mich am Arm gepackt, mich zu ihr in die
Vorratskammer gestoßen und uns eingeschlossen. Er hat
gedroht, wenn wir nicht ruhig sind, wird er wiederkommen,
und …« Ihre Stimme verebbte, und ihre Augen weiteten sich
vor Schreck, als sich Schritte der Küchentür näherten.

Charlottes Herz hämmerte wie verrückt gegen ihren Brustkorb, während sie sich langsam umdrehte. Der Butler kam mit grimmigem Gesichtsausdruck auf sie zu.

»Ah, Miss Lewis. Ich hoffe, Sie hatten einen angenehmen Ausflug in den Park.« Seine Stimme klang spöttisch. In seiner Hand hielt er ein Messer. »Ich habe Sie eigentlich nicht so früh zurückerwartet, Miss Lewis. Pech für Sie«, bemerkte er schulterzuckend. »Ich war mir ganz sicher, Sie hätten alle Hände voll zu tun, die Zwillinge im Hyde Park wieder einzufangen oder aus dem Serpentine zu fischen. Ich wollte längst über alle Berge sein, wenn Sie zurückkommen. Allerdings hat es ein wenig länger gedauert, Sir Williams Arbeitszimmer nach Geld zu durchsuchen.«

»Wilson, was in aller Welt ist in Sie gefahren? Haben Sie den Verstand verloren?« Charlotte blickte auf das gezückte Messer in seiner Hand und wich instinktiv einen Schritt zurück. Sie fragte sich rasch, ob sie die schwere Pfanne auf dem Herd greifen und sich notfalls gegen ihn zur Wehr setzen könnte. Doch die Entfernung war zu groß.

»Die Rolle der Ahnungslosen steht Ihnen nicht besonders gut, Miss Lewis.« Seine Stimme klang bedrohlich. »Ihre Freundin hat mich sofort wiedererkannt. Ich konnte es in ihren Augen sehen. Bestimmt hat sie Ihnen alles über mich erzählt.« Wilson machte einen Schritt auf sie zu.

»Ich habe nicht die geringste Ahnung, wovon Sie sprechen, Wilson. Sie machen sich lächerlich.« Charlottes Stimme klang fest, doch innerlich zitterte sie wie Espenlaub. Sie erinnerte sich an Annies panischen Gesichtsausdruck und auf einmal begriff sie. Der Butler war offenbar nicht der, für den er sich ausgab. Wenn Annie so panische Angst vor ihm hatte, musste er etwas Schreckliches verbrochen haben. Hatte er am Ende Sir William vergiftet, weil dieser ihm ebenfalls auf die

Schliche gekommen war? Sie schluckte, als er einen weiteren Schritt auf sie zu machte.

In ihren Ohren begann es unangenehm zu rauschen, und sie atmete angestrengt. Du darfst nicht ohnmächtig werden, schrie eine Stimme in ihrem Hinterkopf. Du musst Zeit gewinnen und ihn so lange wie möglich hinhalten, dachte Charlotte fieberhaft, während sich ihr Magen zusammenzog. Wenn er ihre Angst bemerkte, wären sie selbst und die anderen beiden jungen Frauen verloren.

»Natürlich wissen Sie das nicht.« Der Butler lachte höhnisch.

»Sie sind gar kein richtiger Butler, nicht wahr?«, begriff Charlotte, als sie einen weiteren Schritt vor ihm zurückwich. »Aber wer sind Sie dann?«

»Sie sind ein kluges Kind, Miss Lewis. Einen so scharfen Verstand hätte ich einer Frau gar nicht zugetraut.«

»Dürfen wir erfahren, wer Sie sind?« Seine überheblichen Worte entfesselten einen nie gekannten Zorn in Charlottes Innerem. »Denn ob Sie es nun glauben oder nicht: Mrs. Harris hat mir gegenüber kein Wort über Sie verloren.«

»Da Sie nicht lange genug leben werden, um meinen Namen an falscher Stelle auszuplaudern, komme ich Ihrer Bitte dieses eine Mal nach. Ich bin Hugo Lee. Vor ein paar Jahren war ich gezwungen, mein Aussehen zu verändern und eine neue Identität anzunehmen. Ich hatte Glück, dass mir dieser gutgläubige Trottel Kenneth Wilson über den Weg gelaufen ist. Er wollte sich hier als Butler vorstellen. Doch ich hielt es für besser, ihn ein ausgiebiges Bad in der Themse nehmen zu lassen.« Er grinste hämisch. »Ich wurde zu Kenneth Wilson und habe mich um die Stelle als Butler hier bemüht. Ich liebe es, in fremde Rollen zu schlüpfen.« Ein eisiger Schauer jagte über Charlottes Rücken, als sie den kalten Ausdruck in seinen

Augen sah. »Es lief auch alles wie am Schnürchen, bis vor ein paar Stunden plötzlich dieses Miststück vor der Tür stand. Ich bin Annie und ihrer Freundin Roisin vor langer Zeit über den Weg gelaufen. Man kann sagen, wir sind alte Bekannte. Vielleicht sollte ich den beiden um der guten alten Zeiten willen noch einen Besuch abstatten, bevor ich die Stadt verlasse.« Er grinste süffisant.

»Ich glaube nicht, dass Sie jemals auch nur einen Fuß über Miss O'Mahoneys Schwelle setzen könnten, Mr. Lee.«

Erleichterung durchflutete Charlotte, als sie die Stimme des Inspektors hörte. Stockworth und ein weiterer Mann betraten die Küche. Ihre Mienen waren grimmig.

»Was …« Lee fuhr herum.

Charlottes Blick fiel auf das Messer, das er noch immer in seiner Faust umklammert hielt. Ohne weiter darüber nachzudenken, machte sie einen raschen Schritt auf Lee zu, hob ihren Fuß und trat mit ihrem Absatz so heftig auf seinen Fußrücken, dass er aufschrie und das Messer zu Boden fallen ließ. Der Inspektor rannte auf ihn zu, packte ihn von hinten und drückte ihn gegen die Wand. Sein Begleiter fesselte seine Hände.

Charlotte wandte sich um. Maisie und Nellie zitterten noch immer und hielten sich an den Händen.

»Mr. Lee, Sergeant Bennett und ich nehmen Sie hiermit in Gewahrsam wegen des Mordes an Jane Dolan und offenbar auch an Kenneth Wilson. Und dieses Mal entkommen Sie dem Henker nicht.« Lee fluchte und versuchte verzweifelt, sich zu befreien. »Es ist zwecklos, Mr. Lee. Sie entkommen uns kein zweites Mal. Vor dem Haus befinden sich ein paar Menschen, die sie nur allzu gern in die Finger bekämen.«

Charlotte vermutete, dass Roisin einige ihrer Männer zu Stockworths Unterstützung geschickt hatte. Ihre neue Freundin würde nicht untätig abwarten, wenn sie Charlotte in Gefahr wusste. Zumal sie offenbar selbst noch eine Rechnung mit Hugo Lee offen hatte.

»Bevor ich zur Hölle fahre, komme ich zurück! Ihr werdet euch nicht vor mir verstecken können!«, brach es boshaft aus Lee heraus. »Ihr seid nichts wert«, zischte er in Charlottes Richtung, als Bennett ihn zusammen mit einem anderen Beamten fortschaffte. »Nichts!«

Maisie bekreuzigte sich auf seine Worte hin, bevor ihre Knie unter ihr nachgaben. Charlotte wankte wie in Trance nach draußen in den Gang und lehnte sich schwer atmend an die Wand. Sie wollte sich nicht ausmalen, was geschehen wäre, wenn der Inspektor nicht rechtzeitig gekommen wäre.

Womöglich war weniger das Zimmer der Gouvernante verflucht als vielmehr das ganze Haus, schoss es ihr fassungslos durch den Kopf.

»Ist alles in Ordnung?« Stockworth war ihr in den Flur gefolgt und legte seine Hände auf ihre Schultern. Er musterte sie besorgt.

»Ja, ich hatte nur ganz furchtbare Angst.« Sie schluckte und begann unkontrolliert zu zittern.

»Schon gut.« Stockworth zog sie an sich, und sie entspannte sich. »Ich werde niemals zulassen, dass Ihnen etwas passiert«, flüsterte er an ihrem Ohr. »Wir haben uns sofort auf den Weg gemacht, als Mrs. Harris uns benachrichtigt hat.«

»Inspektor, Sir?«

Charlotte löste sich erschrocken aus seiner Umarmung, als sie Bennetts Stimme hörte. Sie konnte fühlen, wie Farbe in ihre Wangen schoss, und auch der Inspektor räusperte sich verlegen.

»Wir sollten Mr. Lee jetzt zum Yard bringen.« Bennetts Mundwinkel zuckten sanft.

»Natürlich, Sergeant. Ich wollte nur sichergehen, dass es Miss Lewis gut geht«, sagte Stockworth und verabschiedete sich hastig.

Charlotte kniff die Augen zusammen und hoffte inständig, dass keines der Dienstmädchen gesehen hatte, wie sie sich in die Arme des Inspektors geflüchtet hatte. Nicht auszudenken, was man sonst hinter ihrem Rücken über sie tuscheln würde!

9. Kapitel

Hancock, der zweite Hausdiener, öffnete Charlotte mit erhitzten Wangen die Tür. Die Festnahme des falschen Wilson am vergangenen Tag hatte den Haushalt nachhaltig in Aufruhr versetzt.

»Gut, dass Sie zurück sind, Miss Lewis.« Hancock war sichtlich erleichtert. Er fuhr sich mit einer gestresst anmutenden Handbewegung durch sein schütteres blondes Haar. »Die Zwillinge fragen schon nach Ihnen, und sie tanzen uns ganz schön auf der Nase herum. Nur Maisie kann die beiden einigermaßen bändigen, und wenn Sie mich fragen, hätte aus ihr eine gute Gouvernante werden können. Auf sie hören die beiden nämlich. Weiß der Himmel, warum.« Er richtete seine Augen geflissentlich nach oben. »Aber ich wollte nicht pietätlos sein. Ich hoffe, die Beerdigung Ihrer Tante war nicht zu anstrengend?«, erkundigte er sich vorsichtig. »Sie waren heute Morgen verständlicherweise sehr angespannt.«

Charlotte hatte an diesem Morgen kaum einen Bissen hinuntergebracht. Die Vorstellung, wie Florence' Sarg in die Erde hinabgelassen wurde, war ihr unerträglich gewesen. Auch der Schock über die Geschehnisse des vergangenen Tages hatte ihr jeglichen Appetit geraubt. Sie konnte es noch immer nicht fassen, dass Lee ihr Leben bedroht hatte. Nach außen hin war es ihr zwar nach seiner Festnahme gelungen, Fassung zu bewahren, doch nachdem sie sich abends in ihr Zimmer zurückgezogen hatte, war alles über sie hereingebrochen. Auch die Gefühle, die der Inspektor in ihr auslöste, ließen sie nicht los. Erst kurz vor dem Morgengrauen war sie in einen unruhigen Schlaf gefallen. Sie wusste, dass Lee sie ohne mit der Wimper zu zucken getötet hätte, doch im Gegensatz zu den Mays bezweifelte Charlotte, dass er Sir William auf dem Gewissen hatte.

»Es war nicht leicht, Hancock.« Charlotte brachte ein Lächeln zustande. »Aber welche Beerdigung ist das schon?«

»Wohl keine«, entgegnete er, und seine blauen Augen verdüsterten sich. »Besonders schlimm sind die Beerdigungen mit angeheuerten Trauernden.«

»Angeheuerte Trauernde?« Charlotte blickte ihn verwirrt an.

»Manche Angehörige bezahlen andere dafür, den Verstorbenen auf seinem letzten Weg zu begleiten. Diese Leute sind das reinste Gesindel, sage ich Ihnen«, zischte er abfällig. »Trinker, Spieler, Mörder. Jeder Einzelne wäre im Zuchthaus besser aufgehoben! Wenn Sie mich fragen, sind solche Beerdigungen die reinste Respektlosigkeit gegenüber dem Verstorbenen! Merkwürdig, dass Sie noch nie davon gehört haben.« Hancock war erstaunt.

»Doch, doch natürlich. Ich bin nur noch sehr durcheinander nach allem, was passiert ist«, beeilte sich Charlotte zu erwidern, während sie sich an Beerdigungsszenen aus Dickens' *Oliver Twist* erinnerte. »Und ich bin sehr froh, dass auf der Beerdigung meiner Tante nur Familie und Freunde waren, denen sie sehr fehlen wird. Aber ich denke, ich sollte jetzt nach den Zwillingen sehen«, wechselte sie rasch das Thema.

»Ich fürchte, die beiden müssen sich noch ein wenig gedulden, Miss Lewis, denn Sie sollen in den Salon kommen, sobald Sie zurück sind. Inspektor Stockworth ist hier. Er hat bereits mit Maisie und Nellie gesprochen, und er möchte sich auch nochmals mit Ihnen unterhalten. Es geht um Mr. Wilson, ich meine um diesen Mr. Lee«, verbesserte er sich.

»Dann sagen Sie Alistair und Ashley bitte, dass ich in ein paar Minuten bei ihnen bin«, bat sie Hancock und machte sich auf den Weg in den Salon.

»Ah, Miss Lewis. Sie sind schon zurück!« Lady May klang erleichtert, als sie sie begrüßte.

Der Inspektor, George und Edward May erhoben sich, als sie das Zimmer betrat. Lavinia May brachte ein kleines Lächeln zustande.

»Der Inspektor ist vor ein paar Minuten gekommen«, erklärte Lady May. »Er möchte uns allen noch ein paar Fragen stellen wegen dieses Hugo Lee. Ich kann überhaupt nicht verstehen, wie er uns jahrelang so täuschen konnte. Er war immer so zuverlässig und gewissenhaft.« Sie schüttelte den Kopf.

»Seinen Nachfolger werde ich mir sehr genau ansehen«, gab Edward May entschlossen kund und warf seiner Stiefmutter einen vorwurfsvollen Blick zu.

»Ein so raffinierter Verbrecher wie Mr. Lee ist schwer zu durchschauen, Sir. Er hat Sie alle getäuscht, vergessen Sie das nicht. Aber vermutlich wäre jeder auf ihn hereingefallen. Auch ich bin nicht davor gefeit.« Stockworth zuckte bedauernd die Schultern. »Dank Miss Lewis ist er jetzt aber hinter Gittern.«

»Ich glaube kaum, dass es mein Verdienst war, dass Hugo Lee jetzt gefasst ist.« Charlotte räusperte sich verlegen, als sie seinen bewundernden Blick sah. Sie fühlte das mittlerweile vertraute Kribbeln in ihrem Bauch und senkte den Kopf, als Hitze in ihre Wangen schoss.

»Sie haben einen sehr gefährlichen Menschen geistesgegenwärtig hingehalten, ihn dazu gebracht, den Mord an

Kenneth Wilson zu gestehen, und ihn dann mit einem Fußtritt sogar entwaffnet«, widersprach der Inspektor. »Das war sehr mutig, Miss Lewis.«

»Dabei hatte ich furchtbare Angst. Sie können sich nicht vorstellen, wie erleichtert ich war, als Sie und Sergeant Bennett endlich da waren«, gestand sie, und einen kurzen Moment lang konnte sie fast seine Umarmung fühlen. »Wenn Sie beide nur ein paar Sekunden später gekommen wären, wären wir vielleicht nicht mehr am Leben.«

»Es tut mir sehr leid, Miss Lewis, dass Sie das durchmachen mussten.« Lady May blickte sie aufrichtig an.

»Hat dieser Hugo Lee den Mord an meinem Bruder mittlerweile auch gestanden, Inspektor?«, fragte George May.

»Nein, das hat er nicht, Sir, und deswegen bin ich auch hier«, antwortete der Inspektor. »Den Mord an Jane Dolan konnte er nicht leugnen, genauso wenig wie den am echten Kenneth Wilson, der sich hier bei Ihnen als Butler vorstellen wollte«, erklärte er. »Außerdem hat er noch weitere Morde an jungen Frauen gestanden, die er in den letzten Jahren begangen hat«, fügte er düster hinzu.

»Einen Moment, Inspektor.« Edward May beugte sich mit entsetztem Gesichtsausdruck nach vorne. »Soll das heißen, er hat noch gemordet, als er schon hier bei uns gearbeitet hat? Das hätten wir doch merken müssen!«, rief er.

»Nicht unbedingt. An seinen freien Abenden konnte er schließlich tun und lassen, wonach ihm der Sinn stand. Und meistens wollte er Frauen Schmerzen zufügen und sie anschließend töten. Er gehört zur übelsten Sorte von Mördern. Die Sorte, die tötet, weil sie Gefallen daran findet.« Stockworth blickte in die Runde. »Und Hugo Lee ist gerissen. Er hat einen Weg gefunden, seine Spuren zu verwischen und wäre auch nie so dumm gewesen, mit blutgetränkter

Kleidung hierher zurückzukommen. Vorausplanenden Mördern wie ihm fällt es nicht allzu schwer, unbemerkt ein Doppelleben zu führen.«

»Aber es könnte doch gut sein, dass mein Bruder ihm auf die Schliche gekommen ist. Womöglich hat William bemerkt, dass irgendetwas mit ihm nicht stimmt«, beharrte George May. »Vielleicht hat er ihn mit seinem Verdacht konfrontiert, und er musste deshalb sterben.«

»Hugo Lee ist ein Mörder, der nichts mehr zu verlieren hat, Sir. Er wird dank seines Geständnisses, das er gegenüber Miss Lewis abgelegt hat, mit Sicherheit hängen. Er hätte also rein gar nichts davon, den Mord an Ihrem Bruder abzustreiten. Es sei denn …«, an dieser Stelle legte Stockworth eine bedeutungsvolle Pause ein, »… er hat ihn tatsächlich nicht begangen.«

»Inspektor, dieser Hugo Lee ist ein gewissenloser Mörder«, warf Lady May ein. »So einem Menschen kann man doch nicht einfach glauben. Vielleicht hat mein Schwager recht, und er will uns einfach nur quälen, indem er uns im Ungewissen lässt.«

»Genau!«, rief George May von ihren Worten ermutigt. »Wir können doch gar nicht wissen, was im kranken Kopf eines Mörders vorgeht!«

»Seine Gedanken können wir natürlich nicht lesen, Sir«, gab Stockworth zu, »aber Mr. Lee gehört zu der Sorte von Mördern, die mit ihren Taten prahlen. Sie sind stolz auf ihre Verbrechen und genießen es, über ihre Morde zu sprechen. Er hat ausgesagt, dass er seinen Opfern auch immer in die Augen sehen wollte, wenn er das Messer in ihren Bauch gestoßen hat. Ein Giftmord entspricht nicht seiner Vorgehensweise.«

Alle starrten ihn fassungslos an, und man hätte eine Stecknadel fallen hören können. Bei dem Gedanken daran, dass Menschen Freude dabei empfanden, andere zu töten, breitete sich eine Gänsehaut auf Charlottes Armen aus. Doch sie konnte sich gut an Lees Augen erinnern, und wie sehr er es genossen hatte, sie und die anderen beiden Frauen in Angst zu versetzen.

»Aber wenn er sich von William bedroht gefühlt hätte ...«, hob George May an.

»Deshalb wollte ich Miss Lewis auch noch ein paar Fragen stellen«, fiel der Inspektor ihm sanft ins Wort, bevor er sich an Charlotte wandte. »Sergeant Bennett und ich haben nicht Ihre ganze Unterhaltung mit Mr. Lee gehört. Hat er Ihnen gegenüber vielleicht irgendetwas erwähnt, was auf ihn als Mörder von Sir William hindeuten könnte?«

»Nein, nicht das Geringste.« Charlotte schüttelte entschieden den Kopf. »Er hatte es sehr eilig und wollte sich aus dem Staub machen, weil Mrs. Harris ihn ein paar Stunden zuvor wiedererkannt hatte. Sie wusste, dass er wegen Mordes gesucht wurde. Er hat auch geglaubt, ich würde seine wahre Identität kennen.« Sie zuckte die Schultern und überlegte. »Ich bin mir ganz sicher, er wäre noch am selben Tag verschwunden, wenn er auch nur das Gefühl gehabt hätte, Sir William hätte ihn erkannt.« Sie überlegte rasch. »Mr. Lee hat auch überhaupt nicht über Sir William gesprochen, fällt mir auf. Nur über den Mord an Kenneth Wilson. Mir kam es ebenfalls so vor, als sei er stolz auf das, was er getan hat. Hätte er Sir William getötet, hätte er sicher damit geprahlt.«

»Trotz alledem könnte er ein Motiv gehabt haben, meinen Vater zu töten«, insistierte Edward May kopfschüttelnd. »Falls mein Vater doch Verdacht geschöpft und ihn konfrontiert hat, dann hätte Mr. Lee handeln müssen.«

»Da haben Sie sicher recht, Sir«, antwortete Charlotte mit

einem Blick auf den Inspektor. »Aber dann hätte er sehr schnell handeln müssen. Nehmen wir an, Ihr Vater hätte ihn tatsächlich mit seinem Wissen konfrontiert, dann hätte Hugo Lee bestimmt nicht auf die passende Gelegenheit gewartet, ihn zu vergiften. Das wäre für ihn doch ein viel zu großes Risiko gewesen.«

»Da muss ich Miss Lewis zustimmen«, nickte Stockworth. »Mr. Lee hätte in so einem Fall viel schneller reagieren müssen. Ein erfahrener Mörder wie er hätte mit Sicherheit improvisiert. Wäre ihr Vater beispielsweise mit seinem Brieföffner in der Brust aufgefunden worden, würde das besser zu Hugo Lee passen.«

»Dann ist mein Mann wohl doch auf dieser Soiree vergiftet worden«, schlussfolgerte Lady May.

»Das ist eine der Möglichkeiten, die wir in Betracht ziehen, Mylady«, bestätigte Stockworth vorsichtig. »Wie Sie wissen, ist laut Dr. Honeywell der Zeitpunkt der Vergiftung jedoch nicht mit Sicherheit festzustellen. Ihr Mann könnte also auch andernorts vergiftet worden sein.«

»Wo hätte er denn sonst vergiftet werden sollen, Inspektor?«, hakte George May kopfschüttelnd nach. »Jede andere Vermutung ist doch absurd!«

»Ist sie das, Onkel?« Edward May zog spöttisch die Augenbrauen nach oben.

»Was möchtest du damit sagen, Edward?« Er blickte seinen Neffen herausfordernd an. »Du hältst es doch nicht allen Ernstes für möglich, dass dein Vater das Arsen hier zu sich genommen hat?«

»Ich sage nur, dass keiner von uns meinen Vater auf Schritt und Tritt begleitet hat an diesem Abend. Soweit es mich betrifft, habe ich ihn an seinem Todestag kurz vor dem Tee das letzte Mal gesehen. Er war gerade nach Hause gekommen, und er wirkte unglaublich wütend. Wie so oft«, fügte er trocken hinzu. »Schon aus dem Grund wollte ich ihm keine Gesellschaft leisten. Wenn er in dieser Stimmung war, hat er gern einen Streit angefangen. Das wirst du kaum bestreiten können.«

»Sprich nicht so über deinen Vater!«, rief May.

»George.« Seine Frau tätschelte seinen Arm. »Bitte beruhige dich. Edward hat es bestimmt nicht so gemeint.« Sie wandte sich an Stockworth. »Bitte entschuldigen Sie meinen Mann und meinen Neffen, Inspektor. Bei uns allen liegen die Nerven blank.«

Edward May schnaubte verächtlich.

»Ich verstehe das sehr gut, Mrs. May«, versicherte ihr Stockworth, bevor er sich wieder an ihren Neffen wandte. »Ihr Vater war also wütend. Hat er gesagt, weshalb?«

»Auf meine Frage hin hat er etwas von einem unangenehmen Zusammentreffen erwähnt«, erinnerte sich Edward May. »Er muss sich auf dem Weg nach Hause mit jemandem gestritten haben.«

»Er hat nicht zufällig erwähnt, mit wem?«

Charlotte erinnerte sich an Sir Williams Auseinandersetzung mit dem ihr noch immer unbekannten Gentleman. Sie senkte rasch den Kopf aus Angst ihr Gesichtsausdruck könne verraten, dass sie mehr darüber wusste.

»Inspektor, ich war zwar sein Sohn und somit zwangsläufig sein Blutsverwandter, aber ich war ganz bestimmt nicht sein Vertrauter. ›Guten Morgen‹ und ›Guten Abend‹ waren unsere bedeutungsvollsten Wortwechsel«, entgegnete er sarkastisch. »Natürlich trifft es mich, dass mein Vater ermordet worden ist, aber so, wie er Menschen gegen sich aufgebracht hat, ist es nicht weiter verwunderlich«, fuhr Edward May in nüchternem Tonfall fort. »Er war kein besonders diplomatischer Mensch, und er war es gewöhnt, immer das zu tun, wonach ihm gerade der Sinn stand. Ich bin mir sicher, dass halb London ein Motiv hatte, ihn umzubringen. Sein Mörder könnte wirklich jeder sein, mit dem er zu tun hatte.«

»Edward!«, brauste sein Onkel auf. »Zeig ein wenig Respekt! Er war immerhin dein Vater!«

»Ich bin kein Heuchler, Onkel.« Seine Stimme klang eisig.

George May lehnte sich seufzend in seinem Sessel zurück und schloss einen Moment lang die Augen. Seine Frau tätschelte beschwichtigend seinen Arm und blickte erneut entschuldigend in die Runde.

»Edward, wir wissen alle, dass du kein gutes Verhältnis zu deinem Vater hattest, aber nimm bitte ein wenig Rücksicht auf die Gefühle der anderen«, bat Lavinia ihren Neffen, der mit einem Schulterzucken antwortete.

»Hat Ihr Mann Ihnen gegenüber diese Auseinandersetzung erwähnt, Mylady?«, wandte sich Stockworth an die Witwe.

»Nein, er hat kein Wort darüber verloren.« Sie schüttelte vehement den Kopf.

Ihr defensiver Tonfall ließ Charlotte aufhorchen. Sie war sich sicher, dass Lady May nicht die Wahrheit sagte. Nur weswegen?

»Sie sind sich da ganz sicher?«, hakte der Inspektor nach. Auch ihm schien ihr plötzliches Unbehagen nicht entgangen zu sein.

»Glauben Sie etwa, dass ich lüge, Inspektor?« Sie verschränkte die Arme vor der Brust, und ihre Miene versteinerte sich.

»Natürlich nicht, Mylady«, besänftigte er sie. »Nur habe

ich in der Vergangenheit die Erfahrung gemacht, dass die Erinnerung manchmal lückenhaft sein kann. Erst recht nach schrecklichen Erlebnissen.«

»Ich habe meinen Mann am Morgen jenes Tages das letzte Mal gesehen, Inspektor.« Sie seufzte. »Am Nachmittag hatte ich starke Kopfschmerzen, weshalb ich mich in mein Schlafzimmer zurückgezogen habe. Es ging mir so schlecht, dass ich nicht einmal zum Dinner nach unten gekommen bin.«

»Das stimmt, Inspektor«, nickte Lavinia. »Ich habe gegen sieben Uhr abends nach meiner Schwägerin gesehen, ob ich etwas für sie tun kann, aber da hat sie tief und fest geschlafen. Ich wollte sie nicht wecken. Der Arzt sagt immer, dass Schlaf in so einem Fall die beste Medizin ist.«

»Sehen Sie, Inspektor«, George May räusperte sich. »Mein Bruder war seiner Familie gegenüber immer sehr verschlossen. Deshalb ist es uns nicht leichtgefallen, mit ihm umzugehen. Besonders die Beziehung zu seinen Kindern hat darunter gelitten. Dennoch solltest du aber nicht so über deinen Vater sprechen, Edward!« Er warf seinem Neffen einen strengen Blick zu, bevor er sich mit zynischem Gesichtsausdruck an Stockworth wandte. »Da mein Bruder sich uns nicht anvertraut hat, schlage ich vor, Sie sprechen mit Miss O'Mahoney. Sie kann Ihre Fragen gewiss besser beantworten als wir. Mit ihr hatte mein Bruder ein ganz besonders Verhältnis.« Seine Mundwinkel zuckten spöttisch.

»Da wir gerade von ihr sprechen: Miss O'Mahoney hat mir berichtet, dass Sie sie vor ein paar Monaten aufgesucht hätten. Sie hätten darauf bestanden, dass sie die Spenden Ihres Bruders zurückzahlt.« Stockworth ließ ihn nicht aus den Augen.

»Sie müssen das verstehen, Inspektor! Diese Frau hat

meinen Bruder doch ausgenommen wie eine Weihnachtsgans!«, rief er. »Und wir wissen schließlich alle, dass solchen
Frauen niemals geholfen werden kann! Früher oder später
bieten sie sich doch wieder dem Meistbietenden auf der
Straße an!«

»Miss O'Mahoneys Erfolgsbilanz sagt da etwas anderes«,
entgegnete Stockworth gelassen, während es in Charlotte tob-
te. Sie hatte Mühe, sich zurückzuhalten. »Sie hatten deshalb
Streit mit Ihrem Bruder. Er hat Sie in die Schranken gewie-
sen.«

»Aber deswegen bringe ich ihn doch nicht gleich um!«,
verteidigte sich May. »Ich habe lediglich versucht, ihn zur
Vernunft zu bringen! Aber er war so verblendet!« Er warf
hilflos die Arme in die Luft.

»Er hat sich auch geweigert, Ihnen beiden bei einem
Umzug nach London unter die Arme zu greifen, nicht
wahr?«

»Inspektor, es stimmt, dass George und ich gerne in die
Stadt ziehen würden«, kam Lavinia ihrem Mann zuvor. »Aber
mein Schwager wollte keinen Außenstehenden mit der Ver-
waltung seines Landsitzes in Kent beauftragen. Wir waren
zwar enttäuscht über seine Entscheidung, konnten sie aber
auch verstehen.«

»Mein Vater hat das Anwesen in Kent geliebt, deshalb
wollte er auch, dass mein Onkel und meine Tante sich darum
kümmern. Und im Übrigen hielt auch ich seine Unterstützung für Miss O'Mahoneys Einrichtung, oder wie auch
immer Sie ihr Etablissement nennen wollen, für die reinste
Verschwendung. Aber das wird jetzt ein Ende haben«, fügte
Edward May hinzu. »Es tut mir wirklich leid, dass wir Ihnen
nicht weiterhelfen können, Inspektor. Aber ich bin mir
sicher, Miss O'Mahoney wird Ihnen einige Antworten geben

können. Ich muss mich jetzt erst einmal darum kümmern, einen neuen Butler zu finden. Und ich werde jeden Bewerber auf Herz und Nieren prüfen.«

»Du wirst bestimmt die richtige Entscheidung treffen, Edward«, kam es spitz über Lady Mays Lippen.

»Vielleicht könnte ich Ihnen bei Ihrer Suche behilflich sein, Sir«, bot Inspektor Stockworth an. »Der Butler meines Onkels Lord Fitzbury hat einen Neffen, Gerald White, der die letzten Jahre bei Sir Edwin Cox in Brighton gearbeitet hat. Da Sir Edwin vor zwei Wochen gestorben ist, sucht White jetzt eine neue Stelle. Er würde sehr gerne in London arbeiten, um in der Nähe seines Onkels zu sein. Soweit ich weiß, ist er sein letzter noch lebender Angehöriger.«

»Dann können Sie sich für White verbürgen, Inspektor?«, vergewisserte sich Edward May.

»Selbstverständlich. Außerdem haben ihm Sir Edwin Cox' Angehörige exzellente Referenzen ausgestellt, und auch mein Onkel Lord Fitzbury verbürgt sich für ihn. White hat eine Weile in seinem Haus gearbeitet.«

»Nun ja, ich denke, es kann bestimmt nicht schaden, ihn kennenzulernen.« Edward May nickte nachdenklich. »Wäre es White denn möglich, sich morgen Vormittag um zehn bei uns vorzustellen?«

»Ich werde ihn umgehend benachrichtigen«, versprach Stockworth.

Charlotte räusperte sich. »Wenn Sie mich nicht mehr benötigen, Inspektor, dann würde ich jetzt gerne nach den Zwillingen sehen. Die beiden halten das Personal wohl ganz schön auf Trab.«

»Natürlich, Miss Lewis. Für den Moment wäre das alles. Falls Ihnen aber noch etwas einfällt, dann lassen Sie es mich bitte wissen.« Stockworth erhob sich. »Ich sollte mich auch auf den Weg machen«, meinte er mit einem Blick auf die Standuhr.

»Auf Wiedersehen, Inspektor.« Edward May stand ebenfalls auf, um ihn zu verabschieden. »Falls Sie noch Fragen haben sollten, wissen Sie, wie Sie uns erreichen können.«

»Wie geht es Ihnen?«, erkundigte sich Stockworth flüsternd, als sich die Tür des Salons hinter ihm und Charlotte geschlossen hatte.

»Ich hoffe, ich kann heute Nacht besser schlafen«, antwortete sie nüchtern und verdrängte die Erinnerung an seine Umarmung nach Lees Festnahme. Sie musste lernen, in seiner Gegenwart einen kühlen Kopf zu bewahren. »Ich hatte noch nie so große Angst wie gestern in der Küche«, fügte sie hinzu. »Aber ich bin mir sicher, dass Hugo Lee Sir William nicht getötet hat.«

»Das glaube ich auch«, nickte Stockworth. »Und die Familie ist nach wie vor sehr zugeknöpft.«

»Lady May hat gelogen«, flüsterte Charlotte, als sie die Tür öffnete. »Sie weiß ganz bestimmt, mit wem Sir William sich am Tag seiner Ermordung gestritten hat.«

»Die Frage ist nur, warum sie lügt.«

»Das finde ich schon noch heraus, Inspektor«, versprach sie.

Ian Boyle betrat zusammen mit Sergeant Enoch Bennett das Pub in Covent Garden. Wie jeden Abend war es nicht nur brechend voll, sondern auch laut und stickig.

»Was wollen wir hier, Boyle?«, fragte der Sergeant, als ein aus dem Pub torkelnder Betrunkener ihn anrempelte und dabei fast den Halt verloren hätte. Der Mann konnte sich kaum noch auf den Beinen halten, und Boyle hatte seine Zweifel, dass er es in diesem Zustand nach Hause schaffen würde. Oder vielmehr in das Loch, in dem er vermutlich hauste. Kopfschüttelnd wandte er sich ab.

»Wir müssen uns mit jemandem unterhalten, Sergeant«, antwortete er und bedeutete Bennett, ihm zu folgen.

Betrunkenes Gelächter und Gläserklirren drang zu ihnen herüber, als sie sich ihren Weg durch die Gäste des Pubs bahnten und Boyle sich suchend umsah. Auf den ersten Blick schienen alle Tische belegt, und auch am Tresen drängten sich die Trinkwütigen. Zustimmendes Gegröle erhob sich in der gegenüberliegenden Ecke des Pubs, als einer der Männer sich schwankend erhob, um Nachschub zu holen. Seine Wangen waren gerötet, und seine Augen glänzten verräterisch. Sein Körper hatte längst genug, dachte Boyle, doch er noch lange nicht.

Es war ein allabendliches Ritual der Hartarbeitenden, sich ins Vergessen zu trinken. Viele von ihnen waren lieber hier mit ihren Kumpanen als zu Hause in ihren kargen Wohnräumen bei ihren Frauen und den hungrigen Kindern. Die Männer vertranken oftmals ihren mickrigen Lohn, um sich für ein paar Stunden in angenehmere Welten zu flüchten, wusste er, und ihre Kinder übten sich schon früh als Taschendiebe. Er seufzte innerlich. Boyle erinnerte sich noch gut an seinen Vater, der jede Nacht betrunken nach Hause gekommen und schon ein paar Stunden später auf unsteten Beinen wieder aus dem Bett und zur Arbeit gewankt war. Jeden Samstagabend ging er außerdem zusammen mit vielen der anderen Arbeiter in die Apotheke, um sich Laudanum zu besorgen. So verdienten sich selbst die Apotheker eine goldene Nase mit dem Elend der Arbeiter, dachte er bitter. Der frühe Tod seiner Frau und seines ältesten Sohns, Ians Bruder, setzten Eric Boyle aber noch mehr zu als die harte Arbeit in der Fabrik. Als sein Vater mit einundvierzig Jahren starb, war er nur noch ein Schatten seiner selbst gewesen, erinnerte sich Boyle. Nach dem Tod seines Vaters hatte Boyle mit gerade einmal fünfzehn Jahren allein in den Straßen Londons um sein Überleben gekämpft. Er hatte getan, was dafür nötig gewesen war, und sich gleichzeitig geschworen, niemals den Weg seines Vaters einzuschlagen. Er trank in Maßen und ließ die Finger von Laudanum. Ein Blinder konnte schließlich sehen, was es anrichtete, dachte er, und er erschauderte bei dem Gedanken daran, dass selbst Säuglinge und Kleinkinder mit dem Opiumgemisch ruhiggestellt wurden, wenn ihre Mütter morgens zur Arbeit in die Fabrik gingen.

Boyle hatte sehr früh begriffen, dass er seinen Geist nicht betäuben durfte, wenn er der tristen Realität tatsächlich entfliehen wollte. Stattdessen hatte er sich im wahrsten Sinne des Wortes seinen Weg aus dem Elend erkämpft. Und seine Begegnung mit Roisin O'Mahoney vor über fünfzehn Jahren hatte schließlich alles verändert.

»Ich dachte mir schon, dass wir nicht hier sind, um uns eine Prostituierte anzulachen oder uns oben die Faustkämpfe anzusehen«, stellte Bennett nüchtern fest.

»Bestimmt nicht, Sergeant«, entgegnete Boyle. »Diese Kämpfe habe ich längst hinter mir, und für die Liebe musste ich noch nie zahlen«, fügte er grinsend hinzu, bevor sein Gesichtsausdruck wieder ernst wurde. »Der Inspektor wollte, dass Sie mich begleiten, weil er Ihnen vertraut. Offiziell sind wir gar nicht hier.«

»Verstehe. Und was genau wollen wir hier, Boyle? Sie wollen mir doch nicht etwa erzählen, dass Sir William sich hier unters Volk gemischt hat.«

»Es geht nicht um Sir William, sondern um etwas sehr Persönliches. Vor drei Jahren kam es in Roisins Haus zu einem äußerst unangenehmen Zwischenfall. Sir Baxter Stapleton kam in Begleitung eines deutschen Freundes, Heinrich von Burgfeld, zu uns. Angeblich wollten sie Roisins Arbeit unterstützen. Stattdessen aber wollten Sir Baxter und sein deutscher Freund sich an den jungen Damen vergreifen«, berichtete er Bennett grimmig. »Wir haben den Inspektor gerufen und den beiden eine Lektion erteilt, die sie sicher niemals vergessen werden.«

»Das erklärt aber noch immer nicht, warum wir hier sind.« Bennett ließ ihn nicht aus den Augen.

»Diese beiden Männer sind es nicht gewöhnt, gedemütigt zu werden. In dieser Nacht vor drei Jahren hat sich Roisin zwei neue und sehr einflussreiche Feinde gemacht. Die beiden sind gefährlich, Sergeant.«

»Die beiden werden aber doch wohl kaum gegen die Armee ihrer treuen Verbündeten ankommen«, wandte der Sergeant ein.

Boyle schüttelte den Kopf, als eine junge Frau mit einem verführerischen Lächeln auf ihn und Bennett zusteuerte. Sie würde sich andere Freier suchen müssen.

»Das nicht, aber Roisin zieht es vor, ihren Feinden immer einen Schritt voraus zu sein. Und es geht mittlerweile auch nicht mehr nur um sie, sondern vor allem um die Sicherheit von Miss Violet Lewis, die ihr und dem Inspektor sehr am Herzen liegt. Deshalb treffen wir uns heute Abend mit Sir Baxter Stapletons Butler.«

»Verstehe.« Bennett nickte nachdenklich. »Sie kennen Sir Baxters Butler?«

»Schon fast mein ganzes Leben. Nach dem Tod meines Vaters habe ich mich mit ihm und ein paar anderen Jungen zusammengetan. Auf der Straße braucht man Freunde. Nur so konnten wir überleben.« Boyle sah, wie der Sergeant verständnisvoll nickte. »Später haben wir nicht nur zusammen an Faustkämpfen teilgenommen, sondern uns auch ehrliche Arbeit gesucht. Wir sind sauber geblieben, wenn Sie so wollen. Er gehört genauso wie ich zu Roisins Verbündeten, und als Sir Baxter Stapleton kurz nach diesem unschönen Zwischenfall bei uns einen neuen Butler gesucht hat, hat sie ihre Beziehungen spielen lassen. Sie hielt es für wichtig, einen Spitzel in seinem Haus zu haben, da Stapleton jetzt eine Rechnung mit ihr offen hat.« Er lächelte. »Miss O'Mahoney lässt ihre Feinde nur ungern aus den Augen. Sie wissen ja: Keep your friends close, but your enemies closer.«

»So kann sie Sir Baxter also immer einen Schritt voraus sein«, schlussfolgerte Bennett.

»Zumindest meistens.« Boyle nickte. »Gareth kommt jeden Mittwochabend hierher, um sich die Faustkämpfe anzusehen und mit Freunden ein paar Pints zu trinken. Es ist der sicherste Ort für ein Gespräch unter alten Freunden. Kommen Sie, Sergeant.« Er steuerte auf den Tresen zu.

»Ach, sieh einer an!« Die Schankwirtin grinste. Ihre Wangen waren gerötet, und Schweißperlen glänzten auf ihrer Stirn. Wie jeden Abend ging Mina und ihrem Mann Joseph Beale die Arbeit nicht aus. »Wenn das nicht Ian Boyle ist! Du hast dich ja lange nicht sehen lassen! Du hast doch nicht etwa Lust, mal wieder die Fäuste fliegen zu lassen?«, fügte sie mit einem schelmischen Augenzwinkern hinzu.

»Die Zeiten sind lange vorbei, wie du weißt. Wie geht es dir, Mina?« Boyle lächelte.

»Solange der Rubel rollt, und die Polizei unsere Kundschaft nicht verschreckt«, zischte sie mit einem harten Blick auf Bennett, »geht es Joseph und mir gut.«

Die Wirtin erkannte einen Ordnungshüter auf den ersten Blick, wusste Boyle. »Du kannst deine Krallen einfahren, Mina, er gehört zu mir«, beschwichtigte er sie. »Ist Gareth hier?«

»An dem Tisch da drüben«, antwortete ihr Mann, der hinter ihr auftauchte. Er nickte den beiden Männern zu.

Boyle kramte ein paar Münzen hervor. »Bring uns bitte drei Pints, und gib seinen drei Begleitern hier am Tresen eine Runde aus. Wir möchten ein paar Minuten ungestört mit ihm sprechen.«

Boyle und Bennett folgten Beale an Gareth Stubbs' Tisch. Dessen Begleiter verschwanden sogleich, als sie Boyle sahen. Sir Baxters Butler schien nicht allzu überrascht, die beiden zu sehen.

»Ian.« Er nickte ihm zu. »Was kann ich für dich tun? Und wer ist dein Begleiter?«

»Das ist Sergeant Bennett, Gareth. Der Inspektor wollte, dass er mich begleitet. Er ist in Ordnung«, antwortete er, als Mina mit drei Gläsern an den Tisch kam. Boyle wartete, bis sie wieder verschwunden war. »Ich brauche so viele Informationen über Heinrich von Burgfeld wie möglich.«

»Im Auftrag Ihrer Majestät, nehme ich an?« Stubbs schmunzelte und griff nach dem Ale.

»Wenn du es so ausdrücken willst.«

»Was willst du wissen?«

»Alles, was du mir sagen kannst. Hast du eine Ahnung, wo er sich derzeit aufhält?«

»Soweit ich weiß, ist er zu Hause in Berlin. Allerdings hat Sir Baxter vor, in ein paar Tagen nach Paris zu reisen, um sich dort mit ihm zu treffen. Anschließend werden die beiden wohl nach London kommen. Es steht ein Treffen ehemaliger Schulfreunde an.« Er beugte sich verschwörerisch nach vorne. »Ich habe euch noch nicht benachrichtigt, weil ich noch mehr herausfinden wollte.« Er senkte seine Stimme. »Irgendetwas scheint im Gange zu sein. Vor ein paar Tagen war Sir Floyd Fletcher bei ihm. Ich habe ein sehr interessantes Gespräch zwischen den beiden belauschen können.«

»Spuck es aus, Gareth«, forderte Boyle ihn auf.

»Es ging um ihren gemeinsamen Freund, Heinrich von Burgfeld. Allem Anschein nach ist ihm seine Braut abhandengekommen. Er war mit einer gewissen Charlotte von Winterberg verlobt. Sie muss ein bildschönes Ding sein. Er konnte es gar nicht erwarten, sie zu besitzen. Seit der Silvesternacht ist sie aber wie vom Erdboden verschluckt. Während der Silvesterfeier im Haus ihrer Eltern muss sie sich klammheimlich aus dem Staub gemacht haben. Ihr Vater hatte angeblich einen Tobsuchtsanfall am nächsten Morgen. Er und von Burgfeld haben ganz Berlin nach ihr absuchen lassen, aber noch immer fehlt jede Spur von ihr.« Stubbs blickte zwischen den beiden hin und her. »Wenn ihr mich fragt, hat seine Verlobte das einzig Richtige getan. Nach der Hochzeit wäre sie nicht seine Frau geworden, sondern sein Eigentum, mit dem er tun und lassen würde, was er will.«

»Hat er einen Verdacht, wo sie sich aufhalten könnte?« Boyles Hand ballte sich zur Faust.

»Bisher offenbar nicht. Aber Heinrich von Burgfeld setzt alles daran, sie zu finden. Und wenn er sie in die Finger bekommen sollte, dann wird er sie ganz sicher für ihre Widerspenstigkeit bezahlen lassen. Die feinen Herren in diesem Zirkel bekommen immer alles, was sie möchten«, konstatierte er schulterzuckend.

»Zirkel?«, hakte Bennett nach.

»Alles zu seiner Zeit, Sergeant.« Boyle hob die Hand, als

Stubbs den Mund öffnete, um zu antworten. »Hat von Burgfeld schon irgendeine Spur?«

»Wie gesagt, nicht von seiner Verlobten, aber er hat in dieser Angelegenheit ein paar seiner Männer nach Wien geschickt.« Stubbs runzelte nachdenklich die Stirn. »Ja, Sir Baxter erwähnte etwas von Wien.«

»Das hat Roisin bereits befürchtet«, nickte er, und seine Miene verdüsterte sich.

»Was hat Miss O'Mahoney befürchtet, Boyle?« Bennett klang ungeduldig.

»Jetzt verstehe ich.« Ein leises Pfeifen kam über Stubbs' Lippen, bevor Boyle antworten konnte. »Ihr wisst, wo seine Verlobte sich aufhält, nicht wahr? Und sie steht unter Roisins Schutz.«

Boyle starrte ihn eindringlich an. »Kein Wort darüber, Gareth. Außer mit uns wirst du mit niemandem über Charlotte von Winterberg sprechen!«

»Wie lange kennen wir uns, Ian? Du weißt, auf mich ist Verlass. Ich werde euch helfen, wie ich nur kann«, versprach er. »Ich nehme an, Roisin möchte über jeden Schritt, den von Burgfeld macht, unterrichtet werden?«

»Und sei er noch so klein«, bestätigte Boyle.

»Dann richte Ihrer Majestät aus, dass ihr Wunsch mir Befehl ist«, lächelte er, bevor er in beschwörendem Tonfall fortfuhr. »Ihr müsst diese junge Frau beschützen, Ian! Diese Herren«, er schnaubte verächtlich, »sind zu allem fähig.«

»Das wissen wir. Lass mir eine Nachricht zukommen, wenn du Neuigkeiten hast.« Boyle erhob sich und bedeutete dem Sergeant, ihm zu folgen.

»Lassen Sie mich raten: Miss Violet Lewis ist keine Geringere als Charlotte von Winterberg«, flüsterte Bennett ihm auf dem Weg nach draußen zu.

»So ist es, Bennett. Und sie schwebt in großer Gefahr, denn Heinrich von Burgfeld ist gewalttätig, und was noch viel schlimmer ist: er besitzt Geld, Macht und Einfluss. Auf dem Internat hier in England hat er seine Freunde Stapleton und Fletcher kennengelernt. Die feinen Herren wurden in der Gewissheit erzogen, dass ihnen kaum jemand etwas anhaben kann.« Er sah Bennett fest in die Augen. »Der Inspektor war daher der Meinung, es sei wichtig, Sie einzuweihen. Wir müssen unsere Kräfte bündeln und alles in unserer Macht Stehende tun, um Charlotte zu schützen.«

»Sie können auf mich zählen, Boyle. Aber sagen Sie …« Seine Stimme verebbte, als eine junge Frau hinter ihnen aufschrie und kurz darauf zu Boden ging. Ein Mann stand mit geballter Faust über ihr und wollte ein weiteres Mal zuschlagen. Boyle rannte wie der Blitz auf ihn zu und packte ihn am Kragen.

»Wie wäre es, wenn du Feigling es mit jemandem aufnimmst, der dir gewachsen ist!« Er blickte ihm in seine vor Schreck weit aufgerissenen Augen und sah mit Genugtuung, wie er erbleichte. »Bist du ihr Zuhälter?«

»Das … das geht dich nichts …«, stammelte er.

»Bist du ihr Zuhälter?«, wiederholte er mit gefährlich leiser Stimme.

»Sie … sie wollte mich betrügen. Wollte Geld für sich behalten, und …«

Aus den Augenwinkeln heraus konnte Boyle sehen, wie Sergeant Bennett dem Mädchen auf die Beine half.

»Trinkt weiter!«, forderte er die Umsitzenden auf. Die Gespräche waren verstummt, und alle starrten gebannt in ihre Richtung. »Hier gibt es nichts zu sehen.« Zufrieden beobachtete er, wie sich die Männer abwandten und ihre Unterhaltung fortsetzten. Jeder Stammkunde des Pubs kannte Boyle, und keiner würde es wagen, sich einzumischen. Er bedeutete Bennett näher zu kommen. »Was schlagen Sie vor, sollen wir mit diesem Gentleman hier machen, Sergeant?«

»Ich glaube, ein paar Stunden in einer Zelle könnten nicht schaden«, entschied Bennett. Das Mädchen an seinem Arm zitterte, und Boyle sah die Angst in ihrem Gesicht. Er blickte dem schwitzenden Zuhälter fest in die Augen.

»Du wirst mir jetzt ganz genau zuhören: Sobald du die Zelle wieder verlassen darfst, wirst du aus London verschwinden. Ich will dich hier nie wieder sehen. Hörst du? Wenn doch, dann schwöre ich bei Gott, ich werde dir jeden einzelnen Knochen deines«, er rümpfte angewidert die Nase, »ungewaschenen Körpers brechen. Hast du mich verstanden?«

Der Zuhälter schluckte und nickte, bevor Bennett ihn am Arm packte und nach draußen zog.

»Ich bin Ian. Wie heißt du?« Boyle wandte sich lächelnd an die junge Frau.

»Sue.« Ihre Stimme zitterte. »Ich…«

»Du bist doch kaum älter als sechzehn«, schätzte er. »Du solltest das nicht tun.«

»Ich … ich weiß nicht was …«

»Komm mit mir. Ich werde dir helfen.« Nach einigem Zögern ergriff sie seine ausgestreckte Hand.

10. Kapitel

Inspektor Basil Stockworth übergab Sir Geoffrey Byrnes' Butler seinen Hut und seinen Mantel. Der Morgen war frisch, doch die Sonne kam endlich hinter den Wolken hervor.

»Sir Geoffrey ist in seinem Arbeitszimmer. Bitte gedulden Sie sich einen Augenblick. Ich werde ihm sagen, dass Sie hier sind, Inspektor.«

»Ich danke Ihnen, Hill«, lächelte Stockworth.

Es war eine ganze Weile her, seit er Sir Geoffrey das letzte Mal einen Besuch abgestattet hatte, erinnerte er sich. An diesem Morgen klopfte der Inspektor ohne vorherige Anmeldung an seine Tür, aber das ließ sich in seinem Beruf nicht vermeiden.

Es dauerte nicht lange, bis Hill zurück in das Foyer kam. »Folgen Sie mir bitte, Inspektor. Sir Geoffrey wird sich gern ein paar Minuten Zeit für Sie nehmen.«

Sir Geoffrey Byrnes stand auf und kam um seinen Schreibtisch herum, als Stockworth hinter dem Butler sein Arbeitszimmer betrat. Über dem Kamin hing ein Porträt von Lady Helen Byrnes, Sir Geoffreys verstorbener Frau. An der gegenüberliegenden Wand über einer schwarzen Couch hing das Porträt einer hübschen jungen Frau. Stockworth fragte sich, wer sie war. Die beiden Frauen auf den Porträts schienen sich anzulächeln, fand er.

»Inspektor!« Sir Geoffrey kam mit einem erfreuten Gesichtsausdruck auf ihn zu. »Ich habe mich schon gefragt, wann Sie an meine Tür klopfen würden.«

»Ach ja?« Stockworth blickte ihn fragend an.

»Sie haben doch immerhin einen Mord aufzuklären«, entgegnete Sir Geoffrey. »Da ist es nur natürlich, dass Sie alle Zeugen nochmals aufsuchen, um sie mit Fragen zu löchern. Darf ich Ihnen etwas anbieten? Ich nehme an, für einen Brandy ist es noch ein wenig zu früh«, fügte er augenzwinkernd hinzu.

»Erstens das, und zweitens bin ich im Dienst«, lachte Stockworth. »Aber zu einer Tasse Tee würde ich nicht nein sagen. Die Sonne täuscht.« Er nickte in Richtung Fenster. »Es ist tatsächlich immer noch sehr kühl und windig.«

»Wem sagen Sie das?«, seufzte Byrnes. »Wenn ich morgens aufstehe, schüttelt es mich immer vor Kälte. Sobald das Feuer irgendwann in der Nacht ausbrennt, wird es unglaublich kalt in den Räumen.« Er klingelte nach dem Butler und bat ihn um zwei Tassen Tee. »Aber Sie sind sicher nicht gekommen, um sich mit mir über das Wetter zu unterhalten. Was kann ich für Sie tun, Inspektor? Ich fürchte, ich habe Ihnen bereits alles gesagt, was ich über Sir Williams Tod weiß.«

»Nun ja, die Angelegenheit ist ein wenig delikat, Sir Geoffrey«, begann Stockworth vorsichtig. »Aber wie Sie vorhin ganz richtig bemerkt haben, muss ich meine Arbeit machen und einen Mord aufklären.«

»Wenn ich Ihnen dabei helfen kann, werde ich das gerne tun«, beteuerte er, als ein Dienstmädchen mit einem Tablett erschien. Stockworth wartete, bis die junge Frau wieder verschwunden war.

»Das ist gut zu wissen, denn ich möchte Sie bitten, jetzt ganz offen mit mir zu sprechen. Wie war Ihr Verhältnis zu Sir William May?«

»Ich verstehe, worauf Sie hinauswollen.« Sir Geoffrey griff nach der Tasse und nahm einen Schluck. »Sie haben sicher gehört, dass ich nicht besonders gut auf Sir William zu sprechen war. Noch dazu war ich anwesend, als er tot zusammengebrochen ist, und jetzt möchten Sie herausfinden, ob ich ihm das Arsen in den Champagner gemischt habe.«

»Sir Geoffrey, Sie verstehen sicher, dass ich jeder Spur nachgehen muss«, erwiderte Stockworth lächelnd. »Und es stimmt, ich habe mittlerweile herausgefunden, dass Ihr Verhältnis zu Sir William nicht ganz unproblematisch war. Ich weiß, das trifft auf viele andere auch zu, und ich werde auch mit ihnen sprechen. Aber da Sie nun einmal anwesend waren, als Sir William …«

»Sie müssen sich vor mir nicht rechtfertigen, Inspektor.« Sir Geoffrey lachte schallend. »Sie machen nur Ihre Arbeit, und die machen Sie sehr gut. Meine Frau«, er warf einen sehnsüchtigen Blick auf das Porträt über dem Kamin, »hielt Sie für einen ausgezeichneten Ermittler, seit Sie den Tod ihres Schwagers aufgeklärt haben. Helen würde wollen, dass ich Ihnen in jeder Hinsicht behilflich bin.«

Sir Laurence Layton, Lady Byrnes Schwager, war eines Nachts von einem Einbrecher über das Treppengeländer nach unten gestoßen worden, erinnerte sich Stockworth. Mit der Hilfe eines Informanten hatten sie einige Tage später den Einbrecher in einer Hafenkneipe aufspüren und in Gewahrsam nehmen können.

»Ihre Frau war eine gute Freundin meiner Mutter«, erwiderte er lächelnd. »Sie vermissen sie sehr, nicht wahr?«

»Wir waren fast dreißig Jahre verheiratet, Inspektor. Und obwohl unsere Familien die Ehe eingefädelt haben, sind wir sehr glücklich miteinander geworden. Vielleicht lag es daran, dass wir uns schon als Kinder gekannt haben«, überlegte er, und ein verträumter Ausdruck erschien in seinen Augen. »Ich hoffe für Sie, dass Sie eines Tages auch die richtige Frau finden werden.« Er lächelte.

»Das hoffe ich auch«, murmelte er und senkte einen Augenblick den Kopf.

»Allem Anschein nach haben Sie bereits eine junge Dame ins Auge gefasst, wenn ich Ihre Reaktion richtig deute, Inspektor«, schmunzelte sein Gastgeber. »Diesen Gesichtsausdruck kenne ich.«

Stockworth räusperte sich und zog es vor, auf diese Bemerkung nichts zu erwidern. »Sir Geoffrey, was ist zwischen Ihnen und Sir William vorgefallen?«

»Es ging um meine jüngste Schwester Flora. Ich war schon zwölf, als sie zur Welt kam, und ich habe mich immer für sie verantwortlich gefühlt und wollte sie beschützen. So wie es die Aufgabe von großen Brüdern ist.« Er beugte sich nach vorne und wandte den Kopf. »Das hier ist sie.« Er deutete auf das Porträt über ihnen. »Das Bild ist vor knapp zwanzig Jahren gemalt worden. Damals muss sie zweiundzwanzig gewesen sein. War sie nicht wunderschön?« Sir Geoffrey seufzte.

»Ja, das war sie«, nickte Stockworth. Blonde Locken umrahmten Floras Gesicht, und ihre blauen Augen schienen eine Geschichte zu erzählen. »Was genau ist passiert?«

»Dass Sir Williams erste Ehe sehr unglücklich war, ist ein offenes Geheimnis«, begann Sir Geoffrey. »Auch wussten alle, dass seine Frau … nun ja …« Er zuckte die Schultern. »Verrückt war. Geisteskrankheiten lagen bei der ersten Lady May leider in der Familie. In der Familie ihres Vaters, um genau zu sein«, präzisierte er. »Der hat sich eines Tages auf seinen Landsitz zurückgezogen, hat dort jahrelang wie ein Einsiedler gelebt und angeregte Gespräche mit Geistern geführt. Er soll sich vor allem mit einem katholischen Priester unterhalten haben, der von seinen Vorfahren im sechzehnten Jahrhundert dort in einem Priesterloch vor den Häschern von Heinrich VIII. versteckt worden ist. Angeblich hat er sogar darauf bestanden, dass zu den Mahlzeiten immer auch für diesen Priester gedeckt wurde.« Sir Geoffrey zog vielsagend die Augenbrauen nach oben. »Eines Abends hat er sich dann in seinem Arbeitszimmer erhängt. Und schon Lady Mays Großmutter soll sich mit Menschen unterhalten haben, die nur in ihrer Phantasie existiert haben.« Er lehnte sich zurück und legte seine Stirn in nachdenkliche Falten. »Aber anfangs schien Lydia May ganz normal. Erst nach Edwards Geburt hat sich das geändert, wenn ich mich recht erinnere. Es ist durchaus verständlich, dass für Sir William die Situation immer belastender geworden ist. Jeder Mann würde aus einer solchen Ehe ausbrechen wollen.« Sir Geoffrey holte tief Luft und warf einen weiteren Blick auf das Porträt seiner Schwester. »Richtig schlimm wurde es, als sein Sohn ungefähr sieben oder acht Jahre alt war. Seine Frau muss tagsüber nur noch geschlafen haben, und nachts ist sie angeblich durch das Haus gegeistert, während sie unaufhörlich Selbstgespräche geführt hat. Kein Mensch konnte mehr zu ihr durchdringen. Irgendwann hat Sir William dann begonnen, sich nach anderen Frauen umzusehen. Und auf einem Empfang ist er eines Abends meiner Schwester begegnet.« Byrnes seufzte. »Flora hatte damals nach nicht einmal einem Jahr Ehe gerade ihren Mann verloren. Nach einer Grippe war es meinem Schwager Ambrose immer schlechter gegangen. Er wurde von Tag zu Tag zu schwächer. Zum Ende hin war er so kurzatmig, dass er nicht einmal mehr Treppen steigen konnte. Flora war am Boden zerstört, als Ambrose gestorben war. Als sie dann auf Sir William traf, war ihre Trauerphase fast beendet. Und obwohl er verheiratet war, sind sich die beiden nähergekommen!« Seine Stimme nahm einen anklagenden Tonfall an. »Sir William hätte es besser wissen müssen, als sich an eine verletzliche junge Witwe heranzumachen!«

»Ich verstehe.« Stockworth nickte verständnisvoll. »Aber war es Ihrer Schwester denn gleichgültig, dass Sir William verheiratet war?«, hakte er vorsichtig nach.

»Ich habe versucht, mit Flora darüber zu sprechen, sie zur Vernunft zu bringen, aber Sir William hatte ihr so sehr den Kopf verdreht, dass sie sich in eine Traumwelt geflüchtet hat. Sie ist tatsächlich davon ausgegangen, dass sie und er eine Zukunft hätten.« Sir Geoffrey schüttelte bei der Erinnerung verzweifelt den Kopf. »Nach Ambrose' Tod ist sie in ein tiefes Loch gefallen, und Sir William habe sie zurück ins Leben geholt, hat sie mir gegenüber behauptet. Sie gab sich voll und ganz der Illusion hin, sie beide könnten gemeinsam alt werden, dass er sich irgendwie von seiner Frau scheiden lassen würde. Mir und dem Rest der Familie war klar, dass das nur Wunschdenken war. Aber wir konnten alle nur hilflos dabei zusehen, wie sie in ihr Verderben gerannt ist.«

»Wie ging es dann weiter?«

»Als Flora endlich erkannt hat, wer Sir William wirklich ist, und dass er sie in Wahrheit nur benutzt hat, um seiner tristen Ehe zu entfliehen, war es längst zu spät.« Ein melancholischer Ausdruck erschien auf seinem Gesicht. Es dauerte einen Moment, bis er fortfuhr. »Nach ein paar Wochen hat sie festgestellt, dass sie schwanger war. Eines Abends kam sie zu mir und Helen und hat uns alles gebeichtet. Sie hat uns erzählt, dass sie mit Sir William gesprochen habe, doch der habe nichts mehr mit ihr zu tun haben wollen. Sie können sich sicher vorstellen, wie verzweifelt meine Schwester gewesen ist. Eine junge Witwe, die mit dem Kind ihres verheirateten Liebhabers schwanger ist!« Seine Hände ballten sich zu Fäusten.

»Er hat Ihre Schwester also im Stich gelassen«, nickte Stockworth düster. Die Gesellschaft wäre erbarmungslos mit Flora ins Gericht gegangen, vermutete er.

»Helen und ich wollten ihr helfen, Inspektor. Sie war meine Schwester, und ich hätte alles für sie getan. Wir wollten Flora deshalb für eine Weile zu Helens Cousine nach Mailand schicken. Sie hat einen italienischen Baron geheiratet«, fügte er erklärend hinzu. »Dort hätte Flora das Kind bekommen und anschließend nach England zurückkehren können. Die Cousine meiner Frau konnte wohl selbst keine Kinder bekommen, deshalb haben sie und ihr Mann sich bereit erklärt, das Kind meiner Schwester als ihr eigenes anzunehmen. Flora wirkte so dankbar und erleichtert.« Stockworth konnte sehen, wie sich Fassungslosigkeit in seine Züge schlich. Er schien noch immer nicht begreifen zu können, was mit seiner Schwester geschehen war. »Aber in der Nacht vor ihrer Abreise hat sie sich in unserem Gästezimmer das Leben genommen. In ihrem Abschiedsbrief hat sie sich für unsere Hilfe bedankt, aber sie sei sich sicher, dass Ambrose auf der anderen Seite bereits auf sie warten würde. Wenn Sie mich fragen, ist es Ironie des Schicksals, dass sich Sir Williams Frau in derselben Nacht in der Nervenklinik, in der er sie kurz zuvor untergebracht hatte, mit einem Bettlaken erhängt hat. In meinen Augen hat Sir William zwei Frauen auf dem Gewissen!«, brach es bitter aus ihm heraus.

»Das muss eine sehr harte Zeit für Sie gewesen sein, Sir Geoffrey. Sie haben mein vollstes Mitgefühl.« Stockworth blickte ihn verständnisvoll an. »Hat Ihre Schwester sich etwa ebenfalls erhängt?«

»Nein.« Byrnes stand auf und ging zu einem Beistelltisch,

auf dem eine Whiskykaraffe stand. Er goss sich einen groß-zügigen Schluck in ein Kristallglas. »Meiner Schwester war die Vorstellung an einem Strick zu baumeln ein Gräuel, seit sie einmal von einer Hinrichtung gehört hat, bei der der Verurteilte minutenlang mit dem Tod gerungen hat.« Er leerte das Glas in einem Zug. »Da Sie es ohnehin in Erfahrung bringen werden: Flora hat sich vergiftet. Mit Arsen.«

»Also starb sie auf die gleiche Weise wie Sir William?« Der Inspektor starrte ihn an.

»Allerdings. Und ich muss zugeben, dass ich die Art und Weise seines Todes daher sehr passend finde«, setzte er mit verächtlicher Zufriedenheit hinzu.

»Sie haben ihn gehasst für das, was er Ihrer Schwester angetan hat, nicht wahr?«

»Ja, das habe ich, Inspektor«, nickte Sir Geoffrey. »Aber ich habe ihn nicht umgebracht. Es gab eine Zeit, da hätte ich ihm nur allzu gern ein Messer ins Herz gestoßen, aber ich bin ein zivilisierter Mensch und halte nichts von Selbstjustiz. Außerdem war meine Frau der Überzeugung, dass jeder Mensch eines Tages das bekommt, was er verdient. Und allem Anschein nach hat Helen wie immer recht behalten. Sir William hat bekommen, was er verdient.«

»Ich will ganz ehrlich zu Ihnen sein, Sir Geoffrey: es gibt Menschen, die Ihnen den Tod Ihrer Schwester als mögliches Motiv für den Mord an Sir William auslegen könnten.«

»Mit Sicherheit«, stimmte Byrnes ihm, von seinen Worten unbeeindruckt, zu. »Aber hat mich jemand dabei beobachtet, wie ich Sir Williams Champagner mit Arsen gewürzt habe?«, erkundigte er sich mit ironischem Unterton. »Ich glaube, nein. Wie Sie wissen, habe ich mich mit Lady Clifton und Rose unterhalten, als Sir William eingetroffen ist. Als er in den Salon kam, habe ich ihm lediglich von Weitem zur

Begrüßung zugenickt. Aus Respekt vor Miss O'Mahoney habe ich bei einem Zusammentreffen mit ihm immer die Form gewahrt. Ich bin also nicht einmal nahe genug an ihn herangetreten, um Gift in seinen Champagner zu streuen.« Er zuckte die Schultern. »Glauben Sie mir, Inspektor. Ich bin ganz sicher nicht erschüttert über seinen Tod, aber ich habe nichts damit zu tun.«

»Und Sie sind sich noch immer sicher, dass Sie auch nichts Merkwürdiges beobachtet haben?«

»Gar nichts!«, rief er bedauernd. »Ich stand ja mit dem Rücken zu Sir William, als er zusammengebrochen ist. Ich konnte …« Er hielt inne und runzelte die Stirn.

»Sir Geoffrey?« Stockworth beugte sich aufgeregt nach vorne. Er kannte diesen Gesichtsausdruck sehr gut. Der Zeuge erinnerte sich an etwas. »Woran denken Sie?«

»Es hat vielleicht gar nichts zu bedeuten«, hob er zögerlich an, »aber kurz bevor Sir William tot zu Boden ging, hatte ich einen Moment lang den Duft von Rosen in der Nase. Soweit ich mich erinnere, hat aber keine der anwesenden Damen nach Rosenparfum gerochen.« Byrnes blickte ihn verwirrt an. »Wie konnte ich das nur vergessen?«

»Zerbrechen Sie sich darüber nicht den Kopf, Sir Geoffrey«, beruhigte ihn Stockworth. »Es kommt sehr oft vor, dass Zeugen sich erst nach und nach an Einzelheiten oder Ungereimtheiten erinnern. Sie haben also keine Ahnung, woher dieser Rosenduft kam?«

»Nicht die geringste. Es war auch nur ein kurzer Moment. Aber ich habe eine sehr gute Nase, Inspektor«, behauptete er. »Ich bin auch sehr geruchsempfindlich. Das Veilchenparfum meiner Mutter hat mir immer Schweißperlen auf die Stirn getrieben.« Er schüttelte sich theatralisch.

Inspektor Stockworth beäugte ihn nachdenklich. Er glaubte Sir Geoffrey, dass er nichts mit Sir Williams Tod zu tun und auch, dass er tatsächlich den Duft von Rosen wahrgenommen hatte. Konnte es sein, dass die mysteriöse Dame, die Lady Clifton gesehen haben wollte, tatsächlich existierte und eine Vorliebe für Rosenparfum hatte? Er musste dringend nochmals mit Lady Clifton sprechen, dachte er, als er Sir Geoffreys Haus einige Minuten später verließ.

Charlotte griff nach ihrem Mantel und wandte sich um, als es klopfte.

»Herein!«

»Verzeihen Sie, Miss Lewis.« Maisie streckte lächelnd ihren Kopf zur Tür herein. »Ich wollte nur eben Staub wischen. Ich dachte, Sie wären mit den Zwillingen schon in den Park gegangen.«

»Oh, die beiden müssen noch ihre Zimmer aufräumen«, lächelte Charlotte. »Ich habe ihnen gesagt, dass wir nicht in den Park gehen, bevor nicht alles ordentlich ist. Aber kommen Sie ruhig herein, und lassen Sie sich nicht von der Arbeit abhalten, Maisie.«

»Alistair und Ashley mögen Sie«, grinste das Dienstmädchen. »Sie hätten gerne, dass Sie bleiben.«

»Das habe ich vor, Maisie. Ich mag die beiden auch. Sie brauchen nur sehr viel Bewegung«, fügte sie hinzu. »Es ist nicht einfach, im Park mit ihnen Schritt zu halten.«

»Es sind Jungen«, das Dienstmädchen lachte. »Die müssen sich austoben. Ich kenne das von meinen drei Brüdern, und immer nur still sitzen kann doch niemand.«

»Da haben Sie recht. Und außerdem waren die letzten

Tage auch sehr schwierig für die beiden.« Charlotte schüttelte den Kopf. »Erst der Tod ihres Vaters und dann die Sache mit Wilson – oder vielmehr Hugo Lee.«

»Sie waren sehr mutig, Miss Lewis.« Charlotte hörte die Bewunderung in ihrer Stimme. »Ich hätte mich ihm nie so entgegenstellen können wie Sie. Ich habe auch noch nie in meinem Leben so große Angst gehabt!«

»Ich auch nicht, Maisie«, gab Charlotte zu. »Aber ich wollte nicht sterben.« Sie dachte an das Messer in seiner Hand, mit dem er jederzeit auf sie hätte losgehen können.

»Glauben Sie, dass er Sir William vergiftet hat?«, erkundigte sich Maisie plötzlich. »Mrs. Cooper hat erzählt, Mr. May glaube, Sir William sei diesem Lee auf die Schliche gekommen, und er hätte ihn deshalb getötet.«

»Ich weiß«, nickte Charlotte. »Mr. May hat seinen Verdacht auch gegenüber dem Inspektor geäußert, aber die Polizei scheint Mr. Lee nicht für den Mörder zu halten. Und offen gestanden glaube ich auch nicht, dass er Sir William getötet hat.«

»Ich kann mir auch nicht vorstellen, dass Mr. Wilson … ich meine, Mr. Lee Sir William vergiftet hat. Das passt irgendwie nicht.« Die junge Frau kaute gedankenverloren auf ihrer Unterlippe. »Ich finde, er war wie ein angriffslustiger Löwe, als er uns in der Küche bedroht hat. Er hätte Sir William sicher eher mit seiner eigenen Pistole erschossen oder ihn erschlagen, als ihn zu vergiften. Der falsche Mr. Wilson konnte so aufbrausend sein, wissen Sie. Manchmal hatte ich das Gefühl, er hätte uns am liebsten geschlagen, wenn einer von uns auch nur der kleinste Fehler unterlaufen ist.« Sie senkte den Kopf.

Charlotte blickte sie nachdenklich an. Maisie schien tatsächlich eine sehr intelligente junge Frau zu sein, dachte sie. Sie sollte nicht ihr Leben lang Staub wischen müssen.

»Das war auch die Überlegung des Inspektors«, meinte sie schließlich. »Und ich halte es für sehr gut möglich, dass Sir William von jemand anderem getötet worden ist.« Charlotte ließ das Dienstmädchen nicht aus den Augen und beschloss, einen Köder auszuwerfen. »Es hat aber den Anschein, als ob die Familie nichts davon hören möchte. Und ich hatte auch das Gefühl, dass sie die Fragen des Inspektors nur sehr widerwillig beantwortet haben.«

»Weil sie alle nicht gut auf Sir William zu sprechen waren«, entfuhr es Maisie, und sie hielt sich sogleich erschrocken die Hand vor den Mund. »Das hätte ich jetzt nicht sagen sollen«, flüsterte sie und warf Charlotte einen ängstlichen Blick zu.

»Es ist schon gut, Maisie. Ich werde niemandem etwas erzählen. Außerdem ist es offensichtlich, dass jeder hier Probleme mit Sir William hatte. Und unter uns gesagt«, sie beugte sich vertrauensvoll nach vorne und senkte ihre Stimme, »ich habe nicht den Eindruck, dass Mylady sehr um ihren Mann trauert.«

Maisie warf einen raschen Blick zur Tür, bevor sie einen Schritt näher an Charlotte herantrat.

»Das tut Mylady auch nicht«, flüsterte sie, und Charlotte musste sich anstrengen, um sie zu verstehen. »Die beiden haben schon seit Jahren getrennte Zimmer, und sie sind sich auch sonst ständig aus dem Weg gegangen. Mrs. Adams hat mir einmal erzählt, dass die beiden am Anfang wohl sehr verliebt gewesen sind, aber dass sich das schnell gegeben hat. Dazu kommt, dass Mylady und ihr Stiefsohn noch nie etwas miteinander anfangen konnten. Die beiden meiden sich, wo es nur geht. Und seit der Geburt der Zwillinge haben sie und Sir William sich endgültig auseinandergelebt. Eine Weile war Lady May deswegen sehr unglücklich, hat Mrs. Adams erzählt, aber als sie Mrs. Cooper zu sich geholt hat, ist es etwas besser geworden. Sir William hat auch immer Mylady die Schuld gegeben, wenn es Probleme mit Alistair und Ashley gab.« Sie sah rasch zur nur angelehnten Tür. »Ich war noch nicht lange hier, als es dann mit ihren Migräneschüben losging. Dr. Appleby, der Familienarzt, ist deshalb sehr oft bei Mylady.« Maisie zog vielsagend die Augenbrauen nach oben, und Charlotte begriff, worauf das Dienstmädchen hinauswollte. »Angeblich sind die Kopfschmerzen oft so stark, dass er gerufen werden muss, und er bleibt dann immer sehr lange bei ihr. Sie dürfen dann auf keinen Fall gestört werden. Mrs. Adams meint …« Ihre Stimme verebbte, und sie blickte peinlich berührt zu Boden. »Ich sollte nicht …«

»Ich verstehe schon, Maisie«, nickte Charlotte. Sie lächelte das Dienstmädchen aufmunternd an. »Wusste Sir William von den häufigen Arztbesuchen?«

»Er ist eines Abends früher als erwartet zurück nach Hause gekommen, und … Er und Mylady haben sich an diesem Abend furchtbar gestritten.«

Charlotte betrachtete sie nachdenklich. Wenn Eugenia May eine Liebesbeziehung mit ihrem Arzt hatte, dann hätte sie durchaus ein Motiv, ihren Ehemann umzubringen. Hatte womöglich sie ihm das Arsen verabreicht, bevor er auf die Soiree gegangen war? Oder verkleidet als mysteriöse Dame in Roisins Haus?

»An dem Nachmittag, bevor er gestorben ist«, riss Maisies gelockerte Zunge sie aus ihren Überlegungen, »kam Sir William sehr wütend nach Hause.«

»Sein Sohn hat das erwähnt, als der Inspektor ihn befragt hat«, bestätigte Charlotte.

»Er und Master Edward sind sich vor dem Esszimmer begegnet.« Maisie schien erleichtert, ihr Wissen mit jemandem teilen zu können. »Ich habe gerade für den Fünfuhrtee eingedeckt, und die Tür war nur angelehnt …« Sie errötete. »Es war wirklich nicht meine Absicht zu lauschen, aber sie waren einfach zu laut. Sir William hat seinen Sohn wieder einmal angeherrscht, dass er sich endlich Arbeit suchen solle. Er habe keine Lust mehr, ihn durchzufüttern, und auf sein Erbe könne er lange warten. Master Edward hat aber nur gelacht und zu seinem Vater gesagt, dass er sich keine Sorgen um seine Zukunft machen müsse. Denn Sir William werde eher früher als später einen Herzinfarkt haben, weil er sich immer wegen allem so aufregen würde. Er hat Master Edward daraufhin regelrecht aus dem Haus geworfen und angekündigt, sein Testament zu ändern.«

»Er wollte sein Testament ändern?« Charlotte horchte auf.

»Damit hat er Master Edward zumindest gedroht.« Maisie nickte. »Dann ist er nach oben gelaufen und hat nach Mylady gerufen. Man konnte an seiner Stimme hören, dass er unglaublich wütend auf sie war.«

»Die beiden haben also miteinander gesprochen, als er nach Hause gekommen ist?« Charlotte erinnerte sich an Eugenia Mays Behauptung, ihren Mann seit dem Frühstück nicht mehr gesehen zu haben. Sie hatte also tatsächlich gelogen, dachte sie triumphierend.

»Die beiden haben nicht miteinander gesprochen, sondern sich heftig gestritten.« Maisie verdrehte die Augen. »Sir William hat richtig getobt. Er war zwar sehr oft wütend, aber so hatte ich ihn noch nie erlebt. Als ihre Zimmertür aufging, hat er sie regelrecht angebrüllt. Ihr Liebhaber sei ihm gerade über den Weg gelaufen, und er habe ihm ordentlich die Meinung gesagt. Mylady habe sich nun gefälligst einen neuen Arzt zu suchen. Er würde es nicht weiter zulassen, dass seine Frau ihn zum Gespött ganz Londons machte.«

Charlotte blickte Maisie wie vom Donner gerührt an. Nun

kannte sie den Namen des ihr bislang unbekannten Mannes, mit dem Sir William sich gestritten hatte. Es musste Dr. Appleby gewesen sein, den er so zornig von sich gestoßen hatte, als sie an ihnen vorbeigegangen war, schoss es ihr durch den Kopf. Und auf einmal ergaben Sir Williams wütende Worte einen Sinn. Er musste gewusst haben, dass seine Frau ihn mit dem Familienarzt betrog. Wenn er damit gedroht hatte, ihre Affäre zu unterbinden, dann hatte das Liebespaar ein Motiv, ihn umzubringen.

Wenn Sir William aber tatsächlich geplant hatte, sein Testament zu ändern, wenn es nicht nur eine leere Drohung gewesen war, dann hätte auch sein Sohn Edward ein Motiv, überlegte Charlotte rasch weiter. Als Sir Williams ältester Sohn erbe er dessen gesamtes Vermögen, wusste sie. Der Rest der Familie ging leer aus und musste sich nun mit ihm gut stellen. Hätte Sir William in seinem Testament aber andere Vorkehrungen getroffen, dann hätte Edward am Ende sein Erbe verloren. Sicher wäre es in seinem Interesse gewesen, das zu verhindern, vermutete sie. Kein Wunder, dass er gegenüber dem Inspektor kein Wort darüber verloren hatte.

»Maisie, hat Sir William zufällig erwähnt, zu wessen Gunsten er sein Testament ändern wollte?«, fragte sie vorsichtig.

»Das hat er nicht«, kam es zögerlich über ihre Lippen. »Aber Master Edward hat den Verdacht geäußert, er könne alles dieser Fleur, dieser«, sie senkte peinlich berührt den Kopf, »dieser ehemaligen Hure, wie er sie genannt hat, vermachen. Sir William hat ihm daraufhin verboten, jemals wieder so über sie zu sprechen. Im Gegensatz zu ihm habe sie etwas aus ihrem Leben gemacht. Und wem er sein Vermögen letztlich vermache, gehe weder ihn noch den Rest der Familie etwas an.« Sie begann wieder, nervös auf ihrer Unterlippe zu kauen. »Ich sollte eigentlich nicht tratschen, Miss Lewis, aber die Situation macht mir Angst. Was ist denn, wenn wirklich jemand aus der Familie Sir William vergiftet hat?« Sie blickte sie ängstlich an. »Dann müssten wir uns am Ende alle eine neue Stelle suchen, und das ist so schwierig, und …«

»Maisie, machen Sie sich nicht zu viele Sorgen.« Charlotte drückte rasch ihren Arm. »Eine zuverlässige Hausangestellte wie Sie wird nicht auf der Straße enden. Im Falle eines Falles wird es sicher eine Lösung geben.«

»Glauben Sie?« Das Dienstmädchen klang hoffnungsvoll.

»Ganz bestimmt, Maisie. Und ich werde den Herrschaften auch ganz sicher nicht verraten, dass Sie aus dem Nähkästchen geplaudert haben.«

»Danke, Miss Lewis. Ich käme in Teufels Küche, wenn …«

»Die Herrschaften werden nichts davon erfahren«, bekräftigte sie. »Aber jetzt sollte ich nach den Zwillingen sehen. Wir sehen uns später, Maisie.« Sie lächelte ihr ermutigend zu, bevor sie sie ihrer Arbeit überließ und sich auf den Weg zu den Zimmern ihrer beiden Schützlinge machte.

Hatte Roisin gewusst, dass Sir William womöglich sein Testament zu ihren Gunsten hatte ändern wollen, fragte sie sich, als sie den Gang entlangging. Keinen Moment lang glaubte sie, dass ihre Freundin Sir William getötet hatte. Doch wenn Edwards Vermutung stimmte, könnte das Roisin in Bedrängnis bringen. Sie seufzte innerlich und nahm sich vor, dem Inspektor so bald wie möglich eine Nachricht zukommen zu lassen. Er musste sich dringend mit Dr. Appleby und nochmals mit Edward May unterhalten.

»Das sieht jetzt sehr gut aus«, lobte sie die Zwillinge, nachdem sie deren Zimmer inspiziert hatte. »Den Ausflug in den Park habt ihr beiden euch jetzt richtig verdient«, freute sie sich, und die Jungen strahlten.

»Miss Lewis, ich glaube, ich habe mein Französischbuch unten in der Bibliothek vergessen«, fiel Alistair ein, und er blickte sie entschuldigend an. »Soll ich es noch holen, bevor wir gehen?«

»Nein.« Charlotte schüttelte den Kopf. »Ihr beiden holt jetzt eure Jacken und zieht euch schon einmal an. Ich gehe in die Bibliothek und hole es, Alistair.« Vermutlich würde es Stunden dauern, bis der Junge sein Buch gefunden hatte, dachte sie.

Charlotte hastete die Treppen hinunter in die Bibliothek. Sie selbst konnte es kaum erwarten, der Atmosphäre des Hauses eine Weile zu entkommen, stellte sie fest. Die Schatten in jeder Ecke hatten etwas Bedrohliches, und außerdem wollte sie an der frischen Luft Ordnung in ihre Gedanken bringen. Sie öffnete die Tür der Bibliothek und hielt überrascht inne.

»Können Sie nicht anklopfen, Miss Lewis?«

Edward Mays Stimme klang zwar ungehalten, doch ein schuldbewusster Ausdruck erschien in seinen Augen, und er fuhr sich nervös mit der Zunge über seine Lippen. Er und Lavinia May standen nahe beieinander an einem der Bücherregale. Farbe schoss in Lavinias Wangen, und sie wandte sich zum Fenster.

»Es tut mir sehr leid, Sir. Ich wollte Sie nicht stören, ich hatte nur nicht erwartet, dass jemand hier ist.« Charlotte lächelte tapfer. Edward und Lavinia, dachte sie. Das Ganze wurde immer verworrener! »Alistair hat eines seiner Bücher hier vergessen, und ich wollte es rasch holen. Ich möchte Ihren Brüdern schließlich beibringen, Ordnung zu halten, bevor sie aufs Internat geschickt werden.« Sie ließ ihre Stimme wie die einer übereifrigen Gouvernante klingen. »Und ich möchte, dass er es noch wegräumt, bevor wir in den Park gehen.«

»Natürlich, Miss Lewis.« May räusperte sich und verschränkte die Arme hinter dem Rücken. Er schien sich wieder gefangen zu haben. »Ihre Vorgängerinnen konnten den beiden leider keinen Sinn für Ordnung beibringen. Daher ist es gut, dass Sie ein Auge darauf haben.«

»Hier ist es ja!« Charlotte ging rasch auf den Tisch am Fenster zu und nahm das Buch an sich. Sie vermied es, Lavinia May anzusehen. Es wäre nicht gut, sie noch mehr in Verlegenheit zu bringen, überlegte sie.

»Ach, Miss Lewis.« May hielt sie zurück, nachdem sie sich hastig verabschiedet hatte und sich zum Gehen wandte. »Bei der ganzen Aufregung der letzten Tage haben wir vergessen, Ihnen zu sagen, dass meine Stiefmutter und ich morgen nach dem Frühstück mit meinen Brüdern nach Eton fahren. Wir haben ein Gespräch mit dem Schulleiter, der die beiden gerne kennenlernen möchte. Mein Vater hat den Termin schon vor einigen Wochen vereinbart, und ich werde nun an seiner Stelle meine Stiefmutter und die Zwillinge begleiten. Ich gehe davon aus, dass wir nicht vor dem Tee zurück sein werden. Sie können sich morgen also ein paar Stunden freinehmen.«

»Vielen Dank, Sir.« Charlotte lächelte. Da sie dringend mit dem Inspektor sprechen wollte, kamen ihr ein paar freie Stunden sehr gelegen. »Das trifft sich sehr gut, da ich noch ein paar Dinge zu erledigen habe. Dann muss ich das nicht auf die lange Bank schieben.« Lächelnd wandte sie sich um und verließ die Bibliothek.

11. *Kapitel*

Inspektor Basil Stockworth blickte aus dem Fenster in Lady Cliftons Garten. In ein paar Wochen, wenn es endlich wärmer werden würde, würden sich die Blumenbeete in ein schillerndes Blütenmeer verwandeln, vermutete er. Er wandte sich um, als die Tür des Salons geöffnet wurde, und seine Gastgeberin lächelnd den Raum betrat. Sie trug ein dunkelgrünes, hochgeschlossenes Kleid. Ihr graumeliertes Haar war sorgfältig nach oben gesteckt. Sie betrachtete ihn neugierig.

»Sind Sie etwa gekommen, um meinen Garten zu bestaunen, Inspektor?« Ihre Augen blitzten amüsiert.

»Er ist beeindruckend, Mylady.« Stockworth kam mit raschen Schritten auf sie zu und beugte sich galant über ihre Hand. »Ich hoffe, es macht Ihnen nicht allzu viel aus, dass ich ohne vorherige Anmeldung hergekommen bin. Aber ich würde Ihnen gern noch ein paar Fragen stellen.«

»Sie machen nur Ihre Arbeit, Inspektor«, entgegnete sie mit einer selbstverständlichen Handbewegung. »Es tut mir auch sehr leid, dass Sie warten mussten, aber in meinem Alter dauert es von Tag zu Tag länger, salonfähig zu werden«, fügte sie nüchtern hinzu. »Ich bin bei Lady Bell-Cunningham zum Tee eingeladen, müssen Sie wissen. Sie ist eine furchtbar langweilige Gastgeberin, aber dennoch schlägt niemand ihre Einladungen aus.«

»Ich werde Sie nicht lange aufhalten, Mylady«, versprach Stockworth mit einem verständnisvollen Lächeln.

»Oh wie schade!«, rief sie ironisch und bedeutete ihm, Platz zu nehmen. »Ich werde mich bei Lady Bell-Cunningham doch nur zu Tode langweilen. Sie spricht mir gegenüber immer nur von ihren Pferden und ihren Hunden. Und vom Wetter natürlich. Wenn ich besonders großes Pech habe, hat eine ihrer Hundedamen wieder geworfen, und ich muss die Welpen bewundern.« Lady Clifton verdrehte die Augen. »Ich bin mir sicher, *unser* Gespräch wird wesentlich interessanter sein.«

»Ich bleibe gern, solange Sie möchten, Mylady.« Stockworths Mundwinkel zuckten.

»Ich nehme an, Sie möchten mit mir über den Mord an Sir William sprechen, Inspektor.« Sie setzte sich ihm gegenüber auf einen Sessel. »Ich weiß aber nicht, ob ich Ihnen weiterhelfen kann. Ich habe Ihnen ja bereits alles gesagt, was ich weiß.«

»Womöglich fällt Ihnen im Lauf unseres Gesprächs noch etwas ein«, warf er hoffnungsvoll ein. »Ich war heute Morgen bereits bei Sir Geoffrey Byrnes, und jetzt möchte ich auch Sie zu Ihrem Verhältnis zu Sir William befragen.«

»Ach, darum geht es also.« Lady Clifton grinste humorlos. »Sir William und ich hatten ganz sicher kein Verhältnis, Inspektor«, kam es trocken über ihre Lippen, und sie hob sogleich beschwichtigend die Hand, als er etwas erwidern wollte. »Ich weiß, was Sie meinen. Und Sie haben bestimmt gehört, dass Sir William und ich nicht die besten Freunde waren.«

»Ehrlich gesagt, ja.« Er nickte. »Sie hatten letzten Sommer einen Streit mit Sir William auf einem Empfang von eben Lady Bell-Cunningham. Ist das richtig?«

»Das stimmt. Dank meines Streits mit Sir William haben sich die anderen Gäste wenigstens ein paar Minuten lang nicht gelangweilt.« Sie grinste schelmisch. »Die Einzige, die sich nicht amüsiert hat, war Lady Bell-Cunningham, aber das war mir egal. Außerdem hat sie mir mittlerweile verziehen.« Sie lachte trocken und fuhr fort. »Ich hätte Sir William an diesem Abend am liebsten meinen Champagner ins Gesicht geschüttet«, gab sie freimütig zu.

»Worum ging es bei Ihrem Streit, Mylady?« Seine Stimme klang sanft, aber er ließ sie nicht aus den Augen.

»Sie erinnern sich bestimmt, dass mein Mann vor vier Jahren bei der Fuchsjagd ums Leben gekommen ist.« Lady Clifton senkte ihren Kopf, und es dauerte einen Augenblick, bis sie sich wieder gefangen hatte. »Archie war im Gegensatz zu Sir William ein wunderbarer Mann. *Er* hat seine Familie geliebt und ist nicht jeder Frau, die lächelnd an ihm vorbeiging, hinterhergelaufen. Casanova war ein Chorknabe im Vergleich zu Sir William, wenn Sie mich fragen.« Lady Clifton schnaubte verächtlich.

»Ich verstehe sehr gut, worauf Sie hinauswollen, Mylady. Aber worum genau ging es nun bei Ihrem Streit?«

»Mein Schwiegervater hat vor fast vierzig Jahren das Anwesen der Mays in Cornwall gekauft. Sir Williams Vater musste damals aus Gründen, über die ich nur spekulieren kann, dringend Geld beschaffen, und da hat er das Angebot meines Schwiegervaters sehr schnell akzeptiert. Schon vor Jahren wollte Sir William das Anwesen unbedingt zurückkaufen«, erklärte sie ihm. »Er hat meinem Mann ein Angebot gemacht, aber Archie hat es nicht angenommen. Sir William wurde daraufhin sehr wütend.« Lady Clifton seufzte. »Ich hatte zwar Verständnis für ihn, aber das Anwesen ist nun einmal unsere Sommerresidenz. Es ist für mich und meine Töchter mit sehr vielen schönen Erinnerungen verbunden, daher wollte Archie es auch unter keinen Umständen verkaufen. Nicht einmal, als Sir William sein Angebot fast verdoppelt hat. Aber dennoch hat er Archie keine Ruhe gelassen. Sir William hat immer wieder versucht, meinen Mann zum Verkauf zu bewegen«, berichtete sie. »Was nun meinen Streit mit Sir William angeht: In seinem Testament hat Archie sein Vermögen auf unsere beiden Töchter und mich verteilt, und mir hat er unter anderem das Anwesen in Cornwall vermacht. Auf Lady Bell-Cunninghams Empfang letzten Sommer kam Sir William deshalb plötzlich wieder auf mich zu, um mir ein Angebot zu machen. Er war der Ansicht, dass wir nach ein paar Jahren der Trauer doch ins Geschäft kommen könnten. Aber ich sage Ihnen, Inspektor: eher wäre ich tot umgefallen, als mit diesem Mann Geschäfte zu machen!«

»Lady Clifton, was hat das Ganze mit der Fuchsjagd und dem Tod Ihres Mannes zu tun?«

»Die Fuchsjagd.« Sie atmete tief ein und aus und blickte einen Moment gedankenverloren vor sich hin. »An dieser unseligen Fuchsjagd hat auch Sir William teilgenommen. Nach dem Dinner am Vorabend der Jagd hatten mein Mann und er einen ausgesprochen heftigen Streit wegen des Anwesens in Cornwall. Archie ist der Kragen geplatzt, und er hat Sir William gesagt, dass er ihn gefälligst ein für alle Mal in Ruhe lassen solle, denn er habe nicht vor, unsere Sommerresidenz zu verkaufen. Sir William hat daraufhin wortwörtlich erwidert, dass er Archie am liebsten umbringen würde. Und am nächsten Tag ist mein Mann von einer verirrten Kugel getroffen worden. Man hat natürlich nicht herausgefunden, aus wessen Gewehr die Kugel stammte, aber wenn Sie mich fragen …« Sie zuckte seufzend die Schultern.

»Sie glauben, dass Sir William Ihren Mann erschossen

und den Mord als Jagdunfall getarnt hat«, schlussfolgerte der Inspektor und blickte sie nachdenklich an.

»Ich habe gehört, wie er meinem Mann gedroht hat, Inspektor!«, rief sie. »Archies Tod wurde zwar zu einem tragischen Unfall erklärt, aber ich halte Sir William für einen eiskalten Mörder! Ich bin überzeugt davon, dass er sein Gewehr auf meinen Mann gerichtet und abgedrückt hat, weil der ihm nicht gegeben hat, was er wollte. Aber dafür hat er jetzt genau das bekommen, was er verdient hat!« Ein verbitterter Ausdruck erschien in Lady Cliftons Zügen. Stockworth wusste, dass Lord und Lady Cliftons Ehe sehr harmonisch gewesen war. Nach Lord Cliftons Tod war seine Witwe monatelang kaum aus dem Haus gegangen.

»Sie wissen, dass solche Äußerungen Ihnen ein Motiv für den Mord an Sir William geben, Mylady?«

»Dessen bin ich mir bewusst, Inspektor, aber ich habe ihn nicht getötet.« Sie schüttelte den Kopf. »Ich stand in der anderen Ecke des Raumes, als er tot zusammengebrochen ist. Und ich habe mich mit Rose und Sir Geoffrey unterhalten. Immerhin wird sich Rose bald um mein Enkelkind kümmern. Und wenn Sie mich fragen, ist Miss O'Mahoney eine Heilige!«, wechselte sie abrupt das Thema. »Sie wirkt wahre Wunder bei den jungen Damen. Und zumindest was ihre Arbeit angeht, waren Sir William und ich uns einig. Er war immer sehr großzügig ihr gegenüber. Das muss ich ihm zugutehalten.«

Stockworth dachte rasch nach. Lady Clifton hatte zwar ein Motiv, Sir William zu töten, aber sein Instinkt sagte ihm, dass sie unschuldig war. Zudem wusste jeder, dass sie ihn gehasst hatte, überlegte er. Und wenn sie sich ihm auf der Soiree genähert hätte, um seinen Champagner zu vergiften, wäre das sicher aufgefallen.

»Mylady.« Er räusperte sich. »Die Frage kommt Ihnen

vielleicht etwas seltsam vor, aber haben Sie an dem Abend, kurz bevor Sir William gestorben ist, zufällig Rosenparfum gerochen?« Er wartete gespannt auf ihre Antwort.

»Allerdings. Jetzt, wo Sie es erwähnen.« Sie blinzelte verwirrt und runzelte die Stirn. »Es war ein angenehmer Duft, der sich leider sehr schnell wieder verflüchtigt hat. Warum fragen Sie?«

»Nun ja, Sir Geoffrey hat die mysteriöse Dame, von der Sie mir berichtet haben, zwar nicht gesehen, aber er hat Rosenparfum gerochen.« Stockworth warf ihr einen bedeutungsvollen Blick zu. »Und er ist sich sicher, dass keine der anwesenden Damen Rosenparfum aufgetragen hatte.«

»Dann glauben Sie mir also, dass ich diese Dame tatsächlich gesehen habe, und dass sie Rosenparfum verwendet hat, nicht wahr?« Lady Clifton musterte ihn triumphierend. »Ich habe sie mir nicht eingebildet! Sie war da!«

»Es wäre möglich«, nickte er. »Mylady, würde Ihnen denn noch irgendjemand einfallen, der einen Grund gehabt hätte, Sir William umzubringen?«

»Wenn Sie mich fragen, Inspektor, würde ich seine Familie ganz genau unter die Lupe nehmen.« Sie zuckte die Schultern. »Seine Ehe und das Verhältnis zu seinem ältesten Sohn waren zerrüttet, und mit seinem Bruder hat er sich noch nie verstanden. Außerdem habe ich einmal zufällig gehört, wie er Lavinia May als geldgierige Schlange bezeichnet hat, die er nicht in seiner Nähe haben wollte.« Lady Clifton beugte sich verschwörerisch nach vorne. »Und oft sind es doch auch die Menschen, die uns am nächsten stehen, die uns am gefährlichsten werden können, nicht wahr?«, fügte sie hinzu.

12. Kapitel

Charlotte ging mit raschen Schritten auf Marble Arch zu, den Triumphbogen am Cumberland Gate an der nordöstlichen Ecke des Hyde Parks. Ursprünglich hatte sich der Triumphbogen aus Carrara-Marmor am Eingang des Buckingham Palace befunden, jedoch musste er versetzt werden, angeblich, weil die königliche Kutsche nicht hindurch passte. Zunächst beherbergten die drei kleinen Räume des wiedererrichteten Triumphbogens die Parkaufseher, doch nun befand sich darin eine Polizeistation, wusste Charlotte.

Schon von Weitem konnte sie die hochgewachsene Gestalt des Inspektors sehen. Sie hielt einen Moment inne, als ihr Herz einen Sprung machte, und kniff ungeduldig die Augen zusammen. Den Luxus, sich in romantische Gefühle zu verrennen, hatte sie nicht. Der zukünftige Lord Stockworth würde kaum etwas für eine Ausreißerin wie sie empfinden, dachte sie niedergeschlagen. Er brauchte eine Frau an seiner Seite, die keinen Anlass zu Getratsche gab. Sie konnte sich schon glücklich schätzen, dass er sie nicht zurück nach Berlin geschickt hatte, sagte sie sich. Und im Gegenzug würde sie dafür sorgen, dass er seine Entscheidung nicht bereute. Inspektor Stockworth vertraute darauf, dass sie ihm half, den Mord an Sir William aufzuklären, und sie wollte ihn unter keinen Umständen enttäuschen. Doch wenn der Mörder erst einmal gefasst war, würde sie ihn sicher kaum noch zu Gesicht bekommen.

Charlotte fragte sich plötzlich, wie ihre Zukunft nach Abschluss des Falls wohl aussehen würde. Wenn erst einmal herauskam, dass sie der Spitzel des Inspektors war, würden die Mays sie nicht mehr in ihrem Haus dulden, vermutete sie. Egal, wie gut sie die Zwillinge auch bändigen konnte, und wie viel sie den beiden beibrachte. Die junge Frau war daher sehr dankbar, dass Roisins Tür für sie offen stand, sobald sie wieder ein Dach über dem Kopf brauchte.

»Ich freue mich sehr, Sie zu sehen, Miss von Winterberg.« Stockworths Augen musterten sie wohlwollend. »Und Sie sind auch noch pünktlich.«

Zu ihrem Ärger konnte Charlotte fühlen, wie sie unter seinem Blick errötete, und sie rückte nervös ihren Hut zurecht. Bei der Erinnerung an ihre Umarmung fühlte sie ein Kribbeln im Bauch.

»Ich habe mich beeilt, Inspektor«, entgegnete sie, nachdem sie sich geräuspert hatte. »Immerhin geht es darum, einen Mord aufzuklären.«

»Sie sagen es, Miss von Winterberg.« Stockworth nickte und blickte sie gespannt an. »Was genau haben Sie herausgefunden?«

»Ich habe mich gestern mit Maisie unterhalten. Sie ist das Dienstmädchen mit den roten Locken, das bei mir war, als Mr. Lee uns bedroht hat. Sie erinnern sich sicher an sie.« Charlotte wartete, bis er zugestimmt hatte. »Ich glaube, das Erlebnis mit Mr. Lee hat sie dazu gebracht, mir zu vertrauen. Jedenfalls hat sie mir einiges über die Familie erzählt.«

»Ich war überzeugt davon, dass Sie das Personal zum Reden bringen würden«, freute sich der Inspektor. Er reichte ihr galant seinen Arm, damit sie sich unterhaken konnte. »Gehen wir doch eine Runde im Park spazieren. Wenn die Sonne schon einmal scheint, sollte man das ausnützen.«

»Gern.« Charlotte lächelte. »Dann können Sie mir bei der Gelegenheit auch verraten, warum Sie ein solches Vertrauen in mich haben. Wieso Sie glauben, dass ausgerechnet ich Ihnen helfen kann, Sir Williams Mörder zu fassen.«

»Nun ja, Sie gehören ganz offensichtlich zu den Menschen, die andere augenblicklich für sich einnehmen können. Sie gehen ohne Vorurteile auf jeden zu, der Ihnen begegnet, und obwohl Sie aus einer alten Adelsfamilie stammen, blicken Sie auf niemanden herab. Sie scheinen immer nur den Menschen zu sehen, den Sie vor sich haben, und nie dessen Herkunft. Und glauben Sie mir, Miss von Winterberg, Roisin hat Sie auf den ersten Blick durchschaut. Ihr war klar, dass Sie nicht ihre Nichte sind, als Sie nach Miss Clarkes Tod ihre Stelle übernommen haben.« Stockworth blieb abrupt stehen und sah ihr in die Augen. »Roisins Menschenkenntnis ist mir manchmal fast unheimlich. Wenn sie jemandem vertraut, dann weiß ich, dass ich das auch kann. Und sie war überzeugt davon, dass Sie jeden Menschen dazu bringen könnten, sich zu öffnen. Schon deshalb, weil Ihnen Standesunterschiede egal sind. Und das fasziniert mich so an Ihnen.«

Charlotte erwiderte gebannt seinen Blick. Der Gedanke, dass er ihr eines Tages mit einer anderen Frau an seinem Arm begegnen könnte, zerriss sie innerlich. Denn in den Armen eines anderen würde sie sich niemals so fühlen wie in seinen, dachte sie.

»Miss von Winterberg?« Stockworth berührte schmunzelnd ihren Arm. »Ist alles in Ordnung?«

»Oh, ja. Natürlich.« Sie hüstelte verlegen. »Ich bin es nur nicht gewöhnt, dass … Zu Hause in Berlin musste ich immer nur hübsch aussehen und am besten schweigen. Das hier ist neu für mich.«

»Dann wird es höchste Zeit, dass Sie sich an Komplimente und Anerkennung gewöhnen.« Der Inspektor zog sie mit sich zu einer Bank. »Aber nun erzählen Sie mir doch bitte, was Sie herausgefunden haben.«

»Ihr Verdacht war richtig, Inspektor«, begann Charlotte. »Die Familie hatte wirklich große Schwierigkeiten mit Sir William. Und um seine Söhne hat er sich so gut wie nicht gekümmert. Maisie hat mir erzählt, dass Alistair und Ashley ihren Vater kaum zu Gesicht bekommen haben, weil er fast nie zu Hause war. Sie war es auch, die mir gesagt hat, dass die beiden gar nicht so schwierig sind. Und der Meinung bin ich auch. Ich mag die Zwillinge. Sie sind intelligent und liebenswert, nur ein wenig zappelig.« Charlotte lächelte bei der Erinnerung an die beiden Jungen, die sie tatsächlich schon nach so kurzer Zeit in ihr Herz geschlossen hatte.

»Ich habe das Gefühl, die Arbeit gefällt Ihnen«, lachte er.

»Ja, das tut sie. Aber um auf den Mord an Sir William zurückzukommen: Eugenia May hat, wie wir bereits vermutet hatten, gelogen, denn sie hat ihren Mann am Nachmittag vor seinem Tod noch einmal gesehen. Laut Maisie haben sie und Sir William kurz vor dem Tee sogar noch heftig gestritten. Und zwar gleich, nachdem er nach Hause gekommen war«, fügte Charlotte in bedeutungsvollem Tonfall hinzu. »Und dank Maisie weiß ich jetzt auch, mit wem Sir William die Auseinandersetzung auf dem Heimweg hatte, und vor allem, warum.« Sie legte eine theatralische Pause ein.

»Dann raus mit der Sprache!« Der Inspektor beugte sich ungeduldig nach vorne. »Muss ich Sie etwa in Haft nehmen, um Sie zum Reden zu bringen, Miss von Winterberg?«, grinste er.

»Allem Anschein nach hat Eugenia May ein Verhältnis mit dem Familienarzt Dr. Appleby. Ein paar Stunden vor seinem Tod hat Sir William seiner Frau lautstark zu verstehen gegeben, dass sie sich einen neuen Arzt suchen müsse, denn er würde sich von ihr nicht zum Gespött von ganz London machen lassen. Ihrem Liebhaber habe er auf dem Weg nach Hause ebenfalls den Marsch geblasen. Das muss der Streit gewesen sein, den ich beobachtet habe.«

»Ach, sieh einer an!« Stockworth blickte sie fasziniert an. »Gute Arbeit, Miss von Winterberg. Ich werde mich schnellstmöglich mit Dr. Appleby unterhalten.«

»Ich habe noch mehr herausgefunden, Inspektor. Laut Maisie hat Sir William mit dem Gedanken gespielt, sein Testament zu ändern, und auch Edward May hat Ihnen nicht ganz die Wahrheit gesagt, fürchte ich. Als Sir William an dem Nachmittag vor seiner Ermordung zurück nach Hause gekommen ist, hatte er auch Streit mit seinem Sohn«, berichtete sie. »Er hat von Edward verlangt, sich endlich Arbeit zu suchen, weil er keine Lust mehr habe, ihn durchzufüttern. Wenn sein Sohn so weitermachte, würde er sein Testament ändern. Und wenn Sir William seine Drohung wahr gemacht hätte, hätte Edward May wohl sein Erbe verloren.«

»Hat er zufällig erwähnt, zu wessen Gunsten er sein Testament ändern wollte?«

»Das wollte ich auch wissen, und Maisie hat behauptet, dass Sir William nicht gesagt habe, wen er anstelle seines Sohnes begünstigen wolle. Edward habe ihm aber auf seine Drohung hin unterstellt, dass er wohl alles ›dieser ehemaligen Hure‹, wie er sich ausdrückte, vermachen wolle.« Charlotte war zerknirscht. »Ich nehme an, wir wissen beide, wen er gemeint hat.«

»Allerdings«, nickte Stockworth düster.

»Sir William muss sehr deutlich zum Ausdruck gebracht haben, dass es seine Familie nichts angeht, was er mit seinem

Vermögen anfängt. Aber selbst wenn er vorgehabt hätte, Roisin alles zu vermachen, kann ich mir trotzdem nicht vorstellen, dass sie …«

»Roisin hat ganz bestimmt nichts mit dem Mord an Sir William zu tun.« Er legte ihr beschwichtigend die Hand auf den Arm. Ein wohliger Schauer durchfuhr sie, und sie senkte den Kopf. »Sie würde niemals jemanden aus Habgier töten. Allerdings war Roisin für Sir William sicher das perfekte Mittel um seine Familie zu provozieren.« Er legte seine Stirn in sorgenvolle Falten. »Ich muss mit seinem Anwalt sprechen und herausfinden, ob er seine Pläne in die Tat umsetzen wollte, und wer noch von ihnen gewusst haben könnte. Aber machen Sie sich um Roisin keine Sorgen, Miss von Winterberg. Sie hat schon schlimmere Unwetter überstanden und hat noch nie Schiffbruch erlitten.«

»Ja, Sie haben recht.« Charlotte entspannte sich auf seine Worte hin. »Roisin weiß sich zu verteidigen.«

»Haben Sie auch etwas über Sir Williams Bruder und seine Schwägerin herausgefunden?«

»Nicht viel«, gestand sie. »Allerdings …« Sie begann, wie Maisie auf ihrer Unterlippe zu kauen.

»Ja?«, ermunterte sie der Inspektor.

»Ich weiß nicht, ob es etwas zu bedeuten hat, oder ob ich da viel zu viel hineininterpretiere, aber als ich gestern ohne anzuklopfen in die Bibliothek ging, um eines von Alistairs Büchern zu holen, das er dort vergessen hatte, habe ich Lavinia und Edward May dort überrascht.« Charlotte blickte ihn verwirrt an. »Es hatte fast den Anschein, als hätte ich die beiden ertappt.«

»Ertappt? Wobei?« Stockworth ließ sie nicht aus den Augen.

»Ehrlich gesagt weiß ich das nicht so recht.« Charlotte zuckte ratlos die Schultern. »Ich hatte aber das Gefühl, dass die beiden ihr Treffen geheim halten wollten. Edward May war auch nicht erfreut, dass ich plötzlich im Raum stand. Ich habe nicht angeklopft, weil ich nicht damit gerechnet hatte, jemanden zu stören. Und Lavinia May war sichtlich verlegen.«

»Halten Sie es für möglich, dass die beiden ein Liebespaar sind?«

»Das dachte ich zunächst auch, aber sie ist doch seine Tante und immerhin ein paar Jahre älter als er, und …«

»Das ist kein Hinderungsgrund, Miss von Winterberg«, schmunzelte er, und Charlotte fühlte sich mit einem Mal wie ein naives kleines Mädchen. Sie errötete aus Ärger über sich selbst.

»Es könnte natürlich sein«, räumte sie kühl ein. »Aber ich will keine Schlussfolgerungen ziehen, bevor …«

»Verstehe.« Seine Mundwinkel zuckten noch immer. »Aber ich möchte es nicht ausschließen. Und vielleicht finden Sie ja noch ein wenig mehr heraus.«

»Deshalb bin ich schließlich dort. Und ich habe nicht vor, Sie zu enttäuschen, Inspektor.«

»Das könnten Sie gar nicht, Miss von Winterberg«, entgegnete er. Er hob seine Hand, als wollte er ihre Wange berühren, und zog sie dann rasch wieder zurück. Er räusperte sich. »Sie haben mir heute schon sehr geholfen.«

»Ich glaube, ich sollte mich langsam wieder auf den Weg machen.« Charlotte erhob sich widerwillig. Sie hätte noch stundenlang neben ihm auf der Bank sitzen können. »Ich muss noch ein paar Aufgaben korrigieren, bevor Alistair und Ashley von ihrem Abstecher nach Eton zurückkommen.« Sie seufzte. Die Zwillinge waren wenig begeistert von der Vorstellung, bald auf ein Internat geschickt zu werden.

»Dann möchte ich Sie nicht länger aufhalten. Ich danke

Ihnen sehr für Ihre Informationen, Miss von Winterberg. Lassen Sie mir bitte eine Nachricht zukommen, falls Sie Neuigkeiten für mich haben.«

Sergeant Enoch Bennett betrat den gediegenen, wenn auch berüchtigten Gentlemen's Club *Shaw's*. Die Nachricht, die er vor ein paar Stunden erhalten hatte, überraschte ihn. Wenn die Vergangenheit an die Tür klopfte, öffnete man wie in seinem Fall oft nur widerwillig, dachte er, während er seinen Blick durch das Foyer schweifen ließ. Teure Teppiche und dunkle Holzvertäfelungen schufen ein edles Ambiente. Der Gentlemen's Club war eine sogenannte »goldene Halle«, wusste Bennett. Vornehme Herren konnten hier ungestört ihrer weniger vornehmen Spielleidenschaft nachgehen. Die Einsätze, um die gespielt wurde, waren hoch, denn die Mitglieder des Clubs hatten genügend Geld zu verprassen. Kartenspiele durchbrachen die tägliche Langeweile für ein paar Stunden, schoss es dem Sergeant zynisch durch den Kopf, und er dachte an all die armen Teufel, die sich trotz harter Arbeit kaum eine Mahlzeit leisten konnten.

»Gefällt dir, was ich aus dem Haus gemacht habe, Enoch?«, hörte er die Stimme der Vergangenheit hinter sich. Bennett drehte sich um. »Vor elf Jahren hatte ich endlich genug Geld beisammen, um mir meinen Traum vom eigenen Gentlemen's Club zu erfüllen. Dieses Haus hat sich als wahre Goldgrube entpuppt.«

Felix Shaw kam mit großen Schritten und einem gewinnenden Lächeln auf ihn zu. Sein Haar war ergraut, und sein Gesicht von Falten durchzogen. In seinen Augen aber konnte

Bennett noch immer den jugendlichen Übermut blitzen sehen. Shaw breitete die Arme aus und drückte ihn rasch an sich. Es schien ihn nicht zu stören, dass Bennett die Umarmung nicht erwiderte.

»Du hast dir einen Namen gemacht, Felix. Und ganz London kennt ihn«, entgegnete Bennett verhalten. Der Onkel seines besten Freundes war auf seinem Weg nach oben nicht zimperlich gewesen, erinnerte er sich. Als kleiner Junge hatte er Shaw oft dabei beobachten können, wie er Ahnungslose mit seinen Taschenspielertricks um ihr Geld erleichterte. Auch für keinen noch so unlauteren Auftrag war er sich zu schade gewesen, und der eine oder andere Gentleman stand bestimmt noch heute in seiner Schuld. Er würde die Leiter finden, die ihn nach ganz oben führte, hatte Shaw immer wieder betont. Doch während Bennett sich mit Fleiß, harter Arbeit und der Unterstützung eines wohlmeinenden Lehrers ein besseres Leben aufgebaut hatte, war Shaw auf Abwegen zu seinem Vermögen gekommen. Sergeant Bennett wollte mit seinen Machenschaften nichts zu tun haben, und er fragte sich argwöhnisch, warum Shaw ihn so dringend sprechen wollte.

»Ich muss sagen, du siehst gut aus! Sergeant Bennett.« Er klopfte ihm anerkennend auf die Schulter. »Ich wusste immer, dass du es eines Tages zu etwas bringen würdest! Du warst ein aufgewecktes Kerlchen! Wie lange ist es jetzt her, seit wir uns das letzte Mal gesehen haben, Enoch?« Er bedeutete Bennett, ihm in sein Büro zu folgen.

»Über sechzehn Jahre, Felix«, antwortete Bennett. Er hatte damals gehofft, es wäre seine letzte Begegnung mit Shaw. Seine Rücksichtslosigkeit hatte ihm Angst gemacht, erinnerte er sich. »Es war Max' Beerdigung.« Der Sergeant verdrängte die traurige Erinnerung an seinen besten Freund, der gerade einmal neun Jahre alt geworden war. Kurz bevor er gestorben war, hatte Max ihm mit heiserer Stimme geraten, sich von seinem Onkel fernzuhalten. Felix Shaw sei kein guter Mensch. Keine vierundzwanzig Stunden später war sein Freund tot. Und Enoch Bennett hatte seinen Rat bis heute befolgt. Shaws Aufstieg verfolgte er aus der Ferne.

»Mein armer Neffe. Noch heute kann ich ihn manchmal husten hören.« Ein Schatten verdüsterte Shaws graue Augen. »In diesem Winter habe ich viele Menschen verloren, die mir etwas bedeutet haben«, erinnerte er sich und setzte sich an seinen Schreibtisch.

Im Kamin knisterte ein angenehmes Feuer. Bennett blickte sich um. Für sein Büro schien Shaw die edelste Ausstattung gerade gut genug zu sein, dachte er. Shaw hatte keine Kosten und Mühen gescheut, sich ein kleines Imperium zu schaffen. Mittlerweile besaß er Einfluss und Macht, sodass die Sünden der Vergangenheit ihm nicht mehr gefährlich werden konnten.

»Warum wolltest du mich sehen, Felix?«, erkundigte sich Bennett, als die Tür aufging. Ein Diener betrat den Raum mit einem Tablett, auf dem sich zwei Kristallgläser mit einer goldbraunen Flüssigkeit befanden.

»Ich garantiere dir, das hier ist der beste Single Malt, den du jemals getrunken hast, Enoch«, behauptete Shaw strahlend, als der Diener wieder verschwunden war. Er hob sein Glas und prostete dem Sergeant zu.

»Ich bin im Dienst, Felix.«

»Nun hab dich nicht so!«, rief sein Gastgeber unbeirrt. »Komm schon! Auf die alten Zeiten!«

Bennett griff seufzend nach dem Glas. Shaw würde ihm kaum verraten, warum er ihn hergebeten hatte, wenn er sein Spiel nicht mitspielte.

»Auf Max!« Er nahm einen kleinen Schluck und zog

angetan die Augenbrauen nach oben. Zumindest was die Qualität des Whiskys betraf, war Shaw aufrichtig.

»Auf meinen Neffen! Möge er in Frieden ruhen«, flüsterte er stirnrunzelnd, und sein Blick schien merkwürdig nach innen gerichtet.

»Jetzt aber raus mit der Sprache!«, forderte der Sergeant Shaw auf, nachdem dieser eine Weile in sein Glas gestarrt hatte. »Ich bin ein vielbeschäftigter Mann und habe nicht den ganzen Tag Zeit. Was kann ich für dich tun, Felix?«

»Enoch, die Frage ist nicht, was du für mich, sondern was ich für dich tun kann.« Er lehnte sich zurück und schlug lächelnd die Beine übereinander.

»Du willst etwas für mich tun können?« Bennett lächelte spöttisch und machte Anstalten aufzustehen und zu gehen. »Felix, glaub mir, ich möchte mit deinen Geschäften nichts zu tun haben. Ich bin Polizist, und meine Weste muss sauber bleiben. Meine Vorgesetzten würden es nicht gerne sehen, wenn …«

»Mach dir nicht ins Hemd, und setz dich wieder!« Shaws Stimme nahm einen nüchternen Tonfall an. »Du wirst deine Weste nicht bekleckern. Ganz im Gegenteil. Ich habe Informationen, die dich und den Inspektor interessieren könnten.«

»Und die wären?« Bennett sank langsam wieder auf seinen Stuhl und ließ sein Gegenüber nicht aus den Augen.

»Du und dieser Inspektor Stockworth – er soll ja ein guter Mann sein, wie man so hört. Ungewöhnlich, dass ein zukünftiger Lord ausgerechnet bei Scotland Yard Karriere machen möchte«, fügte er fast wohlwollend hinzu.

»Inspektor Stockworth ist in vieler Hinsicht außergewöhnlich«, verteidigte Bennett den Inspektor. »Aber welche Informationen hast du denn nun für mich?«

»Du und Stockworth, ihr ermittelt doch im Fall von Sir

William May, nicht wahr? Soweit ich weiß, ist er vergiftet worden?«, vergewisserte er sich.

»Das ist kein Geheimnis, Felix. Ganz London spricht darüber«, erwiderte Bennett. »Aber ja, wir sind für den Fall zuständig. Willst du mir jetzt etwa erzählen, dass Sir William hier Mitglied war? In deinem Gentlemen's Club?«, kam es ironisch über seine Lippen.

»Er nicht, aber sein Sohn.«

»Edward May ist Mitglied in deinem Club? Er spielt?« Bennett beugte sich aufgeregt nach vorne. »Hat er etwa Schulden?«

»Er hat sogar einen richtig hohen Schuldenberg angehäuft«, nickte Shaw mit bedeutungsvoll nach oben gezogenen Augenbrauen. »Und das ausgerechnet bei Ernest Granger.«

»Das ist dieser Textilfabrikant, nicht wahr?«

»Genau der. Granger hat in den letzten fünfzehn Jahren ein Vermögen gemacht«, bestätigte Shaw. »Außerdem ist er ein sehr guter und deshalb auch gefürchteter Kartenspieler. Er zieht seinen Mitspielern das Geld nur so aus der Tasche. Und wenn man Wettschulden bei ihm nicht begleicht, dann kann das schmerzhafte Folgen haben.« Er hob die Hand, als Bennett etwas sagen wollte. »Nein, Enoch, ich heiße seine Methoden nicht gut, aber was außerhalb meines Clubs passiert, geht mich nichts an. Ich bin schließlich Geschäftsmann. Jeder Gentleman, der das nötige Kleingeld hat, ist mir willkommen.«

»Wie könnte es auch anders sein?«, bemerkte Bennett spitz.

»Enoch, hör mir zu!« Shaw beugte sich eindringlich über den Schreibtisch und griff nach Bennetts Hand. »Ich bin beileibe nicht auf alles stolz, was ich getan habe, um hierher zu kommen, aber ich habe meine Prinzipien, und außerdem …« Seine Stimme verebbte, und er senkte den Kopf.

»Was außerdem?«, hakte der Sergeant nach.

»Nicht so wichtig«, wehrte er ab, doch Bennett konnte sehen, dass er etwas verschwieg.

»Hast du irgendwelche Schwierigkeiten, Felix?« Er verdrehte die Augen und machte eine ausladende Handbewegung. »Wenn ja, muss ich dich enttäuschen. Ich kann ich dir nicht helfen, und …«

»Es ist mein Herz, Enoch. Es wird immer schwächer, sagt mein Arzt. Und ein Wundermittel gibt es nicht.« Shaw blickte ihm in die Augen. »Ich habe viel nachgedacht in letzter Zeit, auch über dich und Max. Solange ich noch hier bin, kann ich vielleicht einiges anders machen als bisher. Wiedergutmachung wäre vielleicht zu hoch gegriffen«, fügte er mit einem nüchternen Grinsen hinzu.

»Das tut mir sehr leid, Felix«, bekundete Bennett aufrichtig.

»Das muss es nicht.« Er lächelte müde. »Ich hatte ein aufregendes Leben, und ich werde nicht als armer Mann in der Gosse sterben. Ich wollte es zu etwas bringen, bevor ich ins Gras beiße. Und das habe ich geschafft.« Er lehnte sich in seinem Sessel zurück. »Aber du wolltest ja mehr über Granger und May wissen. Vor acht Tagen waren die beiden wieder hier, um mit Lord Braydon und Sir Gilbert Hope zu spielen. Granger hat May bei der Gelegenheit an seine Schulden erinnert und ihm ein Ultimatum gestellt.« Shaw griff nach seinem Glas und nahm einen kräftigen Schluck. »Und daraufhin hat May ihm eine Wette vorgeschlagen.«

»Eine Wette?«

»Eine sehr makabre«, nickte Shaw. »Edward May hat gewettet, dass sein Vater die nächsten beiden Wochen nicht überleben würde, und wenn das tatsächlich der Fall sei, solle Granger ihm seine Schulden erlassen.«

»Und Granger ist auf die Wette eingegangen«, schlussfolgerte Bennett, und er nickte nachdenklich.

»Granger hat ihn ausgelacht und gemeint, wenn Sir William davon erfahren würde, würde eher Edward selbst die nächsten zwei Wochen nicht überleben, aber er ist darauf eingegangen. Granger konnte noch nie einer Wette widerstehen, Enoch. Egal wie geschmacklos sie auch sein mochte«, erklärte Shaw. »Er war außerdem der festen Überzeugung, dass Sir William bei bester Gesundheit sei. Er hielt es für völlig unmöglich, dass er so plötzlich tot umfallen würde. Und vermutlich hat er noch viel weniger damit gerechnet, dass man ihn ermorden würde. Über die Wette wird hier in meinem Club übrigens kein einziges Wort mehr verloren.« Shaw blickte ihm fest in die Augen. »Offiziell ist sie nie abgeschlossen worden.«

»Verstehe.« Bennett war klar, dass sich die Krähen gegenseitig kein Auge aushackten. »Das heißt aber, dass Edward May dank des plötzlichen Tods seines Vaters jetzt seine Schulden los ist. Und natürlich gehen weder Granger noch einer der werten Herren hier zur Polizei, denn das würde ja auch auf sie kein besonders gutes Licht werfen.« Sergeant Bennett schüttelte angewidert den Kopf. Selbst wenn man sie von Gesetzes wegen nicht belangen konnte, würde die Öffentlichkeit sie dennoch verurteilen.

»Was hier in diesem Club passiert, das bleibt auch in diesem Club, Enoch. Diskretion ist alles in diesem Geschäft. Das darfst du nie vergessen«, fügte Shaw kaum hörbar hinzu. »Und wenn dich jemand danach fragen sollte, dann hast du die Informationen nicht von mir. Es waren an dem Abend schließlich genügend Leute hier, die sich der Polizei gegenüber hätten verplappern können.« Er zwinkerte ihm zu.

»Es wissen aber auch genügend Leute, dass ich in diesem Augenblick bei dir bin, Felix, und ein Gespräch unter vier Augen mit dir führe«, gab Bennett zu bedenken. »Wenn das die Runde macht, dann …«

»Das lass meine Sorge sein. Ich weiß, was ich tue.« Er griff nach dem Glas und prostete ihm zu. »Es ist allgemein bekannt, dass ich Kontakte bei Scotland Yard habe. So ungewöhnlich ist es daher nicht, dass du hier bist. Und außerdem wissen meine Angestellten, dass ich heute aus gegebenem Anlass mit Sergeant Bennett, einem alten Freund, auf meinen verstorbenen Lieblingsneffen anstoße. Und das tun wir schließlich auch mit dem besten Single Malt, den du in ganz London bekommen kannst.«

»Heute ist Max' Geburtstag«, fiel Bennett ein und griff wie in Trance nach dem Glas. »Wie konnte ich das nur vergessen?«, flüsterte er. In den letzten sechzehn Jahren war ihm das kein einziges Mal passiert.

»Er wäre heute sechsundzwanzig Jahre alt geworden«, nickte Shaw, und Bennett konnte seine Augen verräterisch glänzen sehen. »Du kannst von mir halten, was du willst, Enoch. Aber Max' Tod hat mir das Herz gebrochen. Schon ihm zuliebe will ich dir helfen.«

»Ich danke dir, Felix.« Bennett nahm einen ordentlichen Schluck, während er sich traurig fragte, was sein bester Freund alles aus sich hätte machen können.

13. Kapitel

Das Red Lion lag ein wenig abseits der Pall Mall versteckt in der Crown Passage und galt als eines der ältesten Pubs Londons. Vermutlich war es im sechzehnten Jahrhundert von Jakob I. gegründet worden, doch sicher wusste das niemand. Große Monarchen wie Heinrich VIII. hatten sich dort angeblich schon amüsiert, und es stand im Ruf, ein Treffpunkt für Liebespaare zu sein. Auch Charles II. soll seine berühmte Mätresse Nell Gwyn dort getroffen haben, erinnerte sich der Inspektor schmunzelnd.

Gegen Abend strömten immer mehr Gäste in das Pub. Stockworth nickte Bennett stumm zu, als er Edward May an einem der Tische erspähte. Der junge Mann schien auf jemanden zu warten, aber ganz sicher nicht auf ihn, dachte der Inspektor zufrieden. Das Überraschungsmoment war auf seiner Seite.

»Guten Abend, Sir. Darf ich?« Stockworth wartete nicht auf Mays Zustimmung, sondern setzte sich ihm gegenüber auf den freien Stuhl, während Bennett einen Platz an der Theke einnahm.

»Inspektor.« Edward May blickte ihn mit nervöser Ungeduld an. Er fuhr sich mit der Zunge über die Lippen und warf unruhige Blicke um sich. »Woher wissen Sie, dass ich hier bin? Verfolgen Sie mich etwa?« Er verschränkte die Arme vor seiner Brust. Der Inspektor hatte das Gefühl, ihn bei etwas Verbotenem ertappt zu haben.

»Es war nicht schwer herauszufinden, dass Sie fast jeden Tag am frühen Abend hier sind. Vermutlich wollten Sie so Ihrem Vater zu seinen Lebzeiten aus dem Weg gehen, und alte Gewohnheiten wird man nicht so einfach los.«

Von Felix Shaw hatte Sergeant Bennett nicht nur von der makabren Wette zwischen May und dem Textilfabrikanten Granger, sondern auch einiges über Mays tägliche Routine und Vorlieben erfahren.

»Und wer hat Ihnen dabei geholfen, das herauszufinden, wenn ich fragen darf?« In seine Augen schlich sich ein angriffslustiger und zugleich wachsamer Ausdruck.

»Das tut nichts zur Sache, Sir.« Stockworth lehnte sich zurück und schüttelte den Kopf, als die lächelnde Kellnerin an ihren Platz kam. Er war nicht hier, um zu trinken.

»Sie werden sicher verstehen, Inspektor, dass ich es nicht mag, ausspioniert zu werden.«

»Und ich mag es nicht, angelogen zu werden.« Er beugte sich über den Tisch und sah ihn eindringlich an.

»Wollen Sie mir etwa unterstellen, dass ich Ihnen nicht die Wahrheit gesagt habe?« May errötete vor Zorn und schluckte. Seine Hände zitterten, und er ballte sie zu Fäusten.

»Ich möchte, dass Sie jetzt noch einmal gut überlegen und mir dann wahrheitsgemäß schildern, was sich zwischen Ihnen und Ihrem Vater abgespielt hat, als er an dem Nachmittag, nur ein paar Stunden vor seiner Ermordung, nach Hause gekommen ist.« Stockworth ließ ihn nicht aus den Augen. May zuckte zusammen, als an einem der Tische ein Glas klirrend zu Boden fiel.

»Ich habe Ihre Fragen diesbezüglich doch bereits beantwortet, Inspektor, und …«, hob er schließlich kopfschüttelnd an und wich Stockworths Blick aus.

»Was ist zwischen Ihnen und Ihrem Vater am Tag seiner

Ermordung vorgefallen?«, unterbrach Stockworth ihn mit fester Stimme und schlug mit der Faust auf den Tisch, sodass May erneut zusammenzuckte. Der Inspektor hatte genug von seinen Halbwahrheiten.

»Na schön.« Edward May atmete tief ein und aus und winkte der Kellnerin. »Einen Scotch bitte. Und zwar schnell!«, orderte er, und die junge Frau verschwand mit einem gelassenen Grinsen. Ihre Wangen waren erhitzt, da sie zweifellos seit Stunden auf den Beinen war und von den Gästen hin und her gescheucht wurde. Der Inspektor wartete, bis sie mit Mays Stärkung zurück an den Tisch kam.

»Also?«, forderte er May auf, nachdem dieser einen kräftigen Schluck genommen hatte. »Es ist Zeit für die Wahrheit.«

»Als mein Vater an diesem Nachmittag nach Hause gekommen ist, wollte ich gerade das Haus verlassen. Ich war verabredet und hatte es eilig. Wie so oft war er ausgesprochen wütend«, erinnerte sich May und blickte gedankenverloren in die goldbraun schimmernde Flüssigkeit in seinem Glas. »Manchmal hatte ich das Gefühl, dass die pure Existenz seiner Familie ihn wütend gemacht hat. Ich glaube, für ihn waren wir alle nie mehr als Klötze an seinem Bein.« Verächtlich schnaubend blickte er in Stockworths Augen. »Haben Sie auch nur den Hauch einer Ahnung, wie das ist, wenn man seinem eigenen Vater nie etwas recht machen kann? Wenn der eigene Vater die Mutter in einem Sanatorium wegsperren lässt, damit er sich ungestört vergnügen kann? Als er mir damals am Frühstückstisch gesagt hat, dass man Mutter weggebracht hat, wusste ich, dass ich sie nie wiedersehen würde. Aber wir sollten ja nach vorn blicken, hat er mir erklärt.« May stieß ein humorloses Lachen aus. »Und zumindest *er* hat nach vorne geblickt. Oh ja!«

»Sir, was ist an diesem Nachmittag zwischen Ihnen und Ihrem Vater vorgefallen?« Stockworths Stimme nahm einen sanfteren Tonfall an. Trotz seiner Lügen hatte er Mitleid mit Edward May. Sir Williams Sohn musste eine harte Kindheit gehabt haben, vermutete er traurig.

»Wie gesagt, er war wütend, und ich kam ihm gerade recht.« Er zuckte die Schultern und nahm einen weiteren Schluck Whisky. »Er hat sich zunächst ausgesprochen abfällig über die Familie geäußert. Er wollte auch, dass ich mir endlich Arbeit suche, da er schließlich genügend Geld für mein Architekturstudium ausgegeben oder vielmehr verschwendet hätte. Es ist ja nicht so, dass ich mich nicht um Arbeit bemüht hätte, aber so einfach ist es nun auch wieder nicht, beruflich Fuß zu fassen. Erst recht nicht, wenn man nicht in die Fußstapfen des Vaters tritt«, rechtfertigte er sich. »Und seine Beziehungen wollte er für mich nicht spielen lassen. Ich sollte mir wie er auch alles selbst erarbeiten. Sie wissen vielleicht, dass mein Großvater sich in finanzielle Schwierigkeiten gebracht hatte«, fügte er erklärend hinzu. »Er musste sogar unseren Landsitz in Cornwall verkaufen. Die Familie stand damals kurz vor dem Ruin, aber Vater ist es gelungen, das Teegeschäft wiederzubeleben.« Er zuckte die Schultern. »Zumindest hatte er Sinn fürs Geschäft, das muss man ihm lassen.«

»Hat Ihr Vater Ihnen mit Konsequenzen gedroht, wenn Sie sich keine Arbeit suchen?«

»Wie jeder gute und vermögende Vater hat er angekündigt, sein Testament zu ändern, denn ich sei ihm lange genug auf der Tasche gelegen.« Er lehnte sich zurück. »Ich nehme an, Sie hätten das früher oder später ohnehin in Erfahrung gebracht. Angeblich hatte er bereits mit seinem Anwalt diesbezüglich gesprochen.«

»Hat er Ihnen auch gesagt, zu wessen Gunsten er sein Testament ändern wollte?«

»Das sollten Sie besser seinen Anwalt Sir Harold Baldwin fragen. Ich nehme an, Sie kennen ihn.« Der Inspektor nickte. »Aber wenn Sie mich fragen, hätte er vermutlich dieser ehemaligen …«

Stockworth räusperte sich geräuschvoll und beugte sich drohend nach vorne über den Tisch. Die Geste verfehlte ihre Wirkung nicht.

»Miss O'Mahoney wäre wohl die Begünstigte gewesen«, presste Edward May zwischen seinen Zähnen hervor, und Stockworth konnte seine Abneigung beinahe körperlich spüren.

»Das ist Ihre Vermutung«, entgegnete der Inspektor nüchtern. »Aber ich werde dem natürlich auf den Grund gehen.«

»Mein Onkel hat durchaus recht, wenn er sagt, dass mein Vater sich von ihr hat ausnehmen lassen wie eine Weihnachtsgans. Falls Miss O'Mahoney gewusst hat, dass ihr eine segensreiche Erbschaft ins Haus steht …«

»Die Drohung, sein Testament zu ändern, gibt zunächst einmal Ihnen ein solides Motiv für den Mord an Ihrem Vater«, brachte Stockworth ihn zum Schweigen. »Es ist meiner Meinung nach gut möglich, dass Sie Ihren Vater getötet haben, um ihn daran zu hindern.«

»Was erlauben Sie sich, Inspektor?«, zischte Edward May aufgebracht. »Er war immerhin mein Vater! Ich …«

»In welchem Verhältnis stehen Sie zu Ernest Granger?«, fiel der Inspektor ihm ins Wort, und May erbleichte.

»Wie …«

»Auch das tut nichts zur Sache, Sir. Beantworten Sie bitte meine Frage.«

»Er … er ist ein Bekannter«, kam es vorsichtig über seine

Lippen, und wieder wich er Stockworths Blick aus. Er griff nach seinem Glas und leerte es.

»Ein Bekannter?«, wiederholte der Inspektor mit nach oben gezogenen Augenbrauen. »Und woher kennen Sie beide sich?«

»Ich wüsste nicht …«

»Hören Sie.« Stockworth fühlte, wie er immer mehr die Geduld mit seinem Gegenüber verlor. »Wir haben herausgefunden, dass Sie regelmäßig Mr. Shaws Club aufsuchen. Sie verhalten sich auch nicht besonders diskret«, fügte er geflissentlich hinzu. »Und ich weiß auch, dass Sie Mr. Granger fast siebzig Pfund schuldeten.«

»Und selbst wenn es so ist!« May warf die Hände in die Luft. »Was hat das …«

»Ich habe von Ihrer ausgesprochen geschmacklosen Wette mit Mr. Granger gehört, Sir.« Stockworth blickte ihm in die plötzlich weit aufgerissenen Augen. »Ihr Gläubiger hat die Wette verloren, und Sie sind jetzt schuldenfrei. Was dem Umstand zu verdanken ist, dass Ihr Vater diesen Monat nicht überlebt hat. Und noch dazu sind Sie als der Erbe Ihres Vaters in den Genuss eines beachtlichen Vermögens gekommen. Wissen Sie, wie das für mich aussieht?«

»Inspektor … Sie … Sie inter-… interpretieren das völlig falsch«, stammelte May. »Ich weiß, wie sich das alles für Sie anhören muss, aber ich habe diese Wette doch nur vorgeschlagen, weil ich wütend auf meinen Vater war, und weil ich Zeit gewinnen wollte, das Geld aufzubringen. Dieser Granger ist nicht zimperlich mit seinen Schuldnern, wissen Sie. Aber ich habe die Wette doch nicht ernst gemeint!«

»Ich kenne Grangers Ruf«, nickte Stockworth. »Wenn man Schulden bei ihm hat, kann einen das schon zu einer Verzweiflungstat treiben.«

»Ich hätte nie gedacht, dass er auf die Wette eingeht.«

May schüttelte den Kopf und schluckte. »Aber er fand meinen Vorschlag ganz offensichtlich sehr unterhaltsam. Wahrscheinlich wollte er mich einfach nur quälen.« Er zuckte die Schultern. »Vater war immer bei bester Gesundheit. Er hatte kaum einmal einen Schnupfen. Ich hätte nie geglaubt, dass er plötzlich tot zusammenbricht, und … ich wollte doch einfach nur einen Ausweg finden und versuchen, das Geld irgendwie aufzutreiben«, beteuerte er. »Das müssen Sie mir glauben, Inspektor!«

Inspektor Stockworth lehnte sich auf seinem Stuhl zurück und betrachtete Edward May nachdenklich. Zwar blickte Sir Williams Sohn ihm aufrichtig in die Augen, aber dennoch hatte May ein handfestes Motiv, seinen Vater zu töten. Und irgendetwas schien er zurückzuhalten.

May räusperte sich. »Ich an Ihrer Stelle würde nochmals mit meiner Stiefmutter sprechen, Inspektor. Sie hat ein sehr inniges Verhältnis zu Dr. Appleby, wenn Sie verstehen, was ich meine«, verriet er ihm genüsslich. »Und Vater hat das vor Kurzem herausgefunden. Die beiden hatten einen fürchterlichen Streit deswegen. Es könnte daher gut sein, dass …«

»Auch darüber weiß ich bereits Bescheid, Sir. Natürlich werde ich auch mit Ihrer Stiefmutter und Dr. Appleby sprechen. Aber ich muss Sie dennoch bitten, sich zu meiner Verfügung zu halten. Sie verstehen sicher, dass wir in jede Richtung ermitteln müssen, und«, an dieser Stelle beugte er sich eindringlich nach vorne, »es bringt nichts, uns Dinge zu verschweigen oder uns anzulügen. Früher oder später finden wir alles heraus, und dann sehen wir uns wieder.« Er stand auf. »Ich wünsche Ihnen noch einen schönen Abend, Sir.«

Der Inspektor bahnte sich seinen Weg an den Tresen. Immer mehr Gäste strömten in das Pub, um den Tag bei einem Pint ausklingen zu lassen. Er klopfte Sergeant Bennett auf die Schulter, der gerade sein Glas leerte.

»Haben Sie noch etwas erfahren, Sergeant?«

»Wie Sie erwartet haben, Inspektor«, nickte er und räumte zur Freude eines Neuankömmlings seinen Platz. »Edward May war häufig in Begleitung hier«, berichtete er ihm auf dem Weg nach draußen.

»Es tut mir sehr leid, Inspektor, aber Dr. Appleby wurde vor einer guten Stunde zu einer Patientin gerufen, und er ist noch nicht wieder zurück.« Der Butler des Arztes schüttelte bedauernd den Kopf. »Allerdings sollte es bei ihr erfahrungs-gemäß nicht allzu lange dauern«, überlegte er. »In ihrem Fall braucht es meistens nur ein paar aufmunternde Worte und einen ordentlichen Schluck Sherry, wenn Sie verstehen.« Der Butler grinste. »Aber auch um diese Patienten muss man sich kümmern, meint Dr. Appleby. Erst recht, wenn der Ehemann im Oberhaus sitzt.«

»Ich weiß sehr gut, was Sie meinen. Ich erinnere mich, wie meine Großmutter unseren Familienarzt auf Trab gehalten hat. Sie hat schon lange Jahre vor ihrem Tod behauptet, ihr Herz hinge nur noch an einem sehr dünnen Faden«, lächelte Stockworth. »Wenn es Ihnen recht ist, würde ich hier sehr gerne auf Dr. Appleby warten. Ich muss ihn wirklich drin-gend sprechen.«

»Natürlich, Inspektor. Er wird auch bestimmt bald zurück sein.« Der Hausdiener nahm ihm seinen Hut und seinen Mantel ab und führte ihn in den Salon. »Ich lasse Ihnen eine Tasse Tee bringen. Sie müssen durchgefroren sein«, vermutete er seufzend mit einem Blick nach draußen, bevor er die Kerzen anzündete. »Es wird abends doch immer noch sehr kühl und vor allem sehr schnell dunkel.«

Einen Augenblick später verließ der Butler den Salon, und Inspektor Stockworth nutzte die Gelegenheit, sich ein wenig umzusehen. Auf der weißen Tapete befanden sich unzählige rote Rosen, und Stockworth nahm an, dass eine Frau die Tapete ausgesucht hatte. Appleby war seit einigen Jahren Witwer, hatte er von seinem Freund Honeywell erfahren. Seine Frau war nach einer Fehlgeburt an Komplikationen gestorben. Stockworth seufzte innerlich. Seine Frau und sein ungeborenes Kind gleichzeitig zu verlieren, war sicherlich ein fürchterlicher Schlag für den Arzt gewesen, dachte er traurig. Stockworth fragte sich, ob man nach einem solchen Schicksalsschlag jemals wieder glücklich werden konnte. Er hoffte inständig, so etwas niemals durchmachen zu müssen.

Noch vor ein paar Tagen hatte Stockworth keinen Gedanken an Frau und Kinder verschwendet. Einer Frau zu begegnen, die ihn wirklich verzaubern konnte, die jeden seiner wachen Gedanken beherrschte, war neu und auch verwirrend, dachte er. Viele Frauen hatten ihn in den letzten Jahren umgarnt und dabei zu Tode gelangweilt. Ein hübsches Gesicht allein genügte ihm nicht. Er wollte mehr, wollte das, was seine Eltern hatten, die nicht ohne einander leben konnten. Stockworth war sich darüber bewusst, dass man hinter seinem Rücken bereits über ihn tuschelte, warum er sich noch keine passende Ehefrau gesucht hatte. Ein unverheirateter Mann in seinem Alter, der sich aus einer Heerschar an heiratsfähigen jungen Damen eine Frau aussuchen konnte, weckte Argwohn, wenn er es nicht tat. Doch er wollte eine Frau an seiner Seite, die nicht nur die Tapeten aussuchte und seine Kinder zur Welt brachte. Er brauchte eine Frau, die sich für seine Arbeit interessierte, sie verstand und an seiner Welt teilhaben wollte. Stockworth hatte sich längst damit abgefunden gehabt, eine solche Frau niemals finden zu können. Er hatte sich darauf eingestellt, sein Leben lang Junggeselle zu bleiben. Seit einigen Tagen aber war alles anders. Die Frau, nach der er sich sehnte, schien es tatsächlich zu geben. Er konnte fühlen, wie seine Mundwinkel allein bei dem Gedanken an sie nach oben wanderten. Nach Lees Festnahme hätte er sie am liebsten nicht wieder losgelassen. In diesem Moment war ihm klar geworden, dass er sie für den Rest seines Lebens festhalten wollte. Und noch immer raubte ihm allein der Gedanke daran, dass Lee ihr etwas hätte antun können, fast den Verstand. Sein Entschluss stand fest: Er würde entweder Charlotte heiraten oder gar keine.

Stockworth blickte auf, als die Tür des Wohnzimmers geöffnet wurde und ein Mann mit dunklen Haaren und wachsamen braunen Augen hereinkam. Dr. Applebys Gesicht war glatt rasiert, und sein Haar sorgfältig nach hinten gekämmt. Er wirkte angespannt, als er auf ihn zuging.

»Guten Abend, Inspektor. Es tut mir leid, dass Sie warten mussten. Ich darf davon ausgehen, dass Sie nicht gekommen sind, weil Sie meinen medizinischen Rat brauchen?« Er beäugte ihn wachsam.

»Da vermuten Sie ganz richtig, Dr. Appleby. Ich habe keinerlei Beschwerden.« Der Inspektor lächelte. »Es tut mir auch sehr leid, dass ich Sie so spät noch störe und vermutlich von Ihrem Dinner abhalte, aber ich muss dringend mit Ihnen sprechen. Es geht um Ihren verstorbenen Patienten Sir William May.«

»Ehrlich gesagt habe ich mich schon gefragt, wann Sie mich wegen Sir William aufsuchen würden.« Appleby nickte und bedeutete ihm, Platz zu nehmen, als die Tür aufging und ein

Dienstmädchen mit einem Tablett hereinkam. Stockworth wartete, bis die junge Frau ihnen beiden eine Tasse Tee eingeschenkt und den Salon wieder verlassen hatte.

»Sie wissen sicher bereits, dass Sir William vergiftet worden ist?«, vergewisserte er sich.

»Die Spatzen pfeifen es von Dächern, Inspektor, und die Kehlen der Zeitungsjungen müssen deswegen schon heiser sein.« Ein nüchterner Ausdruck erschien auf Applebys Gesicht. »Ein Mord ist ganz offensichtlich etwas sehr Unterhaltsames. So ziemlich jeder meiner Patienten löchert mich mit Fragen. Ich habe sogar den Verdacht, dass manche mich nicht wegen Bauchschmerzen oder dergleichen, sondern nur deshalb zu sich rufen, weil sie sich Neuigkeiten über Sir William von mir erhoffen. Aber leider weiß ich rein gar nichts.« Er zuckte die Schultern.

»Wenn jemand wie Sir William ermordet wird, erwartet die Öffentlichkeit schnelle Antworten.« Der Inspektor nickte verständnisvoll. »Dr. Appleby, beschreiben Sie mir doch bitte Ihr Verhältnis zu Sir William.« Er schlug die Beine übereinander und lehnte sich zurück.

»Verhältnis. Das hört sich fast so an, als glaubten Sie, Sir William und ich wären Freunde gewesen.« Er stieß ein kleines Lachen aus. »Er war mein Patient, nicht mehr und nicht weniger. Außerdem ging es ihm gesundheitlich sehr gut. Er hatte keine Beschwerden und hat kaum einmal meinen Rat gebraucht.« Der Arzt zuckte die Schultern. »Wenn alle meine Patienten eine solche Konstitution hätten, müsste ich mir einen neuen Beruf suchen.«

»Und wie stehen Sie zum Rest der Familie?«, hakte Stockworth nach, ohne den Arzt aus den Augen zu lassen.

»Sie gehören natürlich auch zu meinen Patienten, Inspektor. Lady May leidet oft an heftigen Kopfschmerzen, aber sonst geht es ihr gut. Und Sir Williams Söhne haben keine nennenswerten Beschwerden. Ich habe mit der Familie also nicht besonders viel Arbeit.« Er griff nach seiner Tasse.

»Dennoch werden Sie aber sehr oft in Sir Williams Haus gerufen«, entgegnete Stockworth.

»Wenn Lady May Kopfschmerzen hat, muss ich mich um sie kümmern. Ich bin schließlich ihr Arzt.« Seine Miene versteinerte sich.

»Dr. Appleby, ich weiß, dass Sie am Tag seiner Ermordung einen heftigen Streit mit Sir William hatten, als er auf dem Weg nach Hause war. Dafür gibt es Zeugen.« Stockworth beugte sich nach vorne und blickte den Arzt eindringlich an. »Edward May hat mir gegenüber ausgesagt, dass sein Vater sehr aufgebracht war, als er nach Hause gekommen ist. Worum ging es bei Ihrem Streit?«

»Nun ja.« Appleby fuhr sich nervös mit der Zunge über seine Lippen. Der Inspektor konnte sehen, dass er fieberhaft nach einer Antwort suchte. »Sir William war zwar ein sehr gesunder Mann, aber ich habe ihn gebeten, mehr auf seine Lebensweise zu achten, und …«

»Lassen Sie das«, Stockworth hob kopfschüttelnd die Hand. »Sie scheinen zu vergessen, wen Sie vor sich haben, Dr. Appleby. Ich weiß, wann ich belogen werde, und wir wissen beide, dass es bei Ihrem Streit nicht um Sir Williams Lebensweise ging. Als er nach Hause kam, hat er seiner Frau buchstäblich befohlen, sich einen neuen Arzt zu suchen. Er würde sich von ihr nicht zum Gespött von ganz London machen lassen. Möchten Sie mir erklären, wie er das gemeint hat, oder wäre es Ihnen lieber, dass ich meine eigenen Schlussfolgerungen ziehe?«

»Sie verstehen das nicht, Inspektor.« Appleby fuhr sich mit einer verzweifelt anmutenden Geste durch sein Haar.

»Dann erklären Sie es mir so, dass ich es verstehe«, forderte er ihn auf.

»Als meine Frau vor ein paar Jahren gestorben ist, ist eine Welt für mich zusammengebrochen. Immerhin habe ich nicht nur sie, sondern auch mein Kind verloren«, begann er zaghaft und blickte auf das Porträt an der gegenüberliegenden Wand. Stockworth vermutete, dass es sich bei der hübschen jungen Dame um Applebys verstorbene Frau handelte. »Cecily und ich waren wirklich ineinander verliebt, als wir geheiratet haben, und wir haben uns auch unglaublich auf unser Kind gefreut. Zumal wir die Hoffnung, Eltern zu werden, schon fast aufgegeben hatten. Ihr Tod war das Schrecklichste, was mir jemals passiert ist«, flüsterte er, und seine Augen glänzten verräterisch bei der Erinnerung. »Eine Weile habe ich geglaubt, ich könne mich nie wieder in eine andere Frau verlieben und glücklich sein. Vor zwei Jahren aber wurde ich zum ersten Mal in Sir Williams Haus gerufen, weil Ashley sich den Knöchel verstaucht hatte. Da bin ich Eugenia begegnet.« Er sah Stockworth aufrichtig an. »Es war atemberaubend. Ich war zwar verliebt gewesen in meine verstorbene Frau, aber das mit Eugenia ist … Ist Ihnen jemals eine Frau begegnet, in der Sie sich auf Anhieb selbst wiedererkannt haben, Inspektor? Von der Sie auf den ersten Blick wussten, dass sie die Einzige ist, die Sie zu einem vollständigen Menschen machen kann?«

»Ja«, kam es wie aus der Pistole geschossen über seine Lippen, und es tat gut, es auszusprechen, fiel Stockworth auf. Noch vor ein paar Tagen hätte er Applebys Frage wohl verneinen müssen, dachte er.

»Dann wissen Sie ja, wovon ich spreche, Inspektor.« Er nickte zufrieden. »Eugenia ist … *war*«, verbesserte er sich rasch, »in ihrer Ehe sehr unglücklich. Sie hatte das Gefühl,

Sir William habe sie nur geheiratet, damit sein Sohn eine Mutter hatte, die er aber gar nicht haben wollte. Mit den Zwillingen fühlte Sir William sich überfordert, und er hat sich kaum mit ihnen befasst. Ich persönlich vermute ja, dass er nach Edward eigentlich keine weiteren Kinder haben wollte. Er war kein besonders liebevoller Vater. Und erst recht kein liebevoller Ehemann.«

»Deshalb hat sich Lady May in Ihre Arme geflüchtet«, schlussfolgerte der Inspektor.

»Wir haben über ein Jahr dagegen angekämpft, Inspektor, aber irgendwann ...« Seine Stimme verebbte, und er schüttelte den Kopf. »Vielleicht war es nicht richtig, was wir getan haben, aber die beiden haben doch keine wirkliche Ehe geführt. Glauben Sie mir, Inspektor, es gab keine Beziehung zwischen Sir William und seiner Frau, die ich hätte zerstören können«, rechtfertigte sich der Arzt.

»Und dennoch«, warf Stockworth ein. »Sir William wusste Bescheid über Ihr Verhältnis mit seiner Frau, und er hat es missbilligt. Mehr noch: er wollte Ihrer Liebesbeziehung ein Ende setzen.«

»Er ist eines Abends früher nach Hause gekommen und stand plötzlich in Eugenias Zimmer.« Appleby zuckte die Schultern. »Ich habe nur ihre Hand gehalten. Wir waren immer sehr diskret, wenn wir damit rechnen mussten, dass die Zwillinge vielleicht hereinstürmen könnten.« Er räusperte sich. »Sir William hat natürlich begriffen, was vor sich ging, dass ich nicht nur ihren Puls fühlen wollte.« Er verzog seinen Mund zu einer schuldbewussten Grimasse. »Es abzustreiten war vergebens, aber wir haben es dennoch getan. Als ich ihm ein wenig später am Tag seiner Ermordung über den Weg gelaufen bin, hatte ich gehofft, es sei Gras über die Sache gewachsen und er habe sich beruhigt, aber stattdessen ist er wütend geworden und hat mir untersagt, jemals wieder sein Haus zu betreten.«

»Glauben Sie, jemand könnte Sir William von Ihnen und Lady May erzählt haben? Immerhin kam er an jenem Abend unerwartet früher nach Hause«, überlegte Stockworth und begann, nachdenklich sein Kinn zu massieren.

»Ich weiß es nicht.« Appleby schüttelte den Kopf. »Aber ich könnte mir vorstellen, dass sein Sohn oder auch sein Bruder Wind von unserer Beziehung bekommen und ihm gegenüber eine Bemerkung gemacht haben. Schon um ihn zu verletzen.« Der Arzt schnaubte verächtlich. »Die beiden sind auch schon seit Jahren auf sein Vermögen aus. Und es ist ein offenes Geheimnis, dass George May mit seiner Frau den Landsitz in Kent verlassen und in die Stadt ziehen möchte. Aber Sir William wollte die beiden nun einmal nicht hier haben. Er hat die Familie gern kontrolliert«, fügte er leise hinzu.

»Sir William hatte Probleme mit seinem Sohn und seinem Bruder«, nickte Stockworth. »Ich weiß, dass es oft zu Streitereien gekommen ist.«

»Das ist eine Untertreibung, Inspektor.« Er stieß ein humorloses Lachen aus. »Edward hat seinen Vater gehasst, weil er ihm die Schuld am Tod seiner Mutter gegeben hat. Sie wissen, dass Lydia May sich in einer Nervenheilanstalt das Leben genommen hat?« Er wartete, bis Stockworth genickt hatte, bevor er fortfuhr. »Einmal bin ich Zeuge eines heftigen Streits der beiden geworden. Edward hat seinem Vater vorgeworfen, er habe seine Mutter nur aus dem Weg haben wollen, damit er sich anderweitig vergnügen und deren jüngere Cousine heiraten könne, von der er nun aber auch die Nase voll habe.«

»Und was können Sie mir über die Beziehung zu seinem

Bruder sagen? Außer, dass Sir William ihn und seine Schwägerin nicht in seiner Nähe haben wollte.«

»Sie war ziemlich zerrüttet, hatte ich den Eindruck. Sir William hat seinen jüngeren Bruder bewusst kleingehalten. Es kam mir so vor, als habe er George und Lavinia regelrecht aufs Land verbannt. Seine Schwägerin hielt er für ungebildet und raffgierig. Bei einem meiner Hausbesuche konnte ich zufällig hören, wie er zu George sagte, dass man sich mit seiner Frau nicht in Gesellschaft sehen lassen könne.«

»Dr. Appleby.« Der Inspektor räusperte sich. »Ihnen ist doch trotz alledem bewusst, dass Sie und Lady May ein Motiv für den Mord an Sir William haben, nicht wahr?«

»Das ist doch lächerlich, Inspektor!« Er atmete tief ein und aus. »Wenn wir Sir William hätten umbringen wollen, dann hätten wir das doch viel früher schon tun können.« Er schüttelte den Kopf. »Ich bin Arzt geworden, um Menschen zu helfen und Leben zu retten und nicht, um zu morden. Ich würde nie … Inspektor, ich schwöre Ihnen, dass ich weder Sir William noch Eugenia nach meinem Streit mit ihm am Samstagnachmittag noch einmal gesehen habe. Ich bin direkt nach Hause gegangen, und nach dem Fünfuhrtee wurde ich zu Sir Laurence Bunbridge gerufen. Sein jüngster Sohn hatte hohes Fieber«, erinnerte er sich. »Ich war erst gegen elf wieder hier. Ich habe Sir William ganz sicher nicht getötet.« Dr. Appleby wies jede Schuld von sich.

»Der Zeitpunkt der Vergiftung kann nicht mit Sicherheit festgestellt werden«, hielt Stockworth dagegen. »Und wenn Sie tatsächlich nichts mit Sir Williams Tod zu tun haben, könnte immer noch Lady May die Gelegenheit gehabt haben …«

»Eugenia würde niemals jemanden töten!«, rief er, und

seine Hände ballten sich zu Fäusten. »Erst recht nicht den Vater ihrer Kinder!«

»Sie können sich gar nicht vorstellen, wie oft ich das schon gehört habe«, warf Stockworth ein.

»Sie wissen ja nicht, was Sie da reden, Inspektor!«, beharrte Appelby. »Sie hat nichts mit dem Tod ihres Mannes zu tun. An Ihrer Stelle würde ich seinen Sohn und seinen Bruder ganz genau unter die Lupe nehmen. Die beiden haben Sir William schließlich abgrundtief gehasst! Und die Art und Weise, wie George May den trauernden Bruder spielt, ist widerwärtig!«

»Natürlich werden wir mit den beiden nochmals sprechen, Dr. Appleby, aber Sie und Lady May haben nun einmal ebenfalls ein Motiv. Jetzt, da Sir William tot ist, können Sie beide nach einer angemessenen Trauerphase heiraten, wenn Sie möchten.«

»Wir haben ihn nicht vergiftet, Inspektor«, beteuerte er. »Das müssen Sie mir glauben!«

»Ich brauche Beweise, um jemandem zu glauben, Dr. Appleby.« Der Inspektor stand auf. »Aber wenn Sie die Wahrheit sagen und Sir William nicht getötet haben, dann werden wir das sicher herausfinden.«

14. Kapitel

Fanny Miller griff nach der Hand ihres Freundes, als sie die Blue Bridge im St. James Park überquerten. Wie jeden ihrer freien Abende verbrachte sie auch diesen mit Roddy. Seine Hand war angenehm warm und eine Wohltat für ihre kalten Finger. Es war Zeit, sich auf den Heimweg zu machen, dachte Fanny seufzend, denn bald würde es so dunkel sein, dass sie nicht mehr die Hand vor Augen sehen würde. Außerdem musste sie am nächsten Morgen wieder früh aufstehen und der Köchin bei den Frühstücksvorbereitungen helfen. Morgens fiel es ihr sehr schwer, aus dem Bett zu kriechen, doch wenn sie ihre Stelle behalten wollte, musste sie tagtäglich in den sauren Apfel beißen.

Sich von ihrem Freund zu verabschieden, wurde von Mal zu Mal härter. Vor über einem Jahr, als sie bei der verwitweten Lady Damaris Cole ihre Stelle angetreten hatte, war ihr der Sohn des Lebensmittelhändlers Duncan Finlay das erste Mal begegnet. Er hatte Lebensmittel geliefert, und für beide war es Liebe auf den ersten Blick gewesen. Sie hatte beinahe die Eier fallen lassen, als ihre Augen sich getroffen hatten, erinnerte sie sich und kicherte leise. Für Fanny stand sehr schnell fest, dass sie den Richtigen gefunden hatte. Nie konnte sie es erwarten, ihn zu sehen. Schon Stunden vor ihrem Treffen war sie aufgeregt und hatte Mühe, sich auf die Arbeit zu konzentrieren. Manches Mal war die Köchin so verzweifelt über ihren Leichtsinn, dass sie die Hände über dem Kopf zusammenschlug und den Herrn im Himmel anflehte, Roddy möge ihr endlich einen Antrag machen. Und auch Fanny hätte nichts dagegen, wenn der Herr die Dinge beschleunigen würde, dachte sie sehnsüchtig und drückte Roddys Hand. Eines Tages könnten sie dann gemeinsam in Finlays Lebensmittelgeschäft arbeiten.

»Woran denkst du?« Ihr Freund riss sie aus ihren Gedanken und blieb stehen. »Du bist so still.« Roddy klang besorgt.

»Es ist nichts«, antwortete Fanny. »Mir fällt es nur immer so schwer, mich von dir zu verabschieden. Ich möchte richtig mit dir zusammen sein. Mich nicht mehr von dir trennen müssen. Weißt du?«

»Das will ich doch auch, Fanny«, beteuerte er und drückte ihre Hand. »Aber du weißt auch, dass es noch zu früh ist. Ich möchte warten, bis mein Vater mir das Geschäft übergibt, und ich für uns beide ein Leben aufbauen kann. Schließlich wollen wir doch eine Familie gründen, nicht wahr?«

»Aber dann müssen wir noch Jahre warten! Dein Vater hat noch lange nicht vor, sich zur Ruhe zu setzen und dir das Geschäft zu überlassen!«, rief sie und verstummte, als sie ein Rascheln irgendwo im Gebüsch hörte. Erschrocken starrte sie in die Dunkelheit und presste sich an ihren Freund. »Hast du das gehört, Roddy? Was war das?«

»Das war bestimmt nur ein Eichhörnchen oder irgendein anderes Tier«, flüsterte er beruhigend in ihr Ohr. »Du musst keine Angst haben. Ich bin doch bei dir.«

»Bist du sicher, dass es nur ein Tier war?«, fragte sie ängstlich. Sie blickte sich um. Die Gaslichter entlang des Wegs spendeten zwar gedämpftes Licht, aber dennoch konnte sie kaum etwas erkennen. »Ich kann nichts sehen, es ist zu dämmrig.« Ein Zweig knackte, und sie zuckte zusammen.

Ihre Finger krallten sich in Roddys Arm. »Schon wieder! Glaubst du, jemand beobachtet uns?«

»Es ist nichts, Fanny.« Er lachte leise und zog sie am Arm mit sich. »Warum bist du denn heute so schreckhaft?«

»Vielleicht, weil mein Freund nicht zu mir steht«, kam es trotzig über ihre Lippen. Sie hatte das unbestimmte Gefühl, dass irgendjemand oder irgendetwas in der Dunkelheit lauerte und jeden Moment über sie herfallen würde, und ihrem Freund fiel nichts Besseres ein, als sich über sie lustig zu machen, schoss es ihr zornig durch den Kopf.

»Du weißt, dass ich zu dir stehe«, widersprach Roddy ihr kopfschüttelnd. »Sobald mir mein Vater das Geschäft übergibt, werden wir heiraten. Ich kann es doch selbst kaum erwarten, dass du endlich Mrs. Roderick Finlay wirst.«

»Dein Vater kann mich nicht leiden. Er wird uns nie seinen Segen geben«, brach es plötzlich aus ihr heraus.

Wann auch immer Fanny Duncan Finlay über den Weg lief, zeigte er ihr die kalte Schulter, und sie konnte die Verachtung in seinen Augen sehen. Sie wusste, dass Roddy eigentlich die Tochter seines Freundes hätte heiraten sollen, doch er hatte sich für sie entschieden. Mittlerweile glaubte Fanny aber auch, dass es noch etwas gab, was Duncan Finlay missfiel. Nur hatte sie keine Ahnung, was der Vater ihres Freundes ihr vorwarf.

»Du siehst Gespenster, Fanny.« Mit einer ungeduldigen Geste rückte ihr Freund seine Kappe zurecht. »Was sollte Vater denn gegen dich haben?«

»Ich merke doch, wie er mich ansieht! Ich bin nicht blind, Roddy! Ich habe das Gefühl, ich ekle ihn genauso sehr an wie verfaultes Obst!«, hielt sie ihm vor. »Dabei habe ich ihm nichts getan! Und ich arbeite außerdem hart, bin fleißig und zuverlässig, und …«

»Du schon!«, fiel er ihr ins Wort. »Aber …« Ihr Freund schlug sich die Faust vor den Mund, nachdem er ein unterdrücktes Fluchen ausgestoßen hatte.

»Aber?« Fanny blieb wie angewurzelt stehen und packte ihn am Arm. »Was aber?«

»Vater war vor einiger Zeit in der Burlington Arcade.« Er zuckte resigniert die Schultern.

»Und? Was hat das mit mir zu tun?«

»Wann hast du deine Schwester das letzte Mal gesehen?«, wollte Roddy wissen. Sein Tonfall ließ Fanny aufhorchen.

»Minnie?« Sie runzelte die Stirn und überlegte. »Keine Ahnung. Es ist bestimmt schon ein paar Monate her. Vermutlich, als wir einmal gemeinsam bei euch im Geschäft waren.« Sie zuckte die Schultern. »Sie arbeitet doch sehr viel, wie du weißt. Und was hat Minnie überhaupt damit zu tun?«

»Sie arbeitet in der Burlington Arcade«, antwortete er leise, und Fanny hatte Mühe, ihn zu verstehen.

»Was?« Sie blickte Roddy wie vom Donner gerührt an. Sie wusste, dass junge Frauen in der Burlington Arcade Gentlemen ihre ganz besonderen Dienste anboten. Durch Pfeifen warnten sich die jungen Frauen und die Taschendiebe, die sich dort herumtrieben, wenn die Ordnungshüter im Anmarsch waren. Was ihr Freund da andeutete, war ungeheuerlich! Ihre Schwester würde doch niemals so tief sinken, sagte sie sich.

»Fanny …«

»Dein Vater lügt!« Sie schüttelte vehement den Kopf. »Minnie arbeitet im Pub ihres Verlobten in Hampstead, das weißt du! Das hat sie mir vor ein paar Monaten selbst erzählt, und …«

»Genau! Sie hat es dir erzählt!« Er legte ihr die Hände auf die Schultern. »Hast du ihren Verlobten denn jemals kennengelernt? Hat sie ihn dir vorgestellt? Warst du jemals in seinem Pub in Hampstead?«

»Ich … Sie meinte, Frank habe immer so viel zu tun, und …« Fanny schluckte. Mit einem Mal wurde ihr schmerzlich bewusst, dass sie ihre zwei Jahre ältere Schwester eigentlich gar nicht richtig kannte. Sie liebte Minnie, aber sie erinnerte sich auch, dass sie sich im Gegensatz zur folgsamen Fanny immer herumgetrieben und so manche Ohrfeige dafür eingesteckt hatte. »Ich will das nicht glauben«, flüsterte sie, als Ekel sie überkam. Wenn es stimmte, was ihr Freund behauptete, wusste sie nicht, wie sie ihrer Schwester jemals wieder in die Augen sehen konnte.

»Du bist nicht wie Minnie und auch nicht für das, was sie tut, verantwortlich.« Roddy legte den Arm um sie. »Und mein Vater wird das auch noch einsehen. Im Grunde hat er sich längst damit abgefunden, dass ich meine Wahl getroffen habe, und insgeheim weiß er auch, dass du eine gute Schwiegertochter sein wirst. Aber Minnie dort zu sehen war ein Schock für ihn.«

»Ich weiß überhaupt nicht, wie ich ihr jemals wieder gegenübertreten soll. Eigentlich möchte ich sie nie wiedersehen. Ich ertrage den Gedanken nicht, dass sie mit diesen Männern …« Kopfschüttelnd hakte Fanny sich bei ihm unter und seufzte.

»Ich werde mit meinem Vater sprechen, Fanny. Gleich morgen«, versprach Roddy. »Er wird sicher ein Einsehen haben, und …«

»Roddy.« Die junge Frau hielt inne und blinzelte. Vor ihnen auf einer Parkbank erblickte sie im Schein einer Gaslaterne einen merkwürdig in sich zusammengesunkenen Mann. Sein Kopf ruhte auf seinem Brustkorb, und sein Zylinder drohte, ihm vom Kopf zu rutschen. Sie deutete einen zitternden Finger auf ihn. »Meinst du, er schläft?«

»Ich weiß es nicht.« Roddys Miene verdüsterte sich, als sie sich der Bank näherten. »Sir?«

Ein eisiger Schauer jagte über Fannys Rücken, als der Angesprochene nicht reagierte.

»Sir, geht es Ihnen nicht gut? Brauchen Sie Hilfe?« Ihr Freund ging auf den reglosen Mann zu und ergriff seine Schulter. Mit einem sanften Aufschrei sprang er ein paar Schritte zurück, als die Gestalt von der Bank rutschte.

»Oh, mein Gott!«, entfuhr es Fanny, als sie das Messer in seinem Rücken stecken sah. Sie schlug sich die Hand vor den Mund und starrte den leblosen Körper wie gelähmt an. »Jemand hat ihn …«, stammelte sie.

»Fanny! Fanny!« Roddy ergriff ihre Schultern und schüttelte sie sanft. »Nimm dich bitte zusammen und beruhige dich! Du musst losgehen und Hilfe holen! Ich warte hier, aber du musst einen Polizisten finden und ihn hierherbringen. Hörst du?«

Fanny nickte wie in Trance und lief los.

Charlotte zuckte erschrocken zusammen, als es an der Haustür klopfte. Es war bereits elf Uhr, und sie war gerade dabei gewesen, sich ein Buch aus der Bibliothek zu holen. Die Lektüre sollte ihr beim Einschlafen helfen. In diesen Tagen fiel es ihr sehr schwer, zur Ruhe zu kommen, denn die Atmosphäre in Sir Williams Haus war mehr als nur angespannt. Sie hatte das Gefühl, dass die Familienmitglieder sich gegenseitig argwöhnisch beäugten, dass jeder jeden für einen Mörder hielt.

Der neue Butler Gerald White warf ihr im Vorbeieilen einen erstaunten Blick zu, als sie aus der Bibliothek kam.

»Wer kann das denn sein um diese Uhrzeit?«, flüsterte sie mit einem mulmigen Gefühl.

»Wir werden es gleich erfahren«, entgegnete der Butler gelassen.

Gerald White und Hugo Lee hätten unterschiedlicher nicht sein können, fand Charlotte. Der neue Butler war ein fröhlicher junger Mann, der seine Aufgaben gewissenhaft und mit Respekt auch gegenüber seinen Untergebenen wahrnahm. Schon nach wenigen Stunden schien das Personal regelrecht aufzublühen. Auch war ihr das plötzliche Strahlen in Maisies Augen nicht entgangen, dachte sie lächelnd. Das Dienstmädchen summte neuerdings fröhlich, wenn sie das Silber polierte oder Staub wischte. White brachte zudem kaum etwas aus der Ruhe, und er vermittelte Sicherheit.

»Guten Abend, Inspektor«, hörte sie ihn verwundert sagen, als er die Tür einen Spalt geöffnet hatte. »Was führt Sie um diese Uhrzeit hierher?«

»Inspektor Stockworth?« Charlotte lief mit einer Mischung aus Freude und Neugier zur Tür und blickte ihm überrascht entgegen. »Es ist schon spät. Ist etwas passiert, Inspektor?«

»Miss Lewis, White.« Er nickte den beiden düster zu. »Ich entschuldige mich für die späte Störung, aber ich muss dringend mit Lady May, ihrem Schwager und ihrer Schwägerin sprechen.« Sein Tonfall verhieß nichts Gutes, und Charlotte schlang unwillkürlich die Arme um sich.

»Sehr wohl, Inspektor. Ich gehe die Herrschaften holen.« White lief schnurstracks die Treppen nach oben.

»Was ist los?«, wisperte Charlotte. Stockworths Gesichtsausdruck machte ihr Angst. Ihre Zähne begannen zu klappern, als kühle Nachtluft durch die geöffnete Haustür ins Foyer drang, und sie bedeutete dem Inspektor, hereinzukommen und die Tür zu schließen.

»Es ist Edward May.« Stockworth kam ein paar Schritte näher und senkte seine Stimme. »Er ist vor ein paar Stunden im St. James Park mit einem Messer im Rücken aufgefunden worden. Der Constable, der zuerst vor Ort war, hat ihn erkannt und mich sofort alarmiert.«

»Oh, mein Gott!« Charlotte schlug sich die Hand vor den Mund.

»Können Sie mir sagen, wann Sie ihn heute das letzte Mal gesehen haben?«

»Das war kurz vor dem Fünfuhrtee«, antwortete sie und dachte nach. Er, Lady May und die Zwillinge waren gegen vier Uhr aus Eton zurückgekommen, fiel ihr ein. »Ich wollte gerade nach den Zwillingen sehen und sie zum Tee holen, als er aus dem Arbeitszimmer seines Vaters kam. Er hatte es sehr eilig und hat von einer Verabredung gesprochen, zu der er nicht zu spät kommen dürfe. Kurz darauf hat er das Haus verlassen«, erinnerte sie sich.

»Das ergibt Sinn«, nickte er.

»Wie meinen Sie das?«

»Er ging in das Red Lion in der Crown Passage. Dort habe ich ungefähr um halb sechs mit ihm gesprochen. Er schien auf jemanden zu warten. Waren sonst alle zum Tee hier?«

»Nein.« Sie schüttelte den Kopf. »Auch George und Lavinia May waren unterwegs in der Stadt. Soweit ich weiß, waren Sie mit Freunden zum Lunch verabredet, aber was sie danach gemacht haben, weiß ich nicht. Nur Lady May, Miss Jones, die Zwillinge und ich waren zum Fünfuhrtee hier.«

»Vielen Dank«, flüsterte er, als im ersten Stock Türen geöffnet wurden und sich Schritte der Treppe näherten. »Wir sprechen uns später.« Stockworth drückte lächelnd ihre Hand.

»Ich muss schon sagen, Inspektor! Um diese Uhrzeit! Wir

hatten einen anstrengenden Tag und wollten gerade zu Bett gehen.« George May kam gefolgt von seiner Frau, Lady May und Miss Jones die Treppen nach unten. Er war aufgebracht. »Was ist denn so wichtig, dass …«

»Sir, es tut mir sehr leid, Sie um diese Uhrzeit aufzusuchen, aber Ihr Neffe ist heute Abend im St. James Park tot aufgefunden worden«, fiel Stockworth ihm ins Wort. »Er ist erstochen worden.«

»Was?« Lady May erbleichte und ergriff Miss Jones' Arm. Charlotte fürchtete einen Augenblick lang, sie würde ohnmächtig zusammenbrechen.

»White, bitte bringen Sie uns allen einen Brandy in den Salon«, bat Miss Jones, die sich als Erste wieder zu fangen schien, und führte Lady May die letzten Treppenstufen hinunter.

»Das ist doch nicht möglich.« May starrte den Inspektor ungläubig an. »Edward erstochen? Weiß man, wer das getan hat? War es ein Raubmord?«

»Man hat ihm ein Messer in den Rücken gestoßen, ja«, bestätigte Stockworth. »Und wir glauben nicht, dass es ein Raubmord war. Sowohl seine goldene Taschenuhr als auch sein Geld hatte er noch bei sich.«

»Wir können das alles im Salon besprechen. Mylady muss sich setzen.« Miss Jones' Stimme klang gebieterisch, und George May nickte zustimmend. »Du bist ganz blass, Eugenia«, fügte sie mit einem besorgten Blick auf Lady May hinzu. Edward Mays Stiefmutter schien unter Schock zu stehen. Mit zitternden Fingern strich sie sich eine Haarsträhne aus der Stirn.

»Ich kann das nicht glauben«, hauchte Lavinia kopfschüttelnd, als sie sich bei ihrem Mann unterhakte. »Wer sollte Edward denn umbringen wollen?«

»Genau das habe ich vor herauszufinden, Madam«, gab der Inspektor zur Antwort. »Kommen Sie bitte mit, Miss Lewis. Ich möchte auch mit Ihnen sprechen.«

Charlotte nickte und folgte ihm und den anderen in den Salon. Kurz darauf erschien der Butler mit dem Brandy.

»Danke, White.« Lady May brachte ein kleines Lächeln zustande. »Sollten wir Sie noch brauchen, klingele ich nach Ihnen.«

»Sehr wohl, Mylady.« Mit raschen Schritten verschwand er.

»Es freut mich, dass ich Ihnen behilflich sein konnte, einen neuen Butler zu finden«, bemerkte Stockworth und schüttelte den Kopf, als George May ihm ein Glas reichen wollte. »Vielen Dank, Sir, aber wie Sie sehen, muss ich noch arbeiten.«

»White kam wie gerufen.« Lady May schluckte. »Edward hat ihn sofort eingestellt und …« Ihre Stimme verebbte, und sie nahm einen kräftigen Schluck Brandy.

»Wann haben Sie Ihren Stiefsohn das letzte Mal gesehen, Mylady?«

»Kurz vor dem Tee. Er hatte es eilig und wollte gerade das Haus verlassen. Edward meinte, er habe eine Verabredung.«

»Hat er gesagt, mit wem?«, hakte Stockworth nach.

»Wenn Sie mich fragen, Inspektor, dann mit einem seiner Spielerfreunde«, schnaubte George May verächtlich. »Er hat sich gern bei *Shaw's* herumgetrieben. Hat dort mit Leuten Karten gespielt, denen er nicht gewachsen war.« Er blickte Lady May entschuldigend an. »Es tut mir leid, Eugenia. Aber jetzt, da sowohl William als auch Edward tot sind, gibt es keinen rechten Grund mehr zu schweigen.«

»Sind Sie sicher, dass er sich nicht mit Ihrer Frau treffen wollte, Sir?« Stockworth schlug die Beine übereinander und verschränkte die Arme vor der Brust.

Charlotte beobachtete George May verstohlen und sah, wie dieser erbleichte. Lavinia holte erschrocken Luft und senkte den Kopf.

»Wie kommen Sie darauf, dass …«, polterte May los. »Und wie kommen Sie dazu, meiner Frau zu unterstellen …«

»Der Schankwirt im Red Lion in der Crown Passage hat Ihre Frau bis ins kleinste Detail beschrieben. Sie und Ihr Neffe scheinen sich ab und zu dort getroffen zu haben.«

George May schüttelte den Kopf. Er öffnete den Mund, doch kein Laut wollte über seine Lippen kommen. Stattdessen blickte er seine Frau verständnislos an.

»George, lass es mich bitte erklären«, seufzte Lavinia, nachdem sie sich gefangen hatte, und wandte sich an den Inspektor. »Es ist nicht so, wie Sie vielleicht denken, Inspektor. Sehen Sie, Edward und sein Vater hatten ein sehr schlechtes Verhältnis, wie Sie ja bereits oft genug gehört haben. Und es stimmt, was mein Mann behauptet: Edward war ein Spieler. Nur leider kein besonders guter«, fügte sie bedauernd hinzu. »Er stand bei Ernest Granger mit sage und schreibe siebzig Pfund in der Kreide. Und auch, wenn er selbst an seiner Situation schuld war, hat er mir leidgetan.«

»Siebzig Pfund?« Lady May schnappte nach Luft, und Miss Jones tätschelte beruhigend ihre Hand.

»Ich war auch ziemlich geschockt, als er es mir gesagt hat, Eugenia, das kannst du mir ruhig glauben.« Ihre Schwägerin schüttelte den Kopf. »Zu seinem Vater hätte er mit seinen Schulden nicht gehen können. William hielt ihn ohnehin schon für einen Versager, und dich, George«, sie drückte die Hand ihres Mannes, »wollte er auch nicht mit hineinziehen.«

»Aber Sie hat er ins Vertrauen gezogen, Madam? Warum hat er das getan?« Stockworth ließ sie nicht aus den Augen.

»Ich kenne Ernest, also Mr. Granger, von früher«, entgegnete sie. »Er war ein Freund meines Bruders und ist bei uns ein und aus gegangen. Edward hat mich gebeten, mit ihm zu sprechen. Ich sollte ihn dazu bringen, ihm seine Schulden zu stunden.« Lavinia lächelte traurig. »Aber Ernest ist schon immer der Meinung gewesen, dass jede Freundschaft endet, sobald es um Geld geht.« Sie wandte sich an Charlotte. »Als Sie Edward und mich letztens in der Bibliothek überrascht haben, Miss Lewis, haben er und ich gerade darüber gesprochen. Natürlich sollte niemand etwas von seinen Schulden erfahren. Als Sie hereingekommen sind, hatte er mir gerade versichert, dass ich mir keine Sorgen mehr machen müsse, denn er habe einen Weg gefunden, seine Schulden zu begleichen.«

»Natürlich hat er das!«, brach es aus Lady May heraus. »Er hat ja schließlich geerbt!« Der Brandy hatte die Farbe auf ihre Wangen zurückkehren lassen, und ihr Zorn tat sein Übriges. »Am Ende hat er doch …«

»Eugenia, wie kannst du so etwas auch nur denken!«, fiel ihr Schwager ihr ins Wort. »Edward war vielleicht ein Spieler, der seinen Weg im Leben noch nicht gefunden hatte, aber ich glaube nicht, dass …«

»So abwegig ist das nicht, Sir«, brachte Stockworth ihn zum Schweigen. »Hat er Ihnen auch gesagt, wie er seine Schulden bei Mr. Granger beglichen hat, Madam?«

Lavinia schüttelte den Kopf. »Er meinte, das tue nichts zur Sache.«

»Dann werde ich das tun.« Er räusperte sich. »Er hat mit Mr. Granger eine Wette abgeschlossen. Eine ausgesprochen makabre Wette.«

»Was für eine Wette?«, erkundigte sich Charlotte, die ihn gebannt anstarrte. Im Salon war es plötzlich unangenehm still.

»Ihr Neffe, Madam, hat mit Mr. Granger gewettet, dass sein Vater diesen Monat nicht überleben würde. Granger setzte dagegen. Sollte er verlieren, würde er ihm seine Schulden restlos erlassen.«

»Oh, mein Gott!«, entfuhr es May, und er griff nach seinem Glas. »Dann hat am Ende doch Edward seinen Vater getötet, um seine Schulden loszuwerden. Ich fasse es nicht!«

»Das kann ich nicht glauben.« Lavinia hielt sich erschüttert die Hand vor den Mund.

»Das ist durchaus möglich, Sir«, nickte Stockworth. »Es erklärt aber nicht den Mord an ihm selbst. Zudem weiß ich mittlerweile, dass Sie, Mylady, ein paar Stunden vor seinem Tod einen heftigen Streit mit Ihrem Mann hatten. Sie sollten sich einen neuen Arzt suchen.«

»Ich habe weder meinen Mann noch meinen Stiefsohn getötet, Inspektor«, stritt sie mit ausdrucksloser Stimme ab.

»Und Sie, Sir, hatten ebenfalls Streit mit Ihrem Bruder, weil er Ihren Plänen, nach London zu ziehen, im Weg stand.« Stockworth wandte sich an Lavinia May. »Madam, Sie behaupten, bei Ihrer Unterredung mit Edward in der Bibliothek sei es um seine Schulden gegangen. Könnte es denn nicht auch gut sein, dass Sie ihn in Wirklichkeit um Geld bitten wollten?«

»Ihre Unterstellungen sind aus der Luft gegriffen, Inspektor!«, rief May. »Wir hatten es nicht nötig, uns bei Edward anzubiedern! Ja, wir wollten nach London ziehen, und mein Bruder hat uns Steine in den Weg gelegt, aber deswegen bringen wir doch weder ihn noch Edward um!«

»Wann haben Sie beide Ihren Neffen das letzte Mal gesehen?«, fragte der Inspektor unbeeindruckt von Mays Ausbruch.

»Beim Frühstück«, antwortete Lavinia. »Mein Mann und

ich waren den ganzen Tag unterwegs. Wir hatten Lunch bei Freunden, Sir Albert Moore und seiner Frau. Mein Mann und ich treffen uns regelmäßig mit ihnen, wenn wir in London sind.«

»Das ist richtig. Außerdem brauchten wir ein wenig Abstand nach allem, was passiert war.« Ihr Mann nickte zustimmend.

»Verstehe. Und wo waren Sie anschließend?«

»Zunächst waren wir vielleicht eine knappe Stunde im Hyde Park spazieren, und anschließend sind wir in die National Gallery gegangen. Den Fünfuhrtee haben wir ausfallen lassen, weil wir doch einen sehr reichhaltigen Lunch hatten«, erklärte Lavinia. »Gegen Viertel nach sieben waren wir dann wieder hier. Und nach dem Dinner bin ich gleich auf unser Zimmer, um zu lesen.«

»Und Sie, Sir?« Stockworth blickte George May fragend an.

»Ich habe meine Schwägerin gebeten, das Arbeitszimmer meines Bruders nutzen zu dürfen«, entgegnete er. »Ich musste einige Briefe beantworten. Wenn Miss Lewis die Zwillinge auf ihre Zimmer bringt, kehrt endlich Ruhe ein, und man kann ungestört arbeiten«, erklärte er. »Danach habe ich mir noch ein Buch aus der Bibliothek geholt und bin zu meiner Frau nach oben gegangen.«

»Das ist richtig, Inspektor«, bestätigte Lady May. »Mein Schwager hatte noch zu tun. Ich habe mich mit Miss Jones noch eine Weile unterhalten und bin dann auch nach oben auf mein Zimmer gegangen.«

»Und Sie, Miss Lewis? Wann haben Sie Edward May das letzte Mal gesehen?«

»Kurz vor dem Fünfuhrtee«, antwortete sie.

»Ist es keinem von Ihnen seltsam vorgekommen, dass er zum Dinner nicht hier war?«

»Ich habe mich ehrlich gesagt ein wenig gewundert«, meldete sich Charlotte zu Wort, »aber Ashley hat mir gesagt, dass sein Bruder öfter nicht zum Dinner hier war.«

»Auch das ist richtig«, nickte Lady May. »Edward hat gerne auswärts gegessen. Deshalb war es nicht ungewöhnlich, dass er nicht hier war.«

Charlotte warf dem Inspektor einen verstohlenen Blick zu. Gedankenverloren massierte er sein Kinn, wie er es immer tat, wenn er angestrengt nachdachte, fiel ihr auf. Wie gern sie sich doch im Anschluss an die Befragung mit ihm austauschen würde, dachte sie frustriert.

»Keiner von Ihnen hat Edward May also an diesem Abend gesehen?«, hakte der Inspektor nach, nachdem er einige Augenblicke geschwiegen hatte.

»Nein«, beteuerte Lady May, und alle anderen nickten zustimmend. »Aber es war auch wirklich nicht ungewöhnlich, dass Edward nicht hier war. Vor morgen hätten wir ihn ganz bestimmt nicht vermisst.«

»Gut.« Stockworth erhob sich. »Es ist jetzt schon nach Mitternacht, und ich kann sehen, dass Sie alle erschöpft sind. Für den Moment wäre das dann alles. Ich hoffe sehr, Sie können trotz allem ein paar Stunden schlafen.«

Nachdem der Inspektor sich verabschiedet hatte, machte sich Charlotte tief in ihre Gedanken versunken auf den Weg nach oben.

15. Kapitel
Wien

Lina Wolff war erschöpft, ihre Glieder schienen schwer wie Blei, und doch setzte sie tapfer einen Fuß vor den anderen. Mittlerweile ließ es sich nicht mehr verbergen, dass sie bald Mutter sein würde. Als sie Berlin in der Silvesternacht verlassen hatte, musste sie doch schon einige Wochen weiter gewesen sein, als sie damals geglaubt hatte. Im Gegensatz zu anderen Frauen war ihr die Morgenübelkeit erspart geblieben, und auch jetzt ging es ihr bis auf die andauernde Erschöpfung gut, dachte sie dankbar. Nur langes Stehen und Treppensteigen fielen ihr immer schwerer.

Da auch Lina kurz nach ihrer Ankunft in Wien Arbeit in einer Bäckerei gefunden hatte, konnten sie und ihr Mann sich eine kleine Wohnung leisten. Wenn das Kind aber erst einmal geboren war, würde es eng werden, fürchtete sie. Auch wusste sie nicht, wie es dann weitergehen sollte. Sie musste schließlich arbeiten und ihren Beitrag zum Lebensunterhalt der Familie leisten. Die junge Frau konnte nicht zu Hause bleiben, um sich um das Kind zu kümmern, und auch Johanns Onkel und Tante konnten ihnen nicht helfen. Zwar hatte das Ehepaar von nebenan den werdenden Eltern seine Hilfe angeboten, doch Lina waren die beiden nicht geheuer. Der Mann war aufbrausend und roch schon frühmorgens nach Schnaps. Oft konnten sie ihn hören, wie er seine Frau anschrie oder anderen Nachbarn drohte, wenn sie seiner Ansicht nach zu laut waren. Sie erschauderte bei dem Gedanken daran, ihr Kind in die Obhut dieses Paares zu geben. Doch eigentlich musste sich Lina darüber keine Gedanken mehr machen, erinnerte sie eine kleine Stimme in ihrem Hinterkopf. Sie hielt einen Moment inne, als eine Woge der Angst über sie kam. Nach den Ereignissen des heutigen Tages konnten Johann und sie unmöglich in Wien bleiben. Und so war es nicht die Betreuung ihres Kindes, die Lina an diesem Abend Kopfzerbrechen bereitete.

Die junge Frau seufzte und holte tief Luft, um ihre Gedanken zu ordnen. Wovor sie sich seit der Silvesternacht insgeheim gefürchtet hatte, war vor ein paar Stunden Realität geworden: Heinrich von Burgfelds Männer hatten sie und Johann aufgespürt. Beim Verlassen der Bäckerei hatte sie Friedrich Stein, von Burgfelds Mann fürs Grobe, auf der anderen Straßenseite erkannt. Sein Gesicht würde Lina niemals vergessen. Johanns bestem Freund hatte er im vergangenen Jahr die Nase gebrochen, nur weil dieser ihn im Gewühl ohne Absicht angerempelt hatte. Stein besaß weder Mitgefühl noch Gewissen, und das machte ihn für Heinrich von Burgfeld so wertvoll. Er würde nicht zimperlich sein, wenn er sie in die Finger bekam.

Wie von Sinnen war sie trotz ihres runden Bauchs nach Hause gerannt. Einige Minuten lang hatte sie gelähmt vor Angst auf dem Boden vor der Wohnungstür ausgeharrt, bevor sie sich schwer atmend aufraffte, um das Nötigste zu packen. Johann und sie mussten noch in dieser Nacht die Stadt verlassen. Das wurde ihr mit jeder Minute klarer. Obwohl es vor dem Fenster immer dämmriger geworden war, hatte sie es nicht gewagt, eine Kerze anzuzünden. Die Angst, der Lichtschein könne verraten, wo sie sich befand, war zu groß gewesen. Heinrich von Burgfelds Männer konnten überall lauern. Lina war klar, dass Johann, ihr Kind und sie nicht mehr sicher waren. Ihre Flucht war gescheitert. Und sie konnte nur hoffen, dass Fräulein Charlotte in Sicherheit war.

Es war halb zehn, als Lina endlich ihre Taschen gepackt hatte, doch von Johann fehlte noch immer jede Spur. Er hatte sich nach der Arbeit mit ein paar Freunden treffen wollen, aber noch nie zuvor war es so spät geworden. Ein dumpfes Gefühl der Vorahnung war in der stillen Dunkelheit ihrer Wohnung über sie gekommen. Johann würde sie nie so lange allein lassen, war es ihr durch den Kopf geschossen. Wie benommen hatte Lina sich daraufhin ihre Jacke übergezogen, um sich auf zittrigen Beinen auf die Suche nach ihrem Mann zu machen. Den Gedanken, dass es womöglich längst zu spät war, schob sie verzweifelt beiseite.

Da Johann und seine Freunde meistens das Gasthaus ein paar Straßen weiter besuchten, entschloss sie sich, dort nach ihm zu suchen. Eine sanfte Windböe blies ihr eine dunkle Locke in die Stirn, und sie schlang die Arme um sich. Hinter jeder Ecke konnte man ihr auflauern. Ihr Rücken schmerzte, und Schweißperlen rannen ihren Nacken hinunter, während sie fieberhaft überlegte, wohin sie und Johann jetzt gehen sollten, wo sie sich vor von Burgfeld verstecken konnten. Seine Männer würden jeden Stein umdrehen, um sie und Charlotte von Winterberg zu finden.

Lina schickte ein Stoßgebet zum Himmel und blickte nach oben. Die fast volle Scheibe des Mondes tauchte die Gegend in ein eisiges Licht. Die Nacht hatte etwas Gespenstisches. Sie schnappte nach Luft, als ein kleiner Fuß gegen ihre Blase trat, und tätschelte beruhigend ihren Bauch.

»Wir gehen jetzt deinen Vater suchen, und dann wird alles

gut, mein kleiner Sonnenschein«, flüsterte sie, mehr als Beruhigung für sich selbst als für das Kind in ihrem Bauch.

Wenige Augenblicke später bog sie in die Straße ein, an deren Ende sich das Gasthaus befand. Die Gegend schien wie ausgestorben, und in kaum einem der Fenster brannte Licht. Die meisten der Anwohner schliefen sicher längst. Lina war so verängstigt, dass sie jegliches Zeitgefühl verloren hatte, aber sie vermutete, dass es bereits fast halb elf war. Sie blieb wie angewurzelt stehen, als sie ein unterdrücktes Röcheln hörte, und sie erstarrte am ganzen Körper. Einige Augenblicke lang lauschte sie angestrengt in die Dunkelheit hinein, bevor sie sich aus ihrer Versteinerung löste und mit zaghaften Schritten weiterging.

Lina räusperte sich. Ihr Mund fühlte sich sehr trocken an.

»Johann?«, kam es krächzend über ihre Lippen.

Sie zuckte zusammen, als sie einen Moment später eine blitzartige Bewegung hinter sich spürte und ein Mann ihr den Mund zuhielt. Panik stieg in ihr auf. Sie versuchte verzweifelt, sich zu wehren, doch er war zu stark und zog sie entschlossen mit sich in einen dunklen Hinterhof. Gedämpfte Männerstimmen und Flüche drangen an ihr Ohr, und sie begann zu zittern. Sie hatte das Gefühl, ihre Knie könnten jeden Moment unter ihr nachgeben. Würde es so enden, hallte es hysterisch in Linas Kopf.

»Beruhige dich!«, flüsterte eine tiefe männliche Stimme an ihrem Ohr. »Wir tun dir nichts! Bei uns bist du in Sicherheit!«

Lina blinzelte, und ihr Puls raste, als ein anderer Mann eine Kerze entzündete. Er war groß und rothaarig, und in seinen braunen Augen lag ein besorgter Ausdruck, als er sie musterte.

»Ich nehme jetzt meine Hand von deinem Mund, wenn du versprichst, nicht zu schreien«, hörte sie den anderen

Mann in ihr Ohr wispern, und sie nickte. Langsam ließ er sie los, und Lina drehte sich um. Ein hochgewachsener blonder Mann blickte sie entschuldigend an. »Ich wollte dich nicht erschrecken.« Er nahm ihre Hand und drückte sie. »Du hast nach einem Johann gerufen. Bist du zufällig Lina Wolff?«, vergewisserte er sich.

»Ja, aber woher …« Sie war verwirrt. Die beiden Unbekannten schienen nicht bedrohlich, also hatte wohl kaum Heinrich von Burgfeld sie geschickt, dachte sie erleichtert.

»Gott sei Dank haben wir dich gefunden«, fiel er ihr sanft ins Wort. Er drehte sich zu seinem Begleiter um und erklärte ihm rasch etwas auf Englisch, bevor er sich wieder an Lina wandte. »Du musst keine Angst vor uns haben. Wir sind gekommen, um dich zu beschützen. Das ist Martin MacDonald, und ich bin Paul Smith, aber vor ein paar Jahren hieß ich noch Schmidt. Das war, bevor ich von Hamburg nach London gegangen bin. Ich wollte meinen Namen meiner neuen Heimat anpassen.«

Lina ließ ihren Blick noch immer verständnislos zwischen den beiden Männern hin und her schweifen.

»London? Das … Ich muss meinen Mann finden …«, kam es schließlich über ihre zitternden Lippen, als sie erneut die die Stimmen der Männer auf der Straße hörte.

»Unsere Freunde sehen gerade nach ihm«, entgegnete Smith düster. Sein Gesichtsausdruck sagte Lina, dass er wenig Hoffnung für Johann hatte. Wer waren diese Männer, fragte sie sich. Und was hatten sie mit Johann zu tun? Und warum kannten sie ihren Namen? Sie schluckte.

»Ich muss zu Johann und …« Sie machte Anstalten, aus dem Hinterhof auf die Straße zu laufen, doch Smith hielt sie am Arm zurück.

»Lina, hör mir zu.« Er legte seine Hände auf ihre Schultern

und blickte ihr in die Augen. »Heute am späten Nachmittag sind wir in Wien angekommen und haben uns sofort nach dir und deinem Mann auf die Suche gemacht. Als wir endlich bei der Bäckerei waren, war sie natürlich längst geschlossen. Wir haben so lange geklopft, bis der Bäcker aus seiner Wohnung wieder nach unten gekommen ist«, berichtete er. »Eure Adresse wollte er uns nicht geben, weil Johann das nicht recht gewesen wäre, aber er hat uns den Namen des Gasthauses genannt, in dem dein Mann sich mit seinen Freunden treffen wollte. Als wir dort ankamen, hatten wir aber wieder kein Glück. Doch wir konnten zwei seiner Freunde ausfindig machen, die uns gesagt haben, dass er vor ein paar Minuten aufgebrochen war, und welchen Weg er für gewöhnlich nach Hause nimmt. Wir haben uns wirklich beeilt, aber ...« Smith verzog sein Gesicht zu einer gequälten Grimasse, und Lina wurde flau. »Im Mondlicht konnten wir ein paar Meter vor uns die Umrisse eines Mannes sehen. Er lag auf dem Boden und hat sich kaum noch gerührt. Zwei Männer standen über ihm.« Er schwieg einen Moment. »Wenn du nicht zufällig gekommen wärst, hätten wir weiter nach dir suchen müssen.«

»Ich muss zu Johann. Ich ...«

»Du kannst jetzt nichts für deinen Mann tun. Unsere Freunde versuchen, ihm zu helfen. Sie wissen, was sie tun, und wir müssen auf sie warten.«

»Ich will zu Johann ...« Lina schüttelte den Kopf. »Vielleicht ist er ...«

»Lina, du musst hier bei uns bleiben! Wir sind gekommen, um dich und deinen Mann zu beschützen. Wir tun, was wir können, um deinem Mann zu helfen, aber sollten wir euch beide verlieren, werden unsere Auftraggeberin und Charlotte von Winterberg uns das niemals verzeihen. Und wir selbst uns erst recht nicht.« Er blickte an ihr hinunter. »Denk an dein Kind. Es geht jetzt nicht mehr nur allein um dich und deinen Mann.«

»Fräulein Charlotte?« Lina starrte ihn an. »Ihr kennt sie? Ist sie in Sicherheit? Geht es ihr gut?«

»Es geht ihr gut«, versicherte ihr Smith. »Es gibt Menschen, die sie beschützen.« Er wandte sich ab, als zwei weitere Männer in dem Hinterhof erschienen, und auch Lina fuhr herum. Verräterische dunkle Flecken befanden sich auf der Jacke einer der Männer, und sie schlug sich die Hand vor den Mund. Die Mienen der beiden waren düster, und sie schüttelten den Kopf, bevor sie etwas auf Englisch sagten.

»Nein!« Lina schluchzte, und ihre Knie gaben unter ihr nach. MacDonald fing sie auf und hielt sie fest, während Smith ein paar hastige Worte mit den beiden anderen Männern wechselte, bevor er wieder auf Lina und MacDonald zukam.

»Es tut mir so leid, dass wir zu spät gekommen sind, Lina.« Smith umfing ihre Schultern und stützte sie. »Heinrich von Burgfelds Männer waren schneller, und dieses Mal sind sie entkommen«, bedauerte er. »Das wird kein zweites Mal passieren. Das verspreche ich dir.«

Lina zitterte, und in ihren Ohren rauschte es unangenehm. Ihr Magen rebellierte, und sie riss sich los, um sich zu übergeben. Mit bebenden Fingern griff sie nach dem Taschentuch, das Smith ihr reichte, um sich den Mund abzuwischen.

»Bitte bringt mich zu meinem Mann. Ich muss … Vielleicht ist er …«

»Nein.« Smith schüttelte entschieden den Kopf und drückte ihre Hand. »Seine Freunde sind bei ihm. Sie sind uns gefolgt, weil wir ihnen gesagt haben, dass ihr beide in Gefahr schwebt. Sie kümmern sich um ihn. Aber es ist besser,

du ersparst dir seinen Anblick und behältst ihn so in Erinnerung, wie er war.«

Lina fühlte, wie Tränen ungebremst ihre Wangen hinun-
terkullerten. Sie zitterte unkontrolliert und konnte sich kaum
auf den Beinen halten. Smith hielt sie fest und redete beruhigend auf sie ein.

»Jetzt wird er nie unser Kind sehen«, flüsterte sie und
kniff die Augen zusammen. »Was soll ich jetzt nur ohne ihn
machen? Ich …«

»Du musst keine Angst haben, Lina. Du bist nicht allein.«
Smiths Stimme klang sanft. »Wie ich schon sagte, wir sind
gekommen, um dir zu helfen. Wir werden dich und dein
Kind in Sicherheit bringen. Es wird zunächst nicht einfach
für dich werden, aber eines Tages wird alles wieder gut werden, Lina. Glaub mir. Ich weiß, wie sich das anfühlt.« Schmerz
flackerte einen kurzen Moment in seinen Augen auf, und er
räusperte sich. »Aber wir müssen noch heute Nacht aus Wien
verschwinden.«

»Und wohin?« Lina konnte keinen klaren Gedanken fassen.
Sie hatte gerade ihren Mann verloren und schaffte es kaum
mehr, einen Fuß vor den anderen zu setzen. Ihr war schwind-
lig und übel. Sie wünschte, all das wäre ein Albtraum, und sie
würde jeden Moment aufwachen.

»Nach London. Zu Charlotte von Winterberg.«

»Aber … aber wir dürfen sie nicht in Gefahr bringen«,
schniefte sie. »Wenn von Burgfelds Männer uns folgen, dann
… Diese Männer sind zu allem fähig! Ihr seht doch, was sie
mit Johann …« Sie begann noch heftiger zu zittern. Ihre Welt
brach vor ihren Augen zusammen, und sie stand hilflos daneben und konnte nichts dagegen tun.

»Sie werden uns nicht folgen«, widersprach Smith und
lächelte ihr ermutigend zu. »Sie sind brutal, aber nicht unbe-

dingt gerissen. Überlass alles uns. Heinrich von Burgfeld und
seine Männer werden weder dir noch Charlotte von Winterberg etwas anhaben können. Und dich und euer Kind zu
beschützen ist das Einzige, was wir jetzt für deinen Mann
noch tun können.«

Lina schluckte und kniff die Augen zusammen. Sie war wie
gelähmt vor Entsetzen, und ein Teil von ihr drohte zu ver-
zweifeln. Doch gleichzeitig fühlte sie auch die Entschlossenheit, die schon in der Silvesternacht über sie gekommen war.
Sie öffnete die Augen und blickte zwischen den Männern hin
und her. Smith hatte recht. Es ging nicht mehr nur um sie
allein, sondern auch um ihr Kind. Johann hatte sich so sehr
auf das Baby gefreut, erinnerte sie sich und fühlte einen Kloß
im Hals. Er würde nicht wollen, dass ihnen beiden etwas
zustieß. Der Gedanke daran, dass sie niemals wieder morgens neben ihm aufwachen würde, raubte ihr fast den Verstand. Doch wenn sie ihrer Verzweiflung jetzt nachgab, war
sie Heinrich von Burgfeld schutzlos ausgeliefert.

»Ich habe vorhin vorsorglich gepackt und muss noch die
Tasche aus unserer Wohnung holen, und …«, hörte sie sich
wie aus weiter Ferne brabbeln.

»Nein. Das ist viel zu gefährlich«, lehnte Smith ab. »Du
kannst nicht noch einmal zurück. Von Burgfelds Männer
haben sicher längst herausgefunden, wo ihr wohnt, und
sich auf die Lauer gelegt. Wir könnten in einen Hinterhalt
geraten, wenn wir deine Tasche holen. In dieser Stadt sind
sie vermutlich im Vorteil.« Smith legte seinen Arm um ihre
Schultern. »Alles, was du brauchst, können wir unterwegs
besorgen.«

»Aber ich habe nicht einmal Geld bei mir, und …«, begann
sie.

»Zerbrich dir darüber nicht den Kopf. Es ist für alles

gesorgt.« Er blickte sie eindringlich an. »Wir dürfen keine Zeit mehr verlieren, Lina. Wir müssen die Stadt verlassen haben, bevor von Burgfelds Männer bemerken, dass du ihnen entwischt bist. Dein Mann würde wollen, dass du dich und euer Kind in Sicherheit bringst.«

Lina nickte langsam und ließ sich von ihm und den anderen aus dem düsteren Hinterhof führen. Sie dachte an Johann, der ihr an diesem Morgen einen letzten Kuss gegeben hatte, und verabschiedete sich innerlich von ihm.

»Leb wohl«, flüsterte sie vor sich hin. Vor ihrem inneren Auge konnte sie ihren Mann lächeln sehen.

Ganz allmählich entspannte sie sich an Smiths Arm. Johann würde in ihrem gemeinsamen Kind weiterleben, sagte sie sich, und sie würde alles tun, um es zu beschützen.

16. *Kapitel*

London

Sergeant Enoch Bennett betrat das Foyer des Gentlemen's Clubs *Shaw's* und wandte sich an den Butler.

»Ich muss sofort zu Mr. Shaw.«

»Es tut mir leid, Sergeant, aber Mr. Shaw ist beschäftigt und möchte nicht gestört werden.« Der Butler schüttelte den Kopf. »Vielleicht können Sie später noch einmal wiederkommen, und …«

»Nein, ich werde nicht später wiederkommen, sondern ich werde jetzt mit Mr. Shaw sprechen. Es ist dringend. Aber ich kann auch gerne mit Begleitung herkommen, wenn ihm das lieber wäre.« Bennett machte einen drohenden Schritt auf den Butler zu, dessen Miene sich auf seine Worte hin versteinerte.

»Ich werde Mr. Shaw sagen, dass Sie hier sind, Sergeant. Warten Sie bitte einen Augenblick.«

Bennett ging ungeduldig auf und ab, während er auf den Butler wartete.

»Sergeant, folgen Sie mir bitte. Mr. Shaw wird sich ein paar Minuten Zeit für Sie nehmen, da die Angelegenheit offensichtlich keinen Aufschub duldet.«

Bennett folgte ihm den Gang entlang in Felix Shaws Arbeitszimmer und wartete, bis sich die Tür wieder hinter ihm geschlossen hatte. Shaw blickte ihm ungehalten entgegen.

»Nur weil ich dir letztens behilflich war, heißt das nicht, dass du hier jederzeit hereinmarschieren kannst, wie du willst, Enoch! Und wenn du es noch einmal wagen solltest, mir mit einer Durchsuchung zu drohen, werde ich mich an deine Vorgesetzten wenden! Ich habe schließlich Beziehungen in die höchsten Kreise.« Er schlug mit der flachen Hand auf seinen Schreibtisch. »Wenn die Polizei hier ein und aus geht, ist das schlecht für mein Geschäft. Die Mitglieder meines Clubs erwarten von mir Diskretion! Zudem glaube ich kaum, dass du mir irgendwelche illegalen Aktivitäten nachweisen könntest, die ein solches Vorgehen rechtfertigen würden. Wenn du dich so für meine Hilfe bedankst, war es das letzte Mal, dass ich dir Informationen gegeben habe!« Shaw schnaubte verächtlich. »Ich bin wirklich sehr enttäuscht von dir, Enoch, und …«

»Felix!« Bennett hob beschwichtigend die Hand. »Ich bin nicht gekommen, um dir Ärger zu machen oder deinem Geschäft zu schaden. Ich wollte mich von dem Butler nur nicht abwimmeln lassen, weil ich noch einmal deine Hilfe brauche. Es ist wirklich wichtig.«

»Was ist passiert?« Ein wachsamer Ausdruck schlich sich in Shaws Augen.

»Es geht um Edward May. Er ist gestern Abend mit einem Messer im Rücken auf einer Bank im St. James Park aufgefunden worden. Nur Stunden, nachdem der Inspektor ihn zu seiner Wette mit Ernest Granger befragt hat.«

»Grundgütiger!«, entfuhr es Shaw. Er wirkte aufrichtig geschockt. »Habt ihr schon eine Spur von seinem Mörder? Hat jemand etwas beobachtet?«

»Nein, und genau deswegen bin ich hier«, entgegnete der Sergeant düster. »War Edward May gestern Abend vielleicht hier? Hatte er mit jemandem Streit?«

»Nein. Er war schon seit vorgestern nicht mehr hier.« Shaw schüttelte den Kopf. »Aber das hat mich nicht weiter überrascht. Er und Granger sind sich seit dieser Wette so gut es ging aus dem Weg gegangen. Granger ist ein Ehrenmann, wenn es ums Spielen und Wetten geht, aber er ist auch ein sehr schlechter Verlierer«, berichtete Shaw. »Wenn man sich so verbissen an die Spitze gekämpft hat, wie Granger es getan hat, dann hat man nicht viel übrig für Söhne aus reichem Haus, die aus purer Langeweile Karten spielen und dann auch noch ein schlechtes Blatt haben.«

»Hatten er und Edward May nach Sir Williams Tod vielleicht eine Auseinandersetzung?« Bennett ließ ihn nicht aus den Augen.

»Ich würde es nicht Auseinandersetzung nennen, Enoch. Es war vielmehr so, dass Granger ihm zu spüren gegeben hat, dass er diese unverhoffte Glückssträhne nicht verdient hatte. Dass er ihn für einen Versager hielt, dem der Tod seines Vaters ein wenig zu gelegen gekommen war für seinen Geschmack.«

»Dann hat Granger May unterstellt, nicht fair zu spielen?«, hakte Bennett nach. »Hat er vermutet, dass May seinen Vater womöglich getötet hat, um seine Schulden bei ihm loszuwerden?«

Shaw lehnte sich auf seinem Sessel zurück und legte die Fingerspitzen aneinander. Bennett konnte sehen, wie es in seinem Kopf arbeitete.

»Ernest Granger ist kein Idiot, Enoch«, antwortete er nachdenklich. »Er hätte es nie so weit gebracht, wenn er dumm wäre. Sir William May war kerngesund. Nicht einmal ein Schnupfen hat ihn ab und zu gequält. Das wusste Granger, und er ging davon aus, dass May ihn, verzweifelt wie er war, nur hinhalten wollte. Vermutlich ist er mehr aus Spaß auf Mays Wette eingegangen. Und dann stirbt Sir William doch. Und das nur ein paar Tage später, noch dazu an einer Arsenvergiftung. Was hättest du an Grangers Stelle geglaubt, Enoch?«

»Dass Edward May womöglich seinen Vater getötet und mich aufs Kreuz gelegt hat«, sprach der Sergeant Shaws Gedanken aus. »May hätte auf diese Weise tatsächlich zwei Fliegen mit einer Klappe geschlagen. Er wäre auf einen Schlag seinen verhassten Vater und seine Schulden losgeworden.«

»Nur hätte Granger diesen Verdacht niemals laut geäußert«, warf Shaw ein. »Er ist viel zu vorsichtig, um jemanden vorschnell zu beschuldigen. Ich weiß aber, dass er Edward May insgeheim in Verdacht hatte, seinen Vater getötet zu haben.«

»Und natürlich würde Granger niemals öffentlich zugeben, mit Edward May eine derartige Wette eingegangen zu sein.« Bennett klang ironisch. »Hältst du es für möglich, dass er wütend genug war, um sich an May zu rächen? Nach dem, was du erzählst, scheint mir Granger nicht der Typ zu sein, der sich ungestraft aufs Kreuz legen lässt.«

»Granger ist bestimmt nicht zimperlich, wenn es um seine Schuldner geht, Enoch, aber ich bezweifle, dass er einen Mord begehen würde.« Shaw schüttelte vehement den Kopf. »Seine Handlanger erinnern seine Schuldner lediglich an ihre Verpflichtungen. Dabei kann zwar mal ein Finger oder eine Nase brechen, aber man hat noch keinen seiner Schuldner aus der Themse gefischt. Zumal er aus Toten keinen müden Schilling herauspressen könnte, und er wollte auch bestimmt nicht, dass etwas über seine Wette ans Licht kommt.«

»War Granger gestern Abend hier?«, wollte Bennett wissen.

»Ja, er ist gegen halb sechs gekommen und blieb bis ungefähr elf Uhr. Er hat seinen Mitspielern wieder einmal das Geld aus der Tasche gezogen.«

Bennett überlegte. Der Inspektor hatte Edward May bis kurz nach sechs befragt. Wenn Granger den ganzen Abend im *Shaw's* gewesen war und seine Mitspieler ausgenommen hatte, dann konnte er May nicht getötet haben. Außerdem ergab Shaws Aussage Sinn. Tot würde May Granger nichts nützen, wenn er sich doch noch Geld von ihm erhoffte. Er mochte May allenfalls unter Druck gesetzt haben, vermutete der Sergeant.

»Du bist dir ganz sicher, dass er die ganze Zeit hier war, Felix?«, vergewisserte sich Bennett. »Er kann sich nicht vielleicht für eine Weile davongeschlichen haben?«

»Er hat stundenlang gespielt und den Vorrat meines teuersten Scotchs dezimiert. Und er musste nicht einmal austreten«, antwortete Shaw in ironischem Tonfall. »Er war also ganz sicher nicht im St. James Park, um Edward May ein Messer in den Rücken zu rammen. Und wie gesagt kann ich mir nicht vorstellen, dass er jemanden beauftragt hat. Das passt nicht zu Granger. Glaubt ihr denn, dass der Mord an Sir William und der an seinem Sohn in Zusammenhang stehen?«

»Felix, du warst doch derjenige, der Max und mir beigebracht hat, niemals an Zufälle zu glauben.« Bennett lächelte bei der Erinnerung. »Du hast uns dazu angehalten, alles zu hinterfragen. Wenn Vater und Sohn so kurz nacheinander getötet werden, dann liegt der Verdacht nahe, dass die Verbrechen miteinander in Verbindung stehen. Dennoch müssen wir in jede Richtung ermitteln.«

»Ich verstehe«, nickte Shaw. »Und es freut mich auf meine alten Tage, dass du wenigstens ein paar meiner Lektionen beherzigt hast«, fügte er grinsend hinzu.

»Nur bringt uns das keinen Schritt weiter.« Bennett zuckte die Schultern. »Weißt du vielleicht, ob May außer bei Granger noch bei jemand anderem Schulden hatte oder mit irgendwem Streit hatte? Denk bitte nach, Felix! Alles könnte wichtig sein und uns weiterhelfen!«

»Ich wüsste nicht …« Shaw hielt inne und kniff die Augen zusammen.

»Was? Ist dir etwas eingefallen?«

»Ich weiß nicht, ob es von Bedeutung ist, aber ich bin vor ein paar Wochen an Mays Tisch gekommen, als Granger ihn aufgezogen hat.«

»Er hat ihn aufgezogen? Womit?«

»Er hat gesagt, er solle sich nicht einbilden, dass eine solche Frau etwas mit ihm zu tun haben wolle.« Er zuckte die Schultern. »May ist rot angelaufen, als Granger und die anderen gelacht haben.«

»Hast du eine Ahnung, von welcher Frau die Rede war?« Bennett blickte ihn hoffnungsvoll an.

»Nein.« Er schüttelte bedauernd den Kopf. »Das Ganze ging im allgemeinen Gelächter unter, und ich wollte nicht nachfragen, da May schon zur Genüge gedemütigt war. Außerdem ging es ich mich ja auch nichts an. Es tut mir leid, dass ich dir nicht mehr helfen kann.«

»Danke, Felix. Ich weiß deine Hilfe zu schätzen. Solltest du noch irgendetwas hören, was uns weiterhelfen könnte, dann lass mir bitte eine Nachricht zukommen.« Sergeant Bennett stand auf. »Ich mache mich jetzt wieder an die Arbeit.«

»Enoch!« Shaw stand ebenfalls auf und hielt ihn am Arm zurück.

»Ist dir doch noch etwas eingefallen?«

»Nein, aber …« Seine Stimme verebbte und er lächelte. »Nicht so wichtig. Ich hoffe, ihr findet bald heraus, wer Sir William und seinen Sohn getötet hat.«

Inspektor Basil Stockworth betrat Sir Harold Baldwins Büro. Baldwin war nicht nur einer der angesehensten Anwälte Londons, sondern auch ein alter Freund seines Vaters und sein Taufpate, weshalb er nur allzu gern ein paar Minuten für den Inspektor erübrigte. Der Anwalt lächelte und sprang regelrecht von seinem Sessel auf, als er ihn erblickte. Seine Glatze glänzte im Licht der einfallenden Sonne, und sein sorgfältig gekämmter Haarkranz war mittlerweile restlos ergraut. Auch schien der Anwalt, den Stockworth um mindestens zwei Köpfe überragte, immer mehr zu schrumpfen, was seiner Durchsetzungsfähigkeit jedoch keinen Abbruch tat. Gegnerischen Anwälten lehrte Baldwin vor Gericht noch immer das Fürchten.

Stockworth überlegte rasch. Es musste ungefähr ein Jahr her sein, seit er Baldwin das letzte Mal auf einer Feier seiner Eltern getroffen hatte. Nicht zum ersten Mal wurde ihm bewusst, wie sehr sein Beruf ihn vereinnahmte.

»Basil! Es freut mich sehr, dich zu sehen! Du machst dich viel zu rar in letzter Zeit.« Er schüttelte seine Hand und blickte mit einem verschmitzten Lächeln an ihm hoch. Sein Händedruck war so fest wie eh und je. »Du bist groß geworden, seit wir uns das letzte Mal gesehen haben!«

»Du musst das ja beurteilen können als mein Patenonkel!« Stockworth lachte herzhaft. Vor Gericht war Baldwin unerbittlich, doch privat spielte er gern den Hofnarren, wie er selbst von sich behauptete. »Wie geht es deiner Frau und den Kindern?«

»Oh, es geht ihnen hervorragend«, lächelte Sir Harold. »Wir sind alle unverwüstlich. Auch die Enkelkinder. Cynthia behauptet immer, dass in ihrer Familie niemand eines natürlichen Todes sterbe. In ihren Reihen falle man entweder vom Pferd, werde von einem umstürzenden Baum erschlagen oder ermordet. Wie mein verstorbener Klient Sir William May.« Seine Miene verdüsterte sich, und er seufzte. »Ich nehme an, du bist deswegen hier. Ich habe es erst vorgestern erfahren, und es war ein richtiger Schock. Cynthia und ich waren ein paar Tage bei ihrer Schwester in Paris und sind erst vorgestern Nachmittag zurückgekommen«, fügte er erklärend hinzu. »Was genau ist denn passiert, Basil? Es wird so viel geredet, dass ich gar nicht weiß, was ich glauben soll. Ist er wirklich vergiftet worden?«

»James, das heißt, Dr. Honeywell, ist fest davon überzeugt, Harold«, nickte er. »In seinem Erbrochenen konnte er Arsen nachweisen. Nur ist unklar, wann genau er vergiftet worden ist.«

»Dr. Honeywell ist ein hervorragender Arzt. Wenn er zu dem Schluss kommt, dass Sir William vergiftet worden ist, dann ist das auch so.« Er seufzte. »Das ist eine schreckliche Sache. Noch nie ist einer meiner Klienten ermordet worden.« Baldwin schüttelte den Kopf. »Aber Sir William konnte es nun einmal nicht lassen, mit dem Feuer zu spielen. Er war ein streitsüchtiger Klient und ein aufbrausender Mensch.«

»Kannst du mir das bitte näher erklären, Harold?«, bat der Inspektor.

»Es ist kein Geheimnis, dass er Konflikten niemals aus dem Weg gegangen ist, Basil«, entgegnete der Anwalt schulterzuckend. »Du hast sicher bereits in Erfahrung gebracht, dass Sir William mit vielen Menschen Streit hatte, auch mit seiner Familie, nicht wahr? Gerade seine Beziehung zu Edward war ausgesprochen schwierig. Und er schien noch nicht einmal etwas dabei zu finden. Hätte ich mit Raymond und Anne ein so schlechtes Verhältnis, würde mir das nachts den Schlaf rauben.« Baldwin liebte seine beiden Kinder über alles, wusste Stockworth, und er nickte zustimmend.

»Edward May ist gestern Abend erstochen worden, Harold. Man hat ihn im St. James Park mit einem Messer im Rücken aufgefunden. Wir gehen davon aus, dass sich sein Mörder von hinten angeschlichen und ihm das Messer blitzschnell in den Rücken gerammt hat. Vermutlich war Edward so überrumpelt, dass er gar nicht wusste, wie ihm geschieht.« Stockworth runzelte die Stirn. Es war gut möglich, dass Edward im Red Lion noch mehr getrunken hatte als nur den Scotch während seiner Befragung. Sollte er stark angetrunken gewesen sein, als er im St. James Park ankam, dann hatte der Mörder sicher leichtes Spiel mit ihm gehabt. »Die Nachricht von seiner Ermordung wird bestimmt bald die Runde machen.«

»Das ist grauenvoll!«, entfuhr es Baldwin, und er lehnte sich im Sessel zurück. Der Schock stand ihm ins Gesicht geschrieben. »Hast du schon eine Ahnung, wer ihn getötet haben könnte?«

»Nein, aber Sergeant Bennett und ich glauben, dass die beiden Morde in Zusammenhang stehen. Alles andere wäre doch ein sehr großer Zufall.«

»Ich glaube auch nicht an Zufälle, aber seinem Vater zufolge hatte Edward doch ein paar sehr fragwürdige Bekannte«, gab der Anwalt zu bedenken. »Sir William hat mir erzählt, dass sein Sohn ein Spieler sei und Schulden habe. Er war Stammgast im *Shaw's*.«

»Das wissen wir bereits, Harold«, nickte der Inspektor. »Sergeant Bennett ist gerade dabei, Felix Shaw zu befragen. Die beiden kennen sich von früher.«

»Ich weiß«, verriet ihm Baldwin. »Und ich bin überzeugt davon, dass Mr. Shaw euch behilflich sein wird, wenn er kann«, fügte er mit einem rätselhaften Lächeln hinzu. »In ihm steckt mehr als nur ein dubioser Geschäftsmann.«

»Er ist dein Klient?« Stockworth horchte auf.

»Er hat meinen Rat in einer völlig legalen Angelegenheit gesucht, Basil«, beruhigte ihn Baldwin. »Wäre es anders gewesen, hätte ich ihn gebeten, zu gehen. Aber ich war ehrlich überrascht, als ich mit ihm gesprochen habe. Er ist kultivierter als mancher der feinen Herren, die bei ihm ein und aus gehen. Auch wenn Shaw auf seinem Weg nach oben nicht sehr rücksichtsvoll gewesen ist – Menschen haben die Fähigkeit, sich zu ändern, Basil. Das darfst gerade du als Inspektor nie vergessen.«

»Das werde ich nicht, Harold. Das verspreche ich dir«, lächelte er, bevor er wieder auf den eigentlichen Grund seines Besuchs zu sprechen kam. »Kurz vor seiner Ermordung habe ich im Red Lion mit Edward May gesprochen. Er wollte den Verdacht auf seine Stiefmutter lenken, weil sie eine Affäre mit ihrem Arzt hat, und außerdem hat er behauptet, sein Vater habe Pläne gehabt, sein Testament zu ändern. Stimmt das?«

»Kurz bevor ich nach Paris gefahren bin, habe ich mit Sir William in unserem Club zu Abend gegessen«, erinnerte sich der Anwalt. »Er hat um das Treffen gebeten, weil er zunächst, wie er es ausgedrückt hat, inoffiziell etwas mit mir besprechen wollte.«

»Es ging um Änderungen in seinem Testament?«

»Um *einschneidende* Änderungen«, betonte Baldwin. »Er hielt seine Familie für sehr undankbar, besonders Edward. Sir William hatte das Gefühl, sie könnten es allesamt kaum noch erwarten, dass er endlich tot umfallen würde. Er sei es leid, dass sie ihm alle auf der Tasche liegen, wie er es formulierte.« Er lehnte sich in seinem Sessel zurück und seufzte. »Edwards Mutter war eine sehr kranke Frau, Basil. Als sich erste Symptome ihrer Geisteskrankheit zeigten, war Edward noch ein Kind und hat nicht begriffen, wie schlimm es um sie stand. Er wusste nicht, dass sie nachts durch das Haus geschlichen ist und sich mit Geistern unterhalten hat. Sie hat angeblich auch Stimmen gehört, die ihr eingeredet haben, sie solle das Haus in Schutt und Asche legen.« Baldwin zuckte resigniert die Schultern. »Sir William hat wirklich alles versucht, um ihr zu helfen. Er hat lange Kuraufenthalte an der Küste für sie arrangiert, die ihre Nerven stärken sollten, doch nichts half. Eines Nachts ist sie in Edwards Zimmer gegangen und wollte ihm ein Kissen aufs Gesicht drücken, während er schlief. Sir William ist gerade noch rechtzeitig zur Stelle gewesen, um das Schlimmste zu verhindern. Anschließend hat sie behauptet, Edward sei der Sohn des Leibhaftigen, und sie müsse ihn töten.« Baldwin beugte sich nach vorne. »In ihrer Familie gab es wohl einige Fälle von Geisteskrankheit, von denen Sir William aber erst nach der Hochzeit erfahren hat. Es ist sehr viel vertuscht worden. Nach dem Mordversuch an ihrem Sohn hat er keinen anderen Ausweg mehr gesehen, als Lydia in einer Klinik unterzubringen, um den Jungen vor seiner eigenen Mutter zu beschützen. Leider hat sie sich dort das Leben genommen. Sir William ist daraufhin noch härter geworden, als er es ohnehin schon gewesen ist.«

»Und Edward hat seinem Vater nie verziehen, dass er seine Mutter regelrecht hat wegsperren lassen«, konstatierte Stockworth. »Hat Sir William ihm denn nie erzählt, was passiert ist? Dass er ihn nur schützen wollte?«

»Ich habe Sir William vorgeschlagen, doch einmal offen mit seinem Sohn über die Geschehnisse von damals zu sprechen, aber er wollte nichts davon hören. Er war der Ansicht, dass Edward ihm sowieso nicht glauben würde. Und womöglich hätte er auch nicht verkraftet, dass er der Grund dafür war, dass seine Mutter ins Sanatorium geschickt worden ist. Wohl auch als Wiedergutmachung für den Verlust seiner Mutter wollte Sir William zunächst, dass Edward wie allgemein üblich eines Tages den Großteil seines Vermögens erbt.«

»Doch dann hat er es sich anders überlegt?« Stockworth blickte ihn fragend an.

»Ein Stammgast des *Shaw's*, er wollte nicht sagen, wer es war, kam eines Tages auf ihn zu, um ihm von den Schulden seines Sohnes zu erzählen. So musste er erfahren, dass Edward ein Spieler ist und noch dazu ein schlechter. Außerdem hatte er genug davon, dass sein Sohn ihm nach seinem Architekturstudium immer noch auf der Tasche lag. Edward hat keine Anstalten gemacht, sich Arbeit zu suchen. Auch wollte er nicht ins Teegeschäft einsteigen, weshalb Sir William das Geschäft vor zwei Jahren sehr gewinnbringend veräußert hat. Und seinem Bruder wollte er das Geschäft erst recht nicht überlassen«, bemerkte Baldwin beiläufig. »Die Spielschulden seines Sohns waren ein Schock für ihn, und er wollte um jeden Preis verhindern, dass Edward nach seinem Tod sein Vermögen verprasste. Er wollte das, was er sich erarbeitet hatte, nicht in den Händen irgendwelcher Gläubiger seines Sohnes sehen. Du musst wissen, Basil, auch Sir Williams Vater hat gespielt, und er musste deshalb sein Anwesen in Cornwall verkaufen. Das hat er seinem Vater nie verziehen, und Edwards Verhalten hat ihn noch dazu sehr an seinen Vater erinnert. Seit Jahren hat Sir William verzweifelt versucht, das Anwesen zurückzukaufen, aber, wie du sicher längst herausgefunden hast, haben Lord und Lady Clifton sich stoisch geweigert, sein Angebot anzunehmen.«

»Ich habe mit Lady Clifton darüber gesprochen«, bestätigte der Inspektor. »Kannst du mir sagen, zu wessen Gunsten er sein Testament geändert hätte? Hätte er alles seinen beiden jüngsten Söhnen vermacht?«

»Einen größeren Teil, ja«, antwortete Baldwin. »In diesem Fall hatte er vor, mich oder Raymond als meinen Nachfolger zum Verwalter des Erbes zu machen, bis seine Söhne einundzwanzig wären.«

»Also nicht seinen Bruder George.« Der Inspektor war nicht überrascht.

»Ich bitte dich, Basil!« Der Anwalt stieß ein sarkastisches Lachen aus. »Das Verhältnis zwischen Sir William und seinem Bruder war doch seit Jahren zerrüttet. Vor allem mit seiner Schwägerin hatte er große Probleme. Er hielt Lavinia für mindestens genauso verschwenderisch wie seinen Sohn Edward. Er hat kein gutes Haar an seiner Schwägerin gelassen. Von der Hochzeit mit seinem Bruder, der sie regelrecht anbete, habe sie sich ein Luxusleben auf Kosten der Familie erhofft, hat er mir gegenüber behauptet. Deshalb hat er die beiden aufs Land verbannt. Er wollte weder seinen Bruder noch dessen Frau auf Dauer in seiner Nähe haben.«

»Und was ist mit Lady May?«

»Sie wäre ganz und gar leer ausgegangen«, gab der Anwalt preis. »Sir William hat gesagt, seine zweite Ehe sei der größte Fehler seines Lebens gewesen. Er hatte zudem den Verdacht, dass seine Frau ihm nicht treu war.«

»Du hast vorhin erwähnt, dass seine beiden jüngsten Söhne einen größeren Teil des Vermögens bekommen hätten. Kannst du mir auch sagen, wem er den anderen Teil vermacht hätte? Ich gehe nicht davon aus, dass er Edward oder George May etwas vererbt hätte.«

»Da vermutest du richtig, Basil. Da er ermordet worden ist, und es für deine Ermittlungen wichtig sein könnte, werde ich jetzt ganz offen mit dir sprechen: Edward und George May hätten gar nichts bekommen. Ein ganz beträchtlicher Teil seines Vermögens wäre stattdessen an Miss O'Mahoney gegangen«, erklärte er ihm. »Da Sir William sein Testament aber nicht mehr ändern konnte, wird sie jetzt nur hundert Pfund erhalten. Er wollte ihre Arbeit unbedingt unterstützen.«

»Und das war seiner Familie ein Dorn im Auge«, schloss Stockworth.

»Ein großer und sehr spitzer, würde ich meinen«, stimmte Baldwin ihm trocken zu.

»Wie geht es jetzt nach Edwards Tod weiter?«

»Seine beiden jüngsten Söhne werden jetzt alles erben.«

»Und du bist der Vermögensverwalter, bis die beiden einundzwanzig Jahre alt sind?«, hakte Stockworth nach.

»Nein.« Der Anwalt schüttelte den Kopf. »Gemäß seinem ursprünglichen Testament, das er nach der Geburt der Zwillinge verfasst hat, werden die beiden im Fall von Edwards Tod zu den Alleinerben seines Vermögens, und bis sie einundzwanzig sind, sind sein Bruder George und Lady May die Verwalter des Vermögens. Er hat seinem Bruder schon damals nicht so recht getraut, weshalb er seine Frau ebenfalls zur Vermögensverwalterin bestimmt hat. Damals schienen sie und Sir William auch sehr glücklich zu sein.«

»Aber jetzt hatte er vor, das alles zu ändern.« Stockworth warf ihm einen bedeutungsvollen Blick zu.

»Das war seine Absicht«, bestätigte Baldwin und nickte nachdrücklich. »Tatsächlich hatte er für übermorgen einen Termin mit mir vereinbart.«

»Ich danke dir, Harold. Du hast mir sehr geholfen.« Der Inspektor machte Anstalten, sich zu erheben. »Ich muss mich jetzt wieder …«

»Einen Augenblick noch, Basil. Es gibt da noch eine Kleinigkeit, die du wissen solltest.«

17. Kapitel

»Ich bin sehr stolz auf euch! Ihr wart wirklich fleißig heute, und ihr hattet kaum Fehler in den Aufgaben.« Charlotte strahlte die Zwillinge an, bevor sie stirnrunzelnd aus dem Fenster blickte. »Wie wäre es denn, wenn wir zur Belohnung heute einmal nicht in den Park gehen, sondern Verstecken spielen? Da eure Mutter, euer Onkel und eure Tante erst zum Tee zurück sein werden, kommen wir auch niemandem in die Quere. Es regnet nämlich schon wieder.« Sie nickte in Richtung des Fensters. »Ich möchte nicht, dass wir uns im strömenden Regen erkälten.«

»Au ja!«, riefen die beiden Jungen wie aus einem Mund. »Wir verstecken uns, und Sie müssen uns suchen, Miss Lewis!«

»Ganz genau! Ich werde bis … sagen wir … fünfzig zählen, und dann mache ich mich auf die Suche nach euch.«

Charlotte hielt sich die Hände vor die Augen und begann zu zählen. Viel lieber wäre sie trotz des Regens eine Weile an die frische Luft gegangen, um Ordnung in ihre Gedanken zu bringen, denn das Rätsel um Edward Mays Ermordung hatte sie in der vergangenen Nacht lange wachgehalten. Auch Lady May, ihr Schwager und ihre Schwägerin schienen kaum Schlaf gefunden zu haben. Am Frühstückstisch hatten es alle vermieden, sich anzusehen, und nur das Flüstern der Zwillinge hatte die verstörende Stille ab und an durchbrochen. George und Lavinia May hatten gleich nach dem

Frühstück das Haus verlassen, und auch Lady May und Miss Jones waren vor einer Stunde ausgegangen. Charlotte konnte es ihnen nicht verdenken. Die düstere Atmosphäre des Hauses setzte jedem und vor allem den Zwillingen zu.

»… achtundvierzig, neunundvierzig, fünfzig. Ich komme!«, rief sie und schlüpfte aus der Bibliothek, die Alistair und Ashley kurz zuvor Hals über Kopf verlassen hatten. Das Haus war sehr geräumig, dachte Charlotte mit einem Anflug von Reue. Es konnte Stunden dauern, bis sie die beiden in irgendeiner dunklen Ecke aufgestöbert hatte. Doch wenn sie die Jungen auf diese Weise von den Morden und der düsteren Stimmung ablenken konnte, sollte es ihr recht sein.

Charlotte blickte sich um und überlegte, wo sie ihre Suche am besten beginnen sollte. Alistair und Ashley waren gerissen. Sie würden sich bestimmt an einem Ort verstecken, an dem sie sie niemals vermuten würde. Sie zögerte einen Moment und entschloss sich, ihre Skrupel über Bord zu werfen. Auf leisen Sohlen huschte sie den Gang entlang zu Sir Williams Arbeitszimmer. Dort angekommen, blickte sie sich hastig um, um sich zu vergewissern, dass sie von niemandem beobachtet wurde, bevor sie die Tür öffnete und hineinschlüpfte. Zu seinen Lebzeiten war den Jungen der Zugang zu Sir Williams Arbeitszimmer zwar verwehrt gewesen, hatten sie ihr berichtet, doch Charlotte hielt es durchaus für möglich, dass sie sich jetzt nach seinem Tod über das Verbot hinwegsetzten.

Das Zimmer war penibel aufgeräumt, und auf dem Schreibtisch konnte sie lediglich einen Brieföffner und einen Füllfederhalter entdecken. Sowohl der Schreibtisch als auch die Kommode waren aus dunklem Holz, und auf dem stummen Diener neben der Tür befand sich eine Karaffe mit einer goldbraunen Flüssigkeit und dazu passenden Kristallgläsern.

Daneben lag ein Zigarrenetui. Sie vermutete, dass der verstorbene Hausherr dieses Zimmer nicht nur als Büro, sondern auch als sein persönliches Refugium betrachtet hatte, in dem er von niemandem behelligt werden wollte. Ihr Blick fiel auf das Gemälde eines Herrenhauses über dem Kamin. Sie fragte sich, ob das Gebäude tatsächlich existierte und womöglich einen sentimentalen Wert für Sir William gehabt hatte, bevor sie sich selbst zur Eile mahnte.

Charlotte schickte ein Stoßgebet zum Himmel, dass niemand sie überraschen möge, und verdrängte ihr schlechtes Gewissen darüber, dass sie in die Privatsphäre des verstorbenen Hausherrn eindrang. Als sie sich vergewissert hatte, dass sich weder Ashley noch Alistair im Arbeitszimmer ihres Vaters versteckt hatten, warf sie einen sehnsüchtigen Blick durch die gläserne Tür in den Garten. Einem plötzlichen Impuls folgend trat sie hinaus in den Regen und atmete die frische Luft gierig ein. Sie schloss einen Moment lang die Augen und fühlte, wie ihre Lebensgeister zurückkehrten. Schweren Herzens wandte sie sich schließlich um, um zurück ins Haus zu gehen, und hielt inne. Eine Mauer umgab den Garten hinter Sir Williams Stadthaus, doch eine kleine Tür führte nach draußen. Charlotte raffte ihre Röcke und hastete auf sie zu. Die Tür war unverschlossen, und durch sie konnte man bei Dunkelheit sicherlich problemlos und unbemerkt nach draußen gelangen, überlegte sie. Ein heißer Schauer schoss durch ihren Körper, als eine Theorie in ihrem Kopf Gestalt annahm, und sie rannte schnurstracks zurück ins Haus. Sie musste dem Inspektor schleunigst eine Nachricht zukommen lassen. Doch zunächst galt es, die Zwillinge zu finden, erinnerte sie sich.

Zurück im Foyer überlegte sie fieberhaft, wo sie ihre Suche am besten fortsetzen sollte. Es würde ihr nichts anderes übrig bleiben, als sich jedes einzelne Zimmer vorzunehmen, dachte sie seufzend. Nach einer ergebnislosen Suche wollte sich Charlotte gerade auf den Weg nach oben machen, als sie die Stimme des Butlers hinter sich hörte. Sie zuckte kaum merklich zusammen und drehte sich um.

»Miss Lewis? Es tut mir sehr leid, falls ich Sie erschreckt habe, aber ich folge Ihnen nun schon ein paar Minuten.« Gerald White kam schmunzelnd auf sie zu. »Sie wirken ein wenig verloren. Kann ich Ihnen vielleicht helfen?«

»Nein, White, ich glaube nicht.« Sie lachte. »Die Suppe, die ich mir eingebrockt habe, muss ich selbst auslöffeln. Alistair und Ashley waren heute trotz der schrecklichen Nachricht von gestern Abend sehr fleißig. Deshalb habe ich ihnen vorgeschlagen, zur Belohnung Verstecken zu spielen. Normalerweise wäre ich wieder mit ihnen spazieren gegangen, aber das Wetter hat uns einen Strich durch die Rechnung gemacht. Es regnet in Strömen, wie ich gerade festgestellt habe«, fügte sie hinzu, als sie seinen Blick auf ihrem feuchten Haar bemerkte. »Ich habe vorhin den Kopf aus dem Fenster gestreckt, um frische Luft zu schnappen«, beeilte sie sich zu erklären.

»Jetzt verstehe ich, warum Alistair und Ashley vorhin an mir vorbeigehetzt sind, als wäre der Teufel persönlich hinter ihnen her«, grinste er. »Die beiden werden es Ihnen nicht leicht machen, sie zu finden.«

»Bestimmt nicht! Weiß der Himmel, wo sie sich verkrochen haben! Hier unten konnte ich sie jedenfalls nicht finden, deshalb werde ich jetzt mal nach oben gehen. Vielleicht sind sie ja in ihrem Zimmer unter dem Bett.« Auf was hatte sie sich da nur eingelassen! Sie hoffte, sie würde die Jungen bis zum Tee gefunden haben!

Was sie befürchtet hatte, bestätigte sich kurz darauf, als sie die Zimmer der Zwillinge vergeblich nach ihnen absuchte. Sie waren weder unter dem Bett, noch hinterm Vorhang, noch im Schrank. Auch in ihrem eigenen Zimmer konnte sie die beiden nicht entdecken. Sie würde nie wieder mit ihnen Verstecken spielen, schwor sie sich seufzend. Die beiden waren zu gerissen!

Als Charlotte an George und Lavinia Mays Zimmer vorbeikam, blieb sie einen Augenblick lang unschlüssig stehen. Hatten sich Alistair und Ashley womöglich im Zimmer ihres Onkels und ihrer Tante versteckt? Sie überlegte rasch. Wenn sie einfach in das Zimmer ging, könnte sie in große Schwierigkeiten geraten, sagte eine kleine Stimme in ihrem Hinterkopf. Die Mays würden sie bestimmt auf der Stelle entlassen, der Inspektor hätte keine Verwendung mehr für sie und wäre obendrein enttäuscht von ihr. Allerdings musste sie die beiden Jungen finden. Charlotte haderte einen weiteren Moment lang mit sich, bevor sie widerstrebend den Türknauf drehte. Sie würde nur rasch unter dem Bett nachsehen und wieder verschwinden, nahm sie sich vor. George und Lavinia May würden niemals erfahren, dass sie in ihrem Zimmer gewesen war.

»Alistair? Ashley?« Sie streckte den Kopf zur Tür hinein und lauschte angespannt in die Stille. In der Gewissheit, etwas Verbotenes zu tun, lief sie auf das Bett zu und ging auf die Knie. Zwar konnte sie keinen der beiden Jungen darunter entdecken, aber dafür fiel ihr Blick auf etwas anderes. Mit vor Aufregung zitternden Fingern zog sie das Etwas hervor und erstarrte. Ihre Theorie schien sich zu bestätigen. Charlotte fühlte das altbekannte Prickeln in ihrem Nacken, als sie sich langsam wieder aufrichtete.

»Was machen Sie hier?« Die Stimme war wie ein Peitschenhieb, und Charlotte fuhr wie vom Donner gerührt herum.

»In Gottes Namen, beeilen Sie sich!«, rief Stockworth und streckte seinen Kopf zum Fenster der Kutsche heraus. Er hörte die Peitsche knallen, und die Pferde galoppierten ein wenig schneller. Er wusste, dass der Kutscher achtgeben musste. So eilig es der Inspektor auch hatte, der Kutscher durfte weder einen Zusammenstoß mit einer anderen Kutsche riskieren noch einen Fußgänger überfahren. Stockworth kämpfte mit aller Macht gegen das ungute Gefühl in seiner Magengegend an.

»Was ist los, Inspektor?« Sergeant Bennett blickte ihn besorgt an. »Sagen Sie mir doch bitte endlich, was Sie herausgefunden haben.«

Nach seinem Besuch bei Sir Harold Baldwin war er auf dem schnellsten Weg nach Whitehall zurückgekehrt, um Sergeant Bennett zu holen. Sie durften keine Zeit mehr verlieren. Stockworth befürchtete, dass jeden Moment ein weiterer Mord verübt werden konnte.

»Sir William hatte tatsächlich vor, sein Testament zu ändern, Sergeant. Deshalb hat er sich vor Kurzem mit seinem Anwalt getroffen. Allem Anschein nach hat er schon vor einiger Zeit herausgefunden, dass sein Sohn Edward sich bei Mr. Shaw herumtreibt, und von einem anderen Stammgast soll er erfahren haben, dass sein Sohn einen beträchtlichen Schuldenberg angehäuft hat. Aus diesem Grund hatte Sir William Angst, dass Edward sein Erbe nur so verprassen würde, sobald er es in die Finger bekäme.«

»Seine Angst war sicher nicht unbegründet«, nickte Bennett. »Felix Shaw hält es übrigens für ausgeschlossen, dass Granger etwas mit Edward Mays Ermordung zu tun hat. Er behauptet, es sei nicht sein Stil, seine Schuldner zu töten. Zumal er auf diese Weise ganz sicher kein Geld mehr sehen würde. Außerdem hat Granger den ganzen Abend in Shaws Club Karten gespielt. Er konnte keinen Abstecher in den St. James Park unternommen haben. Allerdings war das Verhältnis zwischen ihm und Edward May nach der Wette äußerst angeschlagen«, berichtete Bennett. »Granger schien geglaubt zu haben, dass er etwas mit dem Mord an seinem Vater zu tun hatte.«

»Es besteht zumindest die Möglichkeit, dass Edward an dem Mord irgendwie beteiligt war«, überlegte Stockworth. »Miss von Winterberg hat mir berichtet, dass sie ihn und Lavinia May vorgestern in der Bibliothek überrascht hat. Lavinia hat gestern Nacht behauptet, dass es bei der Unterredung um seine Schulden bei Granger gegangen sei. Angeblich wollte Edward sie dazu bringen, bei ihm ein gutes Wort für ihn einzulegen. Lavinias Bruder und Granger seien alte Freunde. Er habe ihr erklärt, das seine Schulden bei Granger nun getilgt seien.«

»Das ist interessant, Sir«, überlegte Bennett stirnrunzelnd und hielt sich am Sitz fest, als der Kutscher einer anderen Kutsche auswich. »Felix hat mir erzählt, dass Granger Edward May eines Abends aufgezogen hat. Er hat ihn ausgelacht und zu ihm gesagt, dass eine Frau wie sie sich nie für ihn interessieren würde.« Er sah den Inspektor mit nach oben gezogenen Augenbrauen an. »Felix konnte mir zwar nicht sagen, von welcher Dame die Rede war, aber was wäre, wenn ...«

»Es sich um Lavinia May gehandelt hat«, vollendete Stockworth seinen Satz. »Sie ist zwar ein paar Jahre älter als ihr Neffe, aber äußerst attraktiv. Eine blonde Schönheit, die ganz bestimmt schon vielen Männern den Kopf verdreht hat. Lavinia May weiß, wie sie sich in Szene zu setzen hat, und ihr

Mann scheint sie regelrecht anzuschmachten«, fügte er nachdenklich hinzu.

»Hätten sie und Edward May tatsächlich eine Affäre gehabt, würde das wiederum George May ein Motiv geben, seinen Neffen umzubringen, wenn er davon Wind bekommen hätte. Bleibt aber die Frage, warum er seinen Bruder hätte töten sollen«, überlegte der Sergeant.

»Laut seinem Anwalt wollte Sir William seine Familie weitgehend enterben«, berichtete Stockworth. »Er hatte die Absicht, den Großteil seines Vermögens Miss O'Mahoney zu vermachen. Seinen beiden jüngsten Söhnen wollte er den noch verbleibenden Teil hinterlassen, und Sir Harold Baldwin als sein Anwalt sollte bis zu ihrem einundzwanzigsten Lebensjahr den Nachlass für Alistair und Ashley verwalten.«

»Sir William hatte vor, einen Außenstehenden als Nachlassverwalter für die Zwillinge zu bestimmen?« Ein leises Pfeifen kam über Bennetts Lippen. »Er scheint seinen Angehörigen nicht sehr vertraut zu haben.«

»Nein, Sir Harold hatte den Eindruck, dass er keinem von ihnen über den Weg getraut hat. Sir William hat ihm gegenüber behauptet, dass alle nur sein Geld wollten und nur darauf warteten, dass er tot umfällt«, stimmte er ihm zu. »Der springende Punkt ist aber, dass gemäß seinem ursprünglichen Testament, das er nicht mehr ändern konnte, zunächst Edward, wie allgemein üblich, bis auf ein paar kleine Posten alles geerbt hätte. Im Falle seines Todes aber würde Sir Williams Vermögen an seine beiden jüngsten Söhne gehen, und Nachlassverwalter wären seine Frau und sein Bruder.«

»Also hatten sie alle ein Interesse daran, dass Sir William sein ursprüngliches Testament nicht ändert«, hielt der Sergeant fest. »Mit dem Vorhaben, seinen letzten Willen zu ändern, hat er wohl sein eigenes Todesurteil unterschrieben.«

»Davon gehe ich aus«, gab Stockworth ihm recht. »Die Familie hatte viel zu verlieren. Streng genommen könnten sie alle unter einer Decke stecken. Seine Frau hat eine Affäre mit dem Arzt, was sowohl ihr als auch Dr. Appleby ein Motiv für den Mord gibt, und außerdem wäre Lady May finanziell überhaupt nicht abgesichert, hätte Sir William sein Testament vor seinem Tod noch ändern können. Also könnte sie durchaus die mysteriöse Dame gewesen sein, die Lady Clifton auf Miss O'Mahoneys Soiree gesehen haben will.«

»Oder es war Lavinia May«, gab Bennett zu bedenken.

»Auch das könnte sein, Sergeant«, zog der Inspektor in Betracht. »Von Sir Harold Baldwin habe ich nämlich noch etwas Interessantes erfahren: Sir William hatte beschlossen, Miss O'Mahoney unter anderem seinen Landsitz zu vermachen. Er hielt ihre Arbeit für sehr wichtig, und er wusste von ihr, dass manche der jungen Frauen so stark verstört sind, dass sie sich kaum mehr auf die Straße trauen. Deshalb dachte er, dass diese Frauen in einem Haus auf dem Land besser aufgehoben wären als in der Stadt.« Er beugte sich nach vorne. »George und Lavinia May hätten den Landsitz in Kent dann zwar endlich verlassen können, allerdings wären sie dadurch obdachlos geworden.«

»Das hätten sie mit Sicherheit unter allen Umständen verhindern wollen«, schlussfolgerte Bennett mit düsterem Gesichtsausdruck.

»Ich bin mir mittlerweile sehr sicher, dass Sir William mit seinem Mörder unter einem Dach gelebt hat, deshalb ist auch Charlotte in Gefahr, und wir müssen uns beeilen. Die Frage ist nur, wer von den noch übrigen Mays ihn und seinen Sohn auf dem Gewissen hat«, rätselte er, als die Kutsche vor Sir Williams Stadthaus zum Stehen kam.

18. Kapitel

Charlottes Finger verkrampften sich um ihren Fund. Unangenehme Hitze stieg in ihr auf. Zwar hatte sie die Zwillinge nicht finden können, dafür war sie aber vermutlich auf den Mörder Sir Williams und seines Sohnes gestoßen. Den Beweis hielt sie buchstäblich in den Händen.

»Ich …« Sie räusperte sich geräuschvoll und versuchte ruhig zu atmen. »Es ist keineswegs das, wonach es aussieht. Alistair und Ashley spielen Verstecken mit mir. Ich bin auf der Suche nach ihnen.«

»In unserem Zimmer? Unter unserem Bett?« Lavinia May presste ihre Lippen so sehr aufeinander, dass sie nur noch ein schmaler blassroter Strich über ihrem Kinn waren. »Die beiden haben nicht die Erlaubnis, ungebeten unser Zimmer zu betreten. Und Sie, die Gouvernante, erst recht nicht«, fügte sie eisig hinzu.

»Sie kennen die Zwillinge doch, Madam.« Trotz ihrer Anspannung brachte Charlotte ein Lächeln zustande. Sie würde vor Lavinia May nicht die Nerven verlieren! Die behütete Tochter war sie seit ihrer Flucht aus Berlin nicht mehr, und sie hatte es gerade erst mit Hugo Lee aufgenommen. Charlotte schob ihre Angst entschlossen beiseite. »Sie lieben es, uns allen auf der Nase herumzutanzen. Die beiden machen bestimmt keinen Halt vor Ihrer Zimmertür, wenn sie ihrer Gouvernante eins auswischen können.«

»Uns anderen tanzen Alistair und Ashley auf der Nase

herum, da haben Sie ganz recht. Ihnen aber nicht, Miss Lewis«, entgegnete sie mit ausdrucksloser Stimme. »Es ist schon fast unheimlich, wie gut sie mit meinen störrischen Neffen zurechtkommen. Die beiden scheinen Sie zu lieben, während sie dem Rest von uns den letzten Nerv rauben. Deshalb glaube ich nicht, dass sie sich an einem Ort verstecken würden, an dem Sie auf Ihrer Suche nach ihnen in Schwierigkeiten kommen könnten.« Noch immer stand sie im Türrahmen und starrte Charlotte an.

»Schwierigkeiten, Madam?« Sie versuchte ihre Stimme zerknirscht klingen zu lassen. »Es tut mir wirklich sehr leid, dass ich einfach Ihr Zimmer betreten habe, und ich hoffe, Sie sind nachsichtig mit mir. Ich sehe durchaus ein, dass ich zu weit gegangen bin, aber da ich Alistair und Ashley mittlerweile sehr gut kenne, hielt ich es wirklich für möglich, dass sie sich hier versteckt hätten. Ich versichere Ihnen, Madam, dass etwas Derartiges nie wieder vorkommen wird. Aber jetzt sollte ich weiter nach den Zwillingen suchen.« Sie machte Anstalten, den Raum zu verlassen.

»Ich glaube, für heute haben Sie genug gefunden.« Lavinia blieb im Türrahmen stehen und versperrte ihr den Weg. »Ich habe meine blaue Maske schon überall gesucht. Sie wurde mir nach Williams Tod vor lauter Begeisterung regelrecht vom Gesicht gerissen.« Ein verstörendes Lächeln erschien auf ihrem Gesicht. »Wissen Sie, Miss Lewis, manchmal ist es nötig, unerkannt zu bleiben.«

Charlotte überlegte rasch und entschloss sich nunmehr für die Flucht nach vorne. Sie würde sich aus ihrer prekären Lage nicht herausreden können. Wenn sie auch dieses Mal überleben wollte, musste sie Zeit gewinnen. Lavinia May nahm ihr die naive Gouvernante ohnehin nicht länger ab.

»Zum Beispiel, wenn man etwas Verbotenes tun möchte,

wie jemanden zu vergiften? Und um danach unerkannt verschwinden zu können?« Charlotte ließ sie nicht aus den Augen.

»Sie sind ziemlich clever, Miss Lewis. Ehrlich gesagt habe ich Ihnen von Anfang an nicht über den Weg getraut«, ließ sie sie wissen. »Sie hatten immer diesen neugierigen Gesichtsausdruck. Aber Neugier kann tödliche Folgen haben. Wussten Sie das?« Ihre Augen bohrten sich in ihre. »Und als Sie diesen Hugo Lee zur Strecke gebracht haben, da wurde mir klar, dass Sie über kurz oder lang zu einer Gefahr werden würden. Ihre Schlussfolgerungen, warum er unmöglich der Mörder meines Schwagers sein konnte, haben mich übrigens wirklich beeindruckt, Miss Lewis.« Sie klatschte höhnisch in die Hände. »Dabei wäre er doch der perfekte Sündenbock gewesen!«

»Dann werde ich Sie jetzt vermutlich noch einmal beeindrucken, Madam, wenn ich Ihnen erzähle, was meiner Meinung nach passiert ist an jenem Abend, an dem Ihr Schwager vergiftet wurde. Ich war nämlich dort, als Sir William zusammengebrochen ist«, eröffnete ihr Charlotte, um Zeit zu gewinnen. Ein überraschter Ausdruck erschien in Lavinias Gesicht. »Sie haben sich auf Miss O'Mahoneys Soiree geschlichen, um den Champagner Ihres Schwagers zu vergiften, nicht wahr? Ein Maskenball war die perfekte Gelegenheit für Sie, unerkannt ins Haus und nach der Tat genauso unerkannt wieder nach draußen zu gelangen. Allerdings war es Ihnen doch zu riskant, an Miss O'Mahoney und ihren Gästen vorbei in den Salon zu gehen. Sie sind deshalb durch den Dienstboteneingang hereingekommen und haben dabei Dotty niedergeschlagen«, resümierte Charlotte. »Sie dachten, unter all den Gästen würde Sie niemand bemerken, aber Lady Clifton hat scharfe Augen. Ihr ist eine mysteriöse Dame mit dunkelblauer Maske aufgefallen, die so schnell wieder verschwunden ist, wie sie gekommen war.« Sie blickte auf die dunkelblaue Maske in ihrer Hand.

»Wir wollten nicht, dass jemand anderes zu Schaden kommt, Miss Lewis.« Lavinia zuckte die Schultern. »Wir sind schließlich keine Unmenschen. Es lag uns sogar sehr viel daran, unnötiges Aufsehen zu vermeiden, aber das Dienstmädchen ist mir leider in die Quere gekommen. Da musste ich improvisieren. Wir konnten doch nicht riskieren, dass uns am Ende jemand erkennt. Clever wie Sie sind, leuchtet Ihnen das bestimmt ein«, grinste sie.

»Mit ›wir‹ meinen Sie sich und Edward May?«, hakte Charlotte nach.

»Edward?« Lavinia stieß ein verächtliches Lachen aus. »Miss Lewis, ich bitte Sie! Edward war ein dummer und somit Gott sei Dank beeinflussbarer Junge, der sich von seinem Vater schlecht behandelt fühlte und Schulden bei einem alten Freund meines Bruders hatte. Das war ein wahrer Glücksfall!«, rief sie. »Jedes Mal, wenn George und ich hier waren, hat Edward mich wie ein kleines Schoßhündchen angehimmelt. Es war leicht, ihn um den Finger zu wickeln und sein Vertrauen zu gewinnen. Deshalb kam er dann auch zu mir, um mir von seinen Schulden bei Granger zu erzählen. Er wollte, dass ich mit Ernest spreche und ein gutes Wort für ihn einlege, aber ich habe ihm gesagt, dass Ernest ihn niemals vom Haken lassen würde. Stattdessen habe ich ihm vorgeschlagen, mit ihm eine kleine Wette abzuschließen und den Rest einfach mir zu überlassen.«

»Diese Wette war also Ihre Idee?« Charlotte war angewidert.

»Natürlich! Edward wäre doch von selbst nie auf so etwas gekommen. Verraten Sie es bitte meinem Mann nicht, Miss

Lewis, denn es ist ja schon lange vorbei, aber ich kenne Ernest in– und auswendig.« Ihre Augen blitzten anzüglich. »Ich wusste, er würde auf die Wette eingehen. Sein … ich nenne es Jagdinstinkt, hätte ihm keine Ruhe gelassen. Die Chance, Edward lächerlich zu machen, hätte er sich nie entgehen lassen. Denn warum hätte sein Vater so plötzlich tot umfallen sollen?« Lavinia bedachte sie mit einem unschuldigen Augenaufschlag.

»Und nachdem sein Vater gestorben war, hat Edward herausgefunden, was Sie getan haben.« Charlotte starrte sie an. Vor ihr stand eine eiskalte und gewissenlose Mörderin.

»Natürlich, und er hat zwar zunächst gewinselt wie ein geprügelter Straßenköter, aber letztlich hat auch er die Vorteile von Williams Tod erkannt. Es ist mir recht schnell gelungen, ihn davon zu überzeugen, dass Williams Ermordung die einzig vernünftige Lösung war. Für uns alle. Ich habe ihn dazu angehalten, sich daran zu erinnern, wie sehr er seinen Vater gehasst hat, und so fiel es ihm schließlich doch ganz leicht, unser Spiel mitzuspielen. Seine größte Sorge bestand auch nur darin, entdeckt zu werden. Seinem Vater hat er doch keine Träne nachgeweint.« Sie blickte Charlotte in die Augen, und ihre Stimme nahm einen eisigen Tonfall an. »Als Sie uns in der Bibliothek überrascht haben, wusste ich aber, dass Sie früher oder später misstrauisch werden würden.«

»Ich nehme an, Sie haben Ihren Neffen daraufhin wieder dazu angehalten, die Nerven zu bewahren.«

»Ich habe ihn beruhigt«, nickte sie. »Ich habe ihm gesagt, dass es doch hervorragend für uns laufe und uns niemand auch nur irgendetwas nachweisen könne.« Lavinia seufzte. »Der Tod meines Schwagers war unvermeidlich gewesen, Miss Lewis. Wir konnten es unmöglich zulassen, dass dieser selbstgefällige Egoist sein Testament zugunsten dieser Hure ändert«, brach es abfällig aus ihr heraus. »Darin waren wir uns alle einig. Nun wollte ich Edward noch dazu bringen, dass er den Landsitz verkauft und mir als kleine Anerkennung für meine Dienste das Geld überlässt. Dann wären George und ich endgültig von hier verschwunden. Wir haben nämlich vor, nach New York zu gehen. Mein Mann könnte dort in das Unternehmen eines alten Freundes einsteigen, aber wir möchten nicht mit leeren Händen dort ankommen. Immerhin brauchen wir ein standesgemäßes Dach über dem Kopf«, erklärte ihr Lavinia sachlich. »Nur leider war Edward nicht begeistert davon, den Landsitz zu veräußern. Er wurde plötzlich sentimental und faselte etwas von den vielen Sommern, die er dort verbracht habe.« Sie verdrehte die Augen. »Nach allem, was ich und George für ihn getan hatten, wollte er nichts davon hören. Er hatte genauso wenig die Absicht, uns zu helfen, wie sein Vater. Stattdessen hat er sich Hoffnungen gemacht, ich könnte George für ihn verlassen. Um Geld müsse ich mir in diesem Fall keine Sorgen machen, denn er habe ja genug.« Lavinia stieß ein höhnisches Lachen aus. »Als ob ich meinen Mann für einen Jungen, der noch nicht trocken hinter den Ohren ist, verlassen würde!«

»Und weil auch Ihr Neffe Ihnen finanziell nicht unter die Arme greifen wollte, haben Sie beschlossen, ihn wie seinen Vater zu töten.« Charlotte ignorierte Lavinias abfällige Bemerkungen über ihren Neffen. »Ihr Mann war am Abend von Edwards Ermordung gar nicht im Arbeitszimmer seines Bruders, nicht wahr?«

»Zumindest nicht die ganze Zeit. Wie Sie sicher bereits herausgefunden haben, gelangt man durch den Garten ungesehen nach draußen. George hat mir später erzählt, dass Edward ihn gar nicht erst hat kommen sehen. Es muss leicht gewesen sein, ihm in der Dunkelheit von hinten das Messer in den Rücken zu rammen, während er ahnungslos auf der Parkbank auf mich gewartet hat. Danach ist George einfach im Gebüsch verschwunden, und weg war er.« Sie lächelte versonnen, und Charlotte hatte das verstörende Gefühl, dass Lavinia May nicht bei klarem Verstand war. Sie schien nicht die geringste Reue für ihre Taten zu empfinden. Ohne mit der Wimper zu zucken, würde sie auch sie töten. Charlotte warf einen verzweifelten Blick Richtung Tür und überlegte fieberhaft, ob sie es womöglich an ihr vorbei nach draußen schaffen könnte. Doch die Gefahr war zu groß, dass Lavinia ihr ein Bein stellen oder sie mit aller Macht festhalten würde. »Ironischerweise kann ich die Abneigung meines Schwagers gegenüber seinem Sohn sogar nachvollziehen. Edward war ein jämmerlicher Schwächling.«

»Damit werden Sie ganz sicher nicht davonkommen. Sie …«

»Oh, doch das werden wir!« Lavinia griff in Windeseile nach einem Kerzenständer auf der Kommode.

Ein kleiner Aufschrei entfuhr Charlottes Kehle, als sie panisch beiseite sprang, um Lavinias Schlag auszuweichen. Dabei stieß sie an einen der Bettpfosten und stolperte. Lavinia kam mit wutverzerrten Zügen näher, während Charlotte, ohne ihre Angreiferin aus den Augen zu lassen, verzweifelt versuchte, sich aufzurappeln und Distanz zwischen sich und Lavinia zu bringen. Diese wollte sich gerade auf sie stürzen, als sie in letzter Sekunde von hinten gepackt wurde. Sie schrie auf und ließ den Kerzenständer fallen, als Gerald White ihren Arm auf den Rücken drehte und sie gegen die Wand drückte.

»Geht es Ihnen gut, Miss Lewis?«, rief er, während Lavinia wüste Beschimpfungen ausstieß. »Ich wollte Ihre interessante Unterhaltung nicht vorzeitig beenden.«

»Ja, White. Gott sei Dank sind Sie …«

»Es ist Constable White.« Stockworth erschien, gefolgt von Lady May, im Gästezimmer. »Haben Sie alles gehört, Constable?«, fragte er, an White gewandt.

»Allerdings, Inspektor. Madam hat ein umfangreiches Geständnis abgelegt. Ich fürchte, aus ihrer Reise nach New York wird nichts.«

»Das fürchte ich auch. Auf Sie und Ihren Mann wartet der Galgen, Madam. Sergeant Bennett nimmt ihn unten gerade in Gewahrsam.« Sein Blick fiel auf den Toilettentisch an der gegenüberliegenden Wand, und er steuerte mit raschen Schritten darauf zu. Er griff nach einem Flakon. »Rosenduft.« Charlotte konnte den Triumph in seiner Stimme hören. »Lady Clifton hat sie am Abend von Sir Williams Ermordung gesehen, und Sir Geoffrey Byrnes hat Sie gerochen. Parfum aufzutragen war unvorsichtig, Madam. Aber trösten Sie sich: Alle Mörder machen Fehler. Bringen Sie sie weg, Constable«, wies er White an.

»William war ein Despot und sein Sohn ein Schwächling«, kreischte Lavinia, als White sie aus dem Raum zerrte. »Um keinen von beiden ist es schade!«

»White ist Polizist?« Charlotte sank mit zitternden Knien auf das Himmelbett und ließ die Maske zu Boden fallen. Stockworth bückte sich, um das Beweisstück aufzuheben, bevor er sich an Lady May wandte.

»Mylady, würden Sie mich und Miss Lewis bitte einen Augenblick allein lassen?«, bat er. »Ich möchte unter vier Augen mit ihr sprechen.«

Lady May stand der Schock ins Gesicht geschrieben. Sie nickte wortlos und wandte sich um, bevor sie vor der Tür nach Miss Jones rief.

»Ich bin sehr froh, dass es Ihnen gut geht. Nach dem Zwischenfall mit Hugo Lee hatte ich ein wenig Angst um Sie.«

Stockworth setzte sich zu Charlotte auf das Bett und griff lächelnd nach ihrer Hand. Sie fühlte sogleich das altbekannte Kribbeln. Wärme breitete sich in ihrem Inneren aus, und die Anspannung fiel nach und nach von ihr ab. »Daher hielt ich es für sinnvoll, Ihnen einen Beschützer zur Seite zu stellen. Nur für alle Fälle. Meine Mutter hätte es mir nämlich niemals verziehen, wenn ich zugelassen hätte, dass ihrer zukünftigen Schwiegertochter etwas zustößt.« Das für ihn typische jungenhafte Grinsen erhellte sein Gesicht.

»Zukünftige Schwiegertochter?«, krächzte Charlotte, und ihr Puls beschleunigte sich.

»Überrascht dich das wirklich?« Sein Grinsen wurde breiter.

Charlotte starrte ihn an. Zum ersten Mal in ihrem Leben war sie völlig sprachlos, aber glücklich.

»Ich hatte die Hoffnung, einer Frau wie dir zu begegnen, eigentlich längst aufgegeben,« gestand Stockworth. »Und ich habe nicht vor, dich jemals wieder gehen zu lassen. Sofern du damit einverstanden bist«, fügte er lächelnd hinzu.

»Wie wäre es, wenn du es herausfindest?«, hörte Charlotte sich wie in Trance antworten. Sie hätte niemals zu hoffen gewagt, dass der Sohn von Lord und Lady Stockworth ihre Gefühle erwidern würde. So sollte es sich anfühlen, wenn man sich verlobt, dachte sie fasziniert.

»Ich wollte zwar einen besseren Zeitpunkt und Ort dafür wählen, aber ich gehe die Dinge ja gern ein wenig unkonventionell an.« Stockworth räusperte sich und ergriff ihre Hände. »Charlotte von Winterberg, möchtest du meine Frau werden?«

»Natürlich will ich das.« Sie vergaß ihre Erziehung und fiel ihm ungestüm um den Hals. Als er sie küsste, bemerkte sie, wie lange sie sich danach gesehnt hatte. Die Welt um sie herum schien mit einem Mal nicht mehr zu existieren, und es gab nur noch sie beide. Nur sehr widerwillig löste sie sich kurz darauf aus seiner Umarmung und kehrte ins Hier und Jetzt zurück.

»Ich hatte schon befürchtet, du könntest nein sagen, nach allem, was mit von Burgfeld gewesen ist. Dass du lieber nicht heiraten würdest«, verriet er ihr einen Moment später.

»Und ich hätte nie geglaubt, dass du mir jemals einen Antrag machen würdest. Gehofft schon, aber …« Charlotte blickte ihm skeptisch in die Augen. »Nach meiner Flucht aus Berlin bin ich wohl kaum die geeignete Braut für den Sohn von Lord und Lady Stockworth. Eine Tochter aus einer verarmten Adelsfamilie, die noch dazu …«

»Du bist die perfekte Braut«, widersprach er. »Ich kann und werde keine andere Frau heiraten. Meinen Eltern habe ich meine Entscheidung schon vor ein paar Tagen mitgeteilt. Und Lord und Lady Stockworth sind nicht nur einverstanden, sie sind begeistert.«

»Genau wie ich«, lächelte Charlotte. »Aber ich hätte noch eine Bedingung.«

»Und die wäre?« Stockworth klang amüsiert.

»Unsere Töchter werden sich ihren zukünftigen Ehemann wie ihre Mutter selbst aussuchen dürfen.«

»Darauf gebe ich dir mein Wort«, versprach er und beugte sich zu ihr, als Alistair und Ashley in das Zimmer stürmten.

»Miss Lewis, wir haben uns unten in der Küche in der Vorratskammer versteckt, aber Sie sind nicht gekommen. Haben Sie auch wirklich nach uns gesucht?« Ashley holte tief Luft.

»Und warum hat die Polizei Onkel George und Tante Lavinia weggebracht? Was ist denn passiert?«, sprudelte es aus seinem Zwillingsbruder heraus, und die beiden sahen aufgeregt zwischen ihr und Stockworth hin und her.

Charlotte warf ihm einen entschuldigenden Blick zu und stand auf. »Kommt mit in die Bibliothek, ihr beiden. Ich erkläre euch alles.«

19. Kapitel

Charlotte schloss einen Moment lang dankbar die Augen. Noch immer kam ihr dieses neue Leben unwirklich vor. Wenige Wochen zuvor hatte sie einer ungewissen Zukunft entgegengeblickt, und nun freute sie sich auf ihre bevorstehende Hochzeit mit dem Mann, auf den sie insgeheim immer gewartet hatte. Roisin hatte recht behalten, dass sich alles zum Guten wenden würde, auch wenn es zunächst nicht danach ausgesehen hatte. Ihre Gedanken wanderten zu den Ereignissen der jüngsten Vergangenheit.

Alistair und Ashley hatten ihren Erklärungen mit großen Augen und angehaltenem Atem gelauscht, nachdem ihr Onkel und ihre Tante weggebracht worden waren. Ihre Mutter war nach George und Lavinia Mays Festnahme fassungslos und erleichtert zugleich gewesen, erinnerte sie sich. Sie habe zwar gewusst, dass ihr Schwager und ihre Schwägerin auf dem Land unglücklich gewesen waren, aber sie hätte sich nie träumen lassen, dass sie so weit gehen würden, hatte sie dem Inspektor gegenüber beteuert. Zudem war Sir Williams Witwe ein Stein vom Herzen gefallen, als Charlotte ihr angeboten hatte, die Zwillinge noch solange zu unterrichten, bis sie auf das Internat geschickt wurden. Die beiden Jungen waren ihr ans Herz gewachsen, weshalb sie sie nach allem, was geschehen war, nicht im Stich lassen wollte. Allerdings hatte sie nach Lavinias Geständnis keine weitere Nacht im Hause der Mays verbringen wollen. Zweimal hatte sie dort einem Mörder in die Augen geblickt, dachte sie schaudernd, weshalb sie es nicht hatte erwarten können, nach Hause zu kommen. An diesem Abend war ihr plötzlich klar geworden, dass sie tatsächlich ein neues Heim gefunden hatte.

Charlotte nahm einen Schluck Tee und blickte ihre zukünftigen Schwiegereltern über den Rand ihrer Tasse hinweg an. Lord und Lady Stockworth freuten sich über ihre Verlobung mit Basil fast noch ein wenig mehr als sie selbst, dachte sie innerlich grinsend. Lady Stockworth hatte ihr bei ihrer Rückkehr aus Sir Williams Haus zugeflüstert, wie erleichtert sie doch sei, dass ihr Sohn endlich die Frau gefunden habe, die perfekt zu ihm passe. Sie und ihr Mann könnten sich keine bessere Schwiegertochter wünschen, hatte sie hinzugefügt.

Während Charlotte und Basil nun ihrer Hochzeit entgegenfieberten, warteten George und Lavinia May im Gefängnis auf ihren Prozess. In diesem Leben würden sie kein elegantes Stadthaus in New York mehr beziehen, dachte Charlotte.

Schon kurz nach ihrer Verhaftung war es mit der Eintracht der beiden vorbei gewesen, hatte Basil ihr berichtet. Die Eheleute belasteten sich gegenseitig schwer. Lavinia verteidigte sich damit, dass ihr Mann der Drahtzieher gewesen sei, und sie aus Angst vor ihm getan habe, was er verlangte. Wenn sie an Lavinias kaltblütiges Auftreten dachte, war das einfach nur lächerlich, schoss es Charlotte durch den Kopf. George May hingegen schob seiner Frau die Hauptschuld in die Schuhe. Lavinia sei Feuer und Flamme gewesen, sich zu kostümieren und ihrem Schwager Arsen in den Champagner zu mischen. Und nur auf ihr Geheiß hin habe er Edward das Messer in den Rücken gestoßen.

In Charlottes Augen aber waren sie beide gewissenlose Mörder, die nun ihre gerechte Strafe erhalten und schon bald zum Tode verurteilt werden würden. Charlotte fühlte Gänsehaut bei der Erinnerung an den eisigen Ausdruck in Lavinias Augen. Sie vermutete, dass sie und ihr Mann Lady May und die Zwillinge ebenfalls getötet hätten, um an Sir Williams Vermögen zu gelangen. Wie hatten die beiden nur glauben können, mit ihren Taten davonzukommen, fragte sie sich kopfschüttelnd.

Während des Verhörs war es George May nicht mehr gelungen, seine Verbitterung zurückzuhalten. Als jüngerer Bruder sei er immer zu kurz gekommen und habe sein Dasein in Sir Williams Schatten führen müssen. Sein Bruder habe es nicht anders verdient! Noch auf dem Weg in seine Zelle hatte George May Sir William verflucht: wenn es so etwas wie göttliche Gerechtigkeit tatsächlich gäbe, würde sein Bruder jetzt in der Hölle schmoren! Außerdem habe Lavinias Verschwendungssucht die beiden fast in den Ruin getrieben, hatte er gegenüber Basil und Sergeant Bennett behauptet. In dieser Hinsicht müsse er Sir William recht geben: seine Ehe mit dieser Schlange sei der schlimmste Fehler seines Lebens gewesen. Von der Fassade des glücklichen Ehepaars war nichts mehr übrig. Die Mays bewarfen sich aus ihren Gefängniszellen heraus gegenseitig verbal mit Dreck. Charlotte war erleichtert, dass nun beide hinter Schloss und Riegel waren.

Lady Henrietta Stockworth seufzte und blickte von dem Brief auf, den der Butler ihr vor wenigen Minuten gebracht hatte.

»Schlechte Nachrichten?«, erkundigte sich Charlotte und sah sie aufmerksam an. Auch Lord Stockworth legte seine Zeitung beiseite und musterte seine Frau.

»Der Brief ist aus Berlin. Von deiner Tante.« Sie reichte ihn Charlotte. »Ich habe ihr geschrieben, dass es dir gut geht. Und keine Sorge, ich habe dich mit keinem Wort erwähnt. Ich habe mich stattdessen für ein Andenken an ihre Tante Louise von

Brinck bedankt, das sie mir geschickt habe, und habe sie wissen lassen, dass es wohlbehalten hier bei uns eingetroffen sei.« Sie lächelte. »Natürlich hat sie die Nachricht verstanden. Ich habe Frau von Krenze übrigens zu deinem Geburtstag eingeladen, Charles, und sie hat zugesagt. Ich dachte mir, du freust dich sicher, sie zu sehen«, fügte sie an Charlotte gewandt hinzu.

»Sie kommt nach London?« Charlotte strahlte und begann, die Zeilen ihrer Tante zu überfliegen.

»Sie hat vor, sich in den nächsten Tagen auf den Weg zu machen, um rechtzeitig hier zu sein«, nickte ihre zukünftige Schwiegermutter. »Aber sie hat auch schlechte Nachrichten, wie du lesen wirst.«

Charlotte blickte auf und faltete den Brief langsam wieder zusammen. »Was schreibt sie, Henrietta?«

»Dein Vater muss einen wahren Tobsuchtsanfall gehabt haben, nachdem du aus Berlin geflüchtet bist. Er hat tagelang die ganze Stadt nach dir absuchen lassen. Gott sei Dank ist er nicht auf den Gedanken gekommen, dass du Berlin und sogar das Land verlassen haben könntest. Weil du Schande über die Familie und den guten Namen der von Winterbergs gebracht hättest, hat er schließlich verkündet, dass er keine Tochter mehr habe und eigentlich nie eine gehabt habe. In gewisser Weise stimmt das ja auch.« Sie zuckte traurig die Schultern.

Charlotte senkte einen Augenblick lang den Kopf. Sie hatte zwar mit einer solchen Reaktion gerechnet, aber dennoch versetzten ihr die Worte ihres Vaters einen Stich.

»Ich wusste, dass das passieren würde, wenn ich die Flucht ergreife«, seufzte sie. »Aber ich habe das gern in Kauf genommen für meine Freiheit. Zumal ich nicht vorhatte, jemals wieder nach Berlin zurückzukehren. Und jetzt erst recht nicht.«

»Du hast das einzig Richtige getan, Charlotte.« Lady Stockworth drückte rasch ihre Hand, bevor sie stirnrunzelnd fortfuhr. »Gefährlich ist aber, dass du die von Burgfelds gedemütigt hast. Deshalb hielt ich es auch für besser, dich in meinem Brief vorerst nicht zu erwähnen«, erklärte sie ihr. »Deine Tante schreibt, dass du die von Burgfelds mit deiner Flucht sehr gegen dich aufgebracht hast. Auch sie haben nach dir suchen lassen und das Gott sei Dank vergeblich. Deinem Vater haben sie nach deinem Verschwinden nicht nur jegliche finanzielle Unterstützung verwehrt, sondern auch seinen Ruf ruiniert.«

»Er konnte nun einmal die Ware nicht liefern«, kam es bitter über Charlottes Lippen. »Aber vielleicht begreift er jetzt, wer die von Burgfelds sind. Mit solchen Menschen lässt man sich nicht ein.«

»Das hat er wohl oder übel begreifen müssen.« Lady Henrietta warf ihr einen düsteren Blick zu. »Deine Tante schreibt, dass deine Eltern alles verloren haben, Charlotte. Zuletzt auch ihr Stadthaus in Berlin. Kurz bevor sie es räumen mussten, hat dein Vater den Ausweg eines Feiglings genommen und sich in seinem Arbeitszimmer erschossen. Und nein!« Sie griff erneut nach Charlottes Hand und blickte ihr dabei fest in die Augen. »Es ist nicht deine Schuld! Du hast dir nicht das Geringste vorzuwerfen! Dein Vater hat sich sein Schicksal selbst zuzuschreiben.«

»Ich … ich weiß«, flüsterte Charlotte und schluckte. In ihren Ohren begann es zu rauschen. Sie war geschockt, aber sie fühlte keine Trauer für ihren Vater. Stattdessen kam nach einigen Augenblicken ein nie gekannter Zorn über sie. Dank seines ausschweifenden Lebensstils hatte Carl von Winterberg seine Familie in den Ruin getrieben, und seine Tochter hatte er an den Meistbietenden verheiraten wollen! Und dann ließ er seine Frau einfach im Stich, indem er den Abzug seiner Pistole drückte. Ihre zukünftige Schwiegermutter hatte recht: Er war nichts weiter als ein Feigling. Und sie würde keine Träne für einen Mann vergießen, dem sie nie etwas bedeutet hatte! »Er hat nie so etwas wie Rückgrat besessen. Für ihn gab es immer nur den einfachsten Weg oder gar keinen«, hauchte Charlotte. »Was ist mit Mutter?«

»Sie lebt jetzt bei ihrem Cousin und dessen Frau. Die beiden haben sie bei sich aufgenommen. Sie hat sich von der Welt wohl sehr zurückgezogen. Frau von Krenze schreibt, sie habe vor einiger Zeit versucht, mit deiner Mutter zu sprechen, aber sie sei sehr einsilbig.«

»Trotz allem wollte ich nicht, dass es so weit kommt«, flüsterte Charlotte. »Aber wenn ich Heinrich von Burgfeld geheiratet hätte, hätte *ich* mich eher früher als später umgebracht.«

»Henrietta hat recht, Charlotte.« Lord Stockworth räusperte sich und tätschelte ihren Arm. »Du hast dir nichts vorzuwerfen. Und vor allem hast du etwas Besseres verdient als das, was dich nach deiner Hochzeit mit diesem Menschen erwartet hätte.« Er schnaubte verächtlich, und Charlotte konnte sehen, dass er von Heinrich von Burgfelds Besuch bei Roisin wusste.

»Danke, Charles.« Sie lächelte. »Aber vielleicht sollte ich Mutter schreiben«, überlegte Charlotte. »Auch wenn sie mich noch so sehr verurteilt für das, was ich getan habe.«

»Damit würde ich noch bis nach eurer Hochzeit warten.« Lady Henrietta blickte ihr eindringlich in die Augen. »Du musst vorsichtig sein, Charlotte. Laut deiner Tante hat Heinrich von Burgfeld geschworen, dich zu finden und dich für die Schande, die du über ihn und seine Familie gebracht hast, büßen zu lassen. Wenn er erfährt, – und glaub mir, das wird er! – dass du deiner Mutter geschrieben hast, dann …«

»Ich verstehe«, nickte Charlotte seufzend. »Ich werde besser nichts riskieren. Vermutlich würde Mutter den Brief ohnehin nicht einmal lesen. Aber er wird sowieso bald herausfinden, wo ich bin. Spätestens, wenn wir unsere Verlobung offiziell bekanntgeben, wird er davon erfahren, und dann …«

»Sind wir vorbereitet«, fiel Lord Stockworth ihr zuversichtlich ins Wort.

Noch kannten viele Charlottes wahre Identität nicht, aber die junge Frau wollte Basil Stockworth unter ihrem richtigen Namen heiraten. Sie war es leid, sich zu verstecken. Violet Lewis würde bald der Vergangenheit angehören.

»Guten Morgen.« Ihr Verlobter öffnete lächelnd die Tür. Auch er hielt ein Blatt Papier in der Hand. »Es tut mir sehr leid, dass ihr auf mich warten musstet, aber …« Er hielt inne und blickte besorgt zwischen den dreien hin und her. »Was ist los? Ihr seht nicht besonders glücklich aus. Ist etwas passiert?«

»Charlottes Tante hat geschrieben.« Lady Henrietta deutete auf den Brief neben Charlottes Teller.

»Kommt sie zu Vaters Geburtstag?«

»Ja, aber es gibt schlechte Neuigkeiten«, antwortete seine Mutter und berichtete ihm, was in Berlin vorgefallen war.

»Das tut mir sehr leid, Charlotte. Geht es dir gut?« Stockworth setzte sich neben seine Verlobte und legte den Arm um sie.

»Es ist in Ordnung, Basil. Ich kann nicht ungeschehen machen, was passiert ist. Außerdem wusste ich sehr gut, was ich anrichten werde, wenn ich davonlaufe.« Sie lächelte. Egal, wie schlimm es war, Basil Stockworth konnte sie immer

aufmuntern, dachte sie bei sich. Er war ihr Fels in der Bran-
dung. »Und ich habe jetzt eine neue Familie und ein neues
Zuhause.«

»Das ist wahr, Charlotte«, gab Lord Stockworth ihr recht.
»Wir freuen uns sehr auf eure Hochzeit. Nicht wahr, Lieb-
ling?«

»Wir können eure Hochzeit wirklich kaum erwarten«,
stimmte Lady Stockworth ihrem Mann freudig zu, bevor sie
sich an ihren Sohn wandte. »Ich kenne diesen Gesichtsausdruck, Basil. Du hast auch Neuigkeiten für uns, nicht wahr?
Wie schlimm ist es?«

In Charlottes Nacken begann es unangenehm zu prickeln,
als sie ihrem Verlobten einen fragenden Blick zuwarf. Ihr
Bedarf an schlechten Nachrichten war vorerst gedeckt, dachte
sie.

»Roisin hat eine Nachricht geschickt. Wir sollen sofort zu
ihr kommen.«

Er reichte Charlotte das Blatt Papier.

»Basil, was hat das zu bedeuten? Ist etwas …« Sie wusste
nicht, was sie von Roisins kryptischen Zeilen halten sollte.

»Wir sollten keine Zeit verlieren«, lächelte er und strich
ihr über die Wange.

»Habt ihr etwas dagegen, wenn ich euch begleite?« Lady
Stockworth erhob sich, nachdem auch sie die Nachricht gelesen und ihrem Mann weitergereicht hatte.

»Könnten wir dich etwa davon abhalten, Mutter?«, lachte
ihr Sohn.

Ian Boyle öffnete die Tür und lächelte. Wie immer strahlte er Ruhe und Sicherheit aus, fand Charlotte.

»Danke, dass ihr so schnell gekommen seid.« Er wandte sich an Lady Stockworth. »Mylady, es freut mich sehr, Sie zu sehen.«

»Mich auch, Mr. Boyle«, lächelte sie. Sie bedeutete ihm, sich zu ihr zu beugen und flüsterte ihm etwas zu. Boyle lachte und drückte ihre Hand.

»Nichts zu danken, Mylady«, entgegnete er.

»Ian, weshalb sollten wir so schnell herkommen?« Charlotte blickte ihn fragend an. »Ist etwas passiert? Geht es allen gut?«

»Martin und drei seiner Freunde sind letzte Nacht aus Wien zurückgekommen. Die Rückreise hat ein wenig länger gedauert als geplant, aber immerhin ist alles gut gegangen«, antwortete Boyle. Seine Stimme klang beruhigend, doch in seinen Augen lag ein bedauernder Ausdruck. Charlotte lief es kalt den Rücken hinunter.

»Aus Wien?« Sie starrte ihn ungläubig an. »Aber was …« Sie stockte und runzelte die Stirn. Sie erinnerte sich an den Abend von Sir Williams Ermordung. Roisins plötzliches Interesse an Lina und der Auftrag, den sie Martin erteilt hatte. Sie musste ihre Männer nach Wien geschickt haben. »Ian, was ist passiert? Ist etwas mit …« Charlotte wurde flau, und sie griff nach dem Arm ihres Verlobten. Wenn Lina oder Johann etwas zugestoßen sein sollte, könnte sie sich das niemals verzeihen.

»Es gibt gute und schlechte Nachrichten«, eröffnete ihnen Boyle. »Kommt mit. Roisin und die anderen warten schon auf euch.«

Charlotte folgte Ian an Stockworths Arm wie in Trance in den Salon. Hatte Heinrich von Burgfeld Lina und ihren

Mann etwa in Wien aufgespürt, fragte sie sich panisch. Hatte er ihnen etwas angetan und herausgefunden, wo sie sich aufhielt?

Roisin drehte sich um, als die vier den Raum betraten. Sie, Martin und ein weiterer Mann, den Charlotte nicht kannte, lächelten ihr zur Begrüßung zu, doch ihr Blick fiel sogleich auf die junge Frau auf dem Sofa.

»Lina!«, rief sie und rannte auf sie zu. »Geht es dir gut? Ich dachte schon, du wärst …« Ihre Stimme verebbte.

»Fräulein Charlotte.« Lina erhob sich ein wenig schwerfällig zur Begrüßung, und Charlotte konnte ihren runden Bauch sehen.

»Du bist schwanger?« Sie lächelte, obwohl sie das dumpfe Gefühl hatte, dass etwas Schreckliches geschehen war. Lina erwiderte ihr Lächeln, doch in ihrem Blick lag Trauer.

»Ja, deswegen haben Johann und ich auch noch geheiratet, bevor wir Berlin verlassen haben«, antwortete sie. »Ich war so erschöpft in der Silvesternacht, als wir uns auf den Weg gemacht haben, aber ich wollte mir nichts anmerken lassen«, fuhr Lina fort, und ihr Blick schien sich in weite Ferne zu richten.

»Deshalb hat die Reise hierher auch etwas länger gedauert, als wir gedacht hatten, Fräulein von Winterberg.« Charlotte blinzelte überrascht, als der ihr unbekannte Mann sich auf Deutsch an sie wandte. Er kam auf sie zu und beugte sich galant über ihre Hand. »Ich bin Paul Smith, aber früher hieß ich Schmidt. Vor ein paar Jahren habe ich Hamburg verlassen, um nach London zu gehen. Ich musste neu anfangen«, erklärte er ihr mit düsterem Gesichtsausdruck, und Charlotte fragte sich, was ihm widerfahren war.

»Charlotte, Paul ist ein Freund von Martin«, meldete sich Roisin zu Wort, nachdem sie Lady Stockworth begrüßt und ein paar Worte mit ihr gewechselt hatte. »Ich habe Martin, Paul, weil er Deutsch spricht, und zwei andere Männer nach Wien geschickt, um Lina und ihren Mann zu finden und in Sicherheit zu bringen. Als du mir erzählt hast, dass die beiden nach Wien gegangen sind, habe ich mit dem Schlimmsten gerechnet. Ich hatte so sehr gehofft, meine Männer würden nicht zu spät kommen«, fügte sie leise hinzu, und Charlotte beschlich ein mulmiges Gefühl. »Heinrich von Burgfeld hat überall Freunde und Handlanger, die für ihn arbeiten. Mir war klar, dass er eins und eins zusammenzählen und herausfinden würde, dass Lina und Johann dir bei deiner Flucht geholfen haben. Deine Freunde sollten aber für ihren Mut nicht büßen müssen.« Roisin schüttelte traurig den Kopf. »Ich habe befürchtet, dass er Lina und ihrem Mann bereits auf den Fersen ist. Es war nur eine Frage der Zeit, bis er sie aufspüren würde.« Sie hielt einen Augenblick inne. »Und meine Befürchtung war richtig.«

»Wo ist Johann?«, hörte Charlotte sich fragen, obwohl sie glaubte, die Antwort bereits zu kennen. Lina schlug sich die Hand vor den Mund und sank zurück auf die Couch. Die werdende Mutter begann unkontrolliert zu zittern.

»Wir waren zu spät, Charlotte.« Sie konnte aufrichtiges Bedauern in Martins Augen sehen. »Es waren nur ein paar Minuten, aber ein paar Augenblicke reichen, um über Leben und Tod zu entscheiden.«

»Seine Männer waren euch ein paar Schritte voraus?«, hakte Stockworth mit düsterer Miene nach.

»Es waren nur ein paar Minuten, Basil«, wiederholte Martin kopfschüttelnd. Er schien selbst kaum glauben zu können, was passiert war. »Wenn wir ihn nur ein wenig früher gefunden hätten …« Seine Stimme brach ab. »Wir konnten ihm nicht mehr helfen. Sie müssen ihn übel zugerichtet haben, bevor sie ihm …« Er warf einen Blick auf Lina, der Tränen über die Wangen liefen, und verstummte. »Vermutlich wollten sie erfahren, wo du dich aufhältst, Charlotte.«

»Ich konnte mich nicht einmal verabschieden«, schluchzte Lina.

»Es tut mir so leid, Lina.« Charlotte setzte sich neben sie auf die Couch und nahm sie in die Arme. Sie fühlte sich schuldig. Wäre sie nicht aus Berlin geflohen, wäre Johann jetzt noch am Leben und würde sich mit seiner Frau auf ihr erstes Kind freuen. »Ich hätte euch nie bitten dürfen, mir zu helfen. Ich habe euch in viel zu große Gefahr gebracht. Ich …«

»Nein!«, rief Lina, während die Tränen ungebremst über ihr Gesicht kullerten. »Es war ganz allein unsere Entscheidung, Ihnen zu helfen! Glauben Sie etwa, wir hätten Sie dieser Bestie ausgeliefert? Wir hätten niemals guten Gewissens nach Wien gehen und neu anfangen können, wenn wir Sie einfach Ihrem Schicksal überlassen hätten!«, beteuerte sie. »Sie haben mich nie wie ein einfaches Dienstmädchen behandelt, sondern immer wie eine Freundin. Wir hätten Sie nie im Stich gelassen.« Lina schluckte. »Ich weiß, wozu Heinrich von Burgfeld imstande ist. Sie können sich nicht vorstellen, was für Dinge ich über ihn gehört habe. Johann und ich hätten vermutlich nur viel weiter weggehen oder gleich mit Ihnen kommen sollen. Wenn man sich mit solchen Menschen anlegt, darf man sich nie in Sicherheit wiegen. Das war das Einzige, was wir nicht bedacht hatten«, warf sie sich selbst vor.

Lady Stockworth kam auf sie zu und reichte ihr ein Taschentuch. »Sie sind sehr mutig, Lina. Und was Ihrem Mann zugestoßen ist, tut mir unendlich leid«, bekundete sie ihr Mitgefühl. »Ich danke Ihnen, dass Sie sich in solche

Gefahr begeben haben, um meiner zukünftigen Schwiegertochter zu helfen. Das werde ich Ihnen niemals vergessen. Von uns werden Sie jede Hilfe bekommen, die Sie jetzt brauchen. Sie sind nicht allein, Lina.«

»Vielen Dank, Lady Stockworth.« Lina lächelte und wandte sich an Charlotte. »Sie werden heiraten, Fräulein Charlotte?«

»Ich bin Charlotte, Lina, nur Charlotte.« Sie nahm Linas Gesicht in ihre Hände und blickte ihr fest in die Augen. »Du bist kein Dienstmädchen mehr. Du bist meine Freundin, die ihr Leben für mich riskiert hat. Ich weiß nicht, wo ich ohne dich und Johann wäre.«

»Und meine Mutter hat recht: Jetzt ist es an der Zeit, dass wir dir helfen, Lina.« Ihr Verlobter lächelte. »Es tut mir sehr leid, was passiert ist, aber wir werden alles tun, um dich und dein Kind zu beschützen.«

»Du bist hier in Sicherheit, Lina.« Roisin nickte. »Heinrich von Burgfeld wird dir und deinem Kind nie wieder zu nahe kommen.«

»Ich will, dass er für das, was er getan hat, bezahlt.« Charlotte blickte von ihrem Verlobten zu Roisin, nachdem sie sich vergewissert hatte, dass Lina ihre Worte verstanden hatte. Noch in Berlin hatte sie Lina ein wenig Englisch und Französisch beigebracht, wenn es die Zeit erlaubt hatte, und in den letzten Tagen schien ihre Freundin einiges dazugelernt zu haben. Sie würde die Sprache schon bald sehr gut beherrschen, dachte sie erleichtert. »Er darf nicht damit davonkommen. Er darf nicht ungestraft meine Freunde töten, nur weil er mich nicht haben konnte.« Zu ihrer Trauer gesellte sich unbändige Wut.

»Er wird keine Ruhe geben, bis er dich findet, Charlotte.« Linas Stimme zitterte. Sie tupfte sich mit dem Taschentuch die Tränen weg. »An dem Tag, als Johann …« Sie schluckte, um sich zu fangen. »Ich habe Friedrich Stein gesehen. Ich kam aus der Bäckerei und wollte nach Hause, und da stand er auf der gegenüberliegenden Straßenseite. Ich bin auf dem schnellsten Weg zu unserer Wohnung gelaufen, aber ich hätte gleich zu Johann gehen sollen. Ich hätte ihn warnen müssen.« Sie schüttelte fassungslos den Kopf. »Ich wusste, dass wir nicht mehr sicher waren. Ich hätte meinen Mann sofort suchen müssen … Aber ich war so verängstigt, ich konnte nicht klar denken, und …«

»Es ist nicht deine Schuld, Lina!« Stockworth ging vor ihr in die Hocke und blickte sie an. »Du hast dir nichts vorzuwerfen. Heinrich von Burgfeld hat deinen Mann auf dem Gewissen, und nicht du. Du hast dich richtig verhalten.«

Er bedachte Charlotte mit einem bedeutungsvollen Blick, und sie verstand. Hätte Lina ihren Mann gewarnt, wären sie vermutlich beide von Burgfelds Männern zum Opfer gefallen, und Roisins Männer hätten ohne sie nach London zurückkehren müssen.

»Der Inspektor hat recht«, nickte Smith. Ein grimmiger Ausdruck erschien auf seinem Gesicht. »Einzig und allein dieser Bastard ist schuld an dem, was geschehen ist. Und wenn ich helfen kann, ihn an den Galgen zu bringen, dann werde ich das gerne tun.«

»Sie kennen ihn, nicht wahr?« Charlotte konnte den unterdrückten Zorn in seiner Stimme hören. Sie sah, wie seine Hände sich auf ihre Frage hin zu Fäusten ballten.

»Heinrich von Burgfeld hat meine Schwester auf dem Gewissen«, erwiderte er, und seine Miene verfinsterte sich. »Auch ich habe eine Rechnung mit ihm offen.«

»Das tut mir sehr leid«, flüsterte Charlotte, bevor sie sich wieder an ihre Freundin wandte. »Aber wer ist Friedrich

Stein, Lina?«, wollte sie wissen. Sie hörte diesen Namen zum ersten Mal.

»Er ist von Burgfelds Mann fürs Grobe. Ein ganz übler Kerl«, antwortete sie mit einem Blick auf Smith. Er nickte ermutigend, und sie fuhr fort. »Er zieht sein Messer schneller, als du Amen sagen kannst. Mein Cousin Erich hat mir erzählt, dass man es für das Omen des bevorstehenden Todes hält, wenn man Stein sieht. Er ist gefährlich, und es heißt, er habe kein Gewissen und keine Skrupel. Er darf dich niemals finden«, mahnte sie flüsternd.

»Ihr beide müsst heiraten. Am besten sofort.« Lady Stockworth blickte zwischen Charlotte und ihrem Sohn hin und her. In ihren Augen erschien ein kompromissloser Ausdruck.

»Mutter, wir …«

»Deine Mutter hat recht, Basil«, stimmte Roisin ihr zu. »Heinrich von Burgfeld wird es sich sehr genau überlegen, sich mit dem Sohn und der Schwiegertochter von Lord Stockworth, einem der angesehensten Richter des Landes, anzulegen. Vor einer flüchtigen deutschen Adligen aus verarmtem Hause werden seine Männer aber kaum haltmachen«, fürchtete sie. »Es ist ohnehin nur noch eine Frage der Zeit, bis herauskommt, wer Charlotte wirklich ist, und dass Violet Lewis nie existiert hat. Und die Leute fragen sich doch schon längst, wer die junge Gouvernante ist, die im Haus deiner Eltern lebt.«

»Es wird getratscht, Basil«, nickte seine Mutter. »Deinen Vater und mich stört das nicht, wie du weißt. Aber hier geht es um Charlottes Sicherheit.«

»Was meinst du, Charlotte?«, wollte Stockworth wissen. Sie konnte sehen, dass er die Sorgen von seiner Mutter und Roisin sehr ernst nahm.

»Ich brauche keine große Hochzeitsfeier«, entgegnete sie.

»Solange die Menschen, die mir wichtig sind, dabei sind, bin ich glücklich.« Sie drückte Linas Hand. »Und ich möchte mich auch nicht länger verstecken. Ich möchte endlich wieder ich sein.«

»Es wird von Burgfeld sehr wütend machen, wenn er von eurer Hochzeit erfährt.« Ein besorgter Ausdruck erschien auf Linas Gesicht.

»Es wird ihm ganz bestimmt nicht gefallen«, pflichtete Boyle ihr bei, und ein hintergründiges Lächeln umspielte seinen Mund. »Und wer wütend ist, wird unvorsichtig und macht Fehler.«

»Das wiederum ist von Vorteil für uns. In Anbetracht der Umstände ist es also das Vernünftigste, wenn ihr schnellstmöglich heiratet«, bekräftigte Roisin.

»Und sobald wir unser eigenes Haus beziehen, wirst du bei uns wohnen, Lina«, lächelte Charlotte.

»Das wäre nicht klug, Charlotte«, widersprach Roisin sanft.

»Aber …«

»Charlotte, es sind sehr gefährliche und mächtige Männer hinter euch her. Du wirst als Schwiegertochter von Lord und Lady Stockworth geschützt sein, aber nicht unbedingt Lina«, erklärte sie ihr. »Sie wäre leichte Beute für von Burgfelds Männer. Von Burgfeld weiß, wie sehr er dich damit treffen könnte, wenn seine Männer ihr etwas antäten. Sie würden ganz sicher einen Weg finden, an sie heranzukommen. Verstehst du, was ich meine?«

Charlotte nickte langsam. »Was schlägst du vor, Roisin?«

»Lina wird hier bei uns bleiben. Das hier ist schließlich eine Zufluchtsstätte für junge Damen. Es wird also eine Weile dauern, bis man herausfindet, wer sie wirklich ist.« Sie lächelte. »Außerdem kommt an meinen Männern auch ein Friedrich Stein nicht vorbei. Wenn du ausgehst, wird immer jemand bei dir sein, der auf dich und dein Kind achtgibt, Lina. Du musst keine Angst mehr haben. Und meine Köchin könnte Hilfe in der Küche gebrauchen. Du kannst doch backen, oder?«

»Brot, Kuchen, Torten, Gebäck.« Sie schniefte, aber sie brachte ein Lächeln zustande. »Alles, was ihr möchtet. Und kochen kann ich auch.«

»Dass Sie hierbleiben, wird vorerst das Beste sein.« Lady Stockworth nickte zustimmend. »Hier sind Sie in Sicherheit, Lina.«

Charlotte drückte Linas Hand und wandte sich an Roisin, Martin und Paul. »Ich danke euch, dass ihr Lina gerettet habt. Dass ihr mir meine Freundin zurückgebracht habt. Und wir werden von Burgfeld nicht davonkommen lassen«, versprach sie Lina. »Eines Tages wird er für all das bezahlen.«

Charlotte begriff, dass sie zwar ein neues Leben gewonnen hatte, aber noch immer auf der Hut sein musste. Lina und sie würden erst dann in Sicherheit sein, wenn sie Heinrich von Burgfeld zur Strecke gebracht hatten.

Danksagung

Neben mir als Autorin gibt es noch sehr viele andere Menschen, die ihren Beitrag zur Entstehung von »Tod hinter der Maske« geleistet haben. Ein paar von ihnen seien hier namentlich erwähnt, denn ohne sie würden Charlotte von Winterberg und Inspektor Basil Stockworth nur in meinem Kopf ermitteln.

Da ich schon sehr lange davon geträumt habe, mich im viktorianischen London auf Mörderjagd zu begeben, geht ein sehr großes Dankeschön an Sandra Thoms, Dryas Verlag, die sich für Charlotte von Winterberg genauso begeistern konnte wie ich. Besonders dankbar bin ich meiner Agentin Stefanie Kruschandl, Literarische Agentur Kossack, die so vieles möglich gemacht hat. Meiner Lektorin Leonore Sell möchte ich für die großartige Zusammenarbeit und ihre Anregungen ebenfalls ganz herzlich danken.

Zu guter Letzt möchte ich meiner Familie und meinen Freunden, die während des gesamten Schreibprozesses immer an mich geglaubt und mir Mut gemacht haben, für ihre uneingeschränkte Unterstützung ein ganz großes Dankeschön aussprechen. In diesem Zusammenhang soll auch Charlottes bisher größter Fan Jacqueline nicht unerwähnt bleiben, denn dank ihr habe ich sehr viel über Korsetts und die Mode des 19. Jahrhunderts gelernt.

Ich freue mich schon sehr darauf, Charlotte von Winterberg und Inspektor Basil Stockworth bald wieder auf Mörderjagd zu schicken!

Herzlichen Dank allen Beteiligten,
Jessica Müller

Die Baker-Street-Bibliothek

Romane aus den Anfängen der modernen Kriminalistik

Verfügte Sherlock Holmes
in seinem Haus in der
Baker Street 221b
über eine literarische Bibliothek?
Wir wissen es nicht.
Aber wir stellen uns gern vor,
dass er die Bücher dieser Reihe
gelesen hätte:

Geschichten rund um skurrile Morde,
bizarre Motive und
eigenwillige Ermittler,
die allesamt in einer Zeit spielen,
in der die Verbrechensermittlung
noch in den Kinderschuhen
steckte.

www.bakerstreetbibliothek.de

Sophie Oliver

Der blaue Pomander

*Ein viktorianischer Krimi
mit den Ermittlern
des Sebastian Club*

Dryas Verlag, Taschenbuch,
264 Seiten
(Baker-Street-Bibliothek)
ISBN 978-3-948483-01-2

London, 1896.
Eine berüchtigte Mörderin soll hingerichtet werden. Kurz vor ihrem Tod erzählt sie den Gentlemen vom Sebastian Club von einem antiken Duftbehälter, dem legendäre Heilkräfte nachgesagt werden. Gibt es ihn wirklich? Oder ist der blaue Pomander nur das Hirngespinst einer Geisteskranken?
Um der Sache auf den Grund zu gehen, reisen die Ermittler nach Salzburg, ins Kaiserreich Österreich-Ungarn. Sie stellen rasch fest, dass sie auf der Suche nach der Kostbarkeit nicht allein sind, sondern von einem Konkurrenten verfolgt werden, der auch vor Mord nicht zurückschreckt.

Ein Muss für alle Anne-Perry-Fans!

 **DRYAS**